KB042261

각성! 북경각

각성 4
북경각

초판 1쇄 인쇄일 2015년 7월 30일 ∣ **초판 1쇄 발행일** 2015년 8월 4일

지은이 전남규 ∣ **펴낸이** 곽중열 ∣ **담당편집 팀장** 이범수
편집부 신연제 이윤아 김호성 김은경

펴낸곳 (주)조은세상 ∣ 출판등록 제 2002-23호
주소 경기도 연천군 미산면 청정로 1355
TEL 편집부 02)587-2966 ∣ FAX 02)587-2922
e-mail bukdu@comics21c.co.kr

ⓒ전남규 2015
ISBN 979-11-5832-186-4 ∣ ISBN 979-11-5832-089-8(set) ∣ 값 8,000원

MODERN FANTASY STORY

전남규 현대판타지 장편소설

4

각성!

북경각

북두
(주)좋은세상

CONTENTS

MODERN FANTASY STORY

각성!
북경각

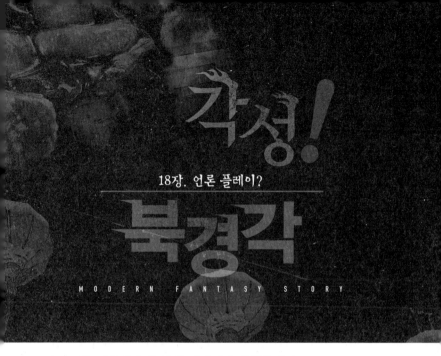

1차 경연에서 열 명의 탈락자가 발생하였다.

이로서 남은 참가자는 이제 열 명.

이제 다음 녹화에서 치러질 2차 경연에서는 남은 열 명의 참가자들이 1:1로 맞붙게 된다.

이번에 치러질 2차 경연에서 살아남은 다섯 명 만이, 본선이나 다름없는 TOP5 명단에 이름을 올리게 된다.

경묵은 진짜 경쟁은 2차 경연 다음부터라고 생각하고 있었다.

그도 그럴 것이 이후에는 맛을 제외하고도 상품성이나 경영을 비롯한 모든 부분에서 종합적인 심사를 치르게 된다.

셰프로서의 자질을 심사하는 프로그램이 아니라, 오너로서의 자질까지 동시에 심사하는 것이 본 프로그램의 취지이기도 했다.

현재 경묵은 지난 촬영에서 경묵의 멘토로 선발된 남광민 셰프와 함께 오늘의 녹화를 진행하고 있었다.

경묵의 푸드 트럭 앞에 '오너셰프 코리아' 촬영 진들이 자리 잡고 있었다.

큼지막한 촬영용 카메라들이 향하고 있는 곳에는 심사위원 남광민 셰프와 임경묵이 앉아 있었고, 옆에 서있는 조명 불빛 근처에는 빛을 보고 날아든 온갖 날벌레들이 넘실거리고 있었다.

이제는 한 팀이 된 남광민 셰프와 경묵이 파란색 플라스틱 테이블에 걸터앉아 자연스러운 대화를 나누는 광경이 카메라에 담기고 있었다.

멘토 선별은 자신의 전공 분야와 관계없이 임의로 진행되었기에, 경묵으로서는 중식 전공자인 남광민 셰프와 한 팀을 이루게 된 것이 다행이 아니라고 할 수 없었다.

"그러니까, 이번이 경묵이 네가 중식 메뉴를 선보여야 할 때 같아."

팔짱을 낀 채 앉아있던 남광민이 특유의 굵직한 목소리로 말하자, 경묵은 밝은 표정으로 고개를 끄덕이며 되물었다.

"그럼 이제 슬슬 보여주는 게 좋을까요?"

"그래, 사실상 본 게임에 들어가게 되면 맛만 놓고 보는 게 아니라 그 음식의 상품성에 대해서도 평가를 하기 시작할 거란 말이야?"

남광민이 조금씩 진솔한 이야기를 꺼내기 시작하자, 경묵이 더욱 집중하듯 상체를 앞으로 내밀며 앉았다.

언제 의자 끝에서 엉덩이가 미끄러지더라도 이상할 것 같지 않은 자세였다.

"잘 생각을 해보면, 음식의 상품가치에 대한 평가가 시작되는 3차 경연부터는 맛만을 위한 요리는 할 수 없게 된다는 거나 다름이 없는 거야. 이번 2차 경연은 네가 값비싼 재료를 써서라도 네가 보여줄 수 있는 최고의 맛을 보여줘야 하는 때 인거지."

분명 일리가 있는 말이었기에 경묵이 고개를 끄덕여 수긍하는 모습을 보였다.

그러나 속으로는 조금 다른 생각을 하고 있었다.

어떻게 안 것인지 남광민 세프가 심각한 표정의 경묵을 다정한 눈빛으로 바라보며 말을 이었다.

"요리사가 싼 재료만 이용해서 대중적인 음식만을 만들어야 하는 건 아니잖아?"

남광민 세프의 대답을 들은 경묵이 고개를 한 번 끄덕여 보이고는 걱정스러운 목소리로 되물었다.

"그런데, 취지에 조금 어긋나는 것은 아닐까요?"

남광민 셰프는 눈썹을 한 번 꿈틀해 보이며 되물었다.

"취지? 무슨 취지?"

"일반적인 요리 경연대회가 아니라 말 그대로 '오너셰프' 들의 경연이잖아요?"

"그렇지."

"그런데 제 가게 메뉴판에 못 올릴 메뉴로 심사를 받는 다는 게 조금 마음에 걸리네요."

경묵의 말 또한 일리가 없는 것은 아니었기에 남광민 셰프 역시 쉽사리 말을 잇지 못하고 연신 고개만을 끄덕 거리다가 조심스럽게 입을 뗐다.

"그런데 이 부분 만큼은 정말 신중하게 생각을 해야 해. 아직 네 상대가 누구인지는 모르지만 아마 네 상대는 사력을 다해서 조리를 할 거다 이거란 말이지."

"어떻게든 좋은 재료를 써서 최고의 맛을 내려 안간힘을 쓰겠네요?"

"그래."

경묵은 입가에 미소를 한 번 지어보이고는 장난스러운 목소리로 말을 이어나갔다.

"그럼, 이 자리에는 저희 둘 뿐이잖아요. 셰프님."

대체 어디로 봐서 둘 뿐이라는 말인가?

스무 명이 넘는 스태프들이 두 사람을 둘러 싼 채 촬영을 진행하고 있는데.

그럼에도 불구하고 남광민은 경묵의 말에 수긍하듯 고개를 끄덕였다.

"그렇지?"

그러나 어쨌든 카메라에 잡히고 있는 것은 두 사람 뿐이다.

사실 남광민은 카메라 앞에 겨우 세 번째 서보는 것뿐인 경묵의 상황 진행 능력에 상당히 놀랐다.

요리 뿐만 아니라 방송에도 재능이 있는 듯 보였기 때문이었다.

보통 대부분의 요리사들이 카메라 앞에서면 얼음처럼 굳어버리곤 하는 반면에, 경묵은 능동적으로로 상황을 이끌어나가고 있었다.

자신감 가득한 모습에 헛웃음이 나올 정도였으니, 말다 한 것이나 다름없었다.

이윽고 경묵은 다시금 남광민에게 진솔한 목소리로 묻기 시작했다.

"셰프님도 제 멘토이시기 전에 심사위원이시잖아요? 다른 참가자들의 음식을 심사할 때 이번 경연에서 만큼은 맛을 중점적으로 평가하실 생각이신가요?"

남광민 셰프는 경묵의 직설적인 질문에 다소 당황한 듯 보였다.

"이거 너무 편파적으로 알려주는 거 아닌가 싶어서 조금 걱정인데?"

이윽고 경묵이 아이처럼 해맑게 웃어보이자, 남광민은 어깨를 한 번 들썩여보이고는 천천히 말을 이어나갔다.

"우선 나 같은 경우에는 아무래도 그렇겠지? 그렇다고 해서 또 상품성이라는 게 절대적으로 반영이 안 되는 것은 아니니까, 중도를 유지하는 게 좋은 선택일수도 있어."

'싱거울 수도 있으니까 소금은 적당히 넣어' 라는 말과 다를 게 없는 실망스러운 조언이었다.

경묵 역시 실망감을 표정에 드러내지 않으려고 최대한 노력하고 있었다.

아니나 다를까 남광민 셰프는 여기서 멈추지 않고 곧장 말을 이어나가기 시작했다.

"그런데 이번 2차 경연 평가 항목에는 상품성이 없거든. 물론 평가 항목에는 없더라도 심사위원 개인 재량으로 굳이 반영해서 평가를 할 수야 있겠지만, 나는 이번 경연에서는 솔직히 맛 만 놓고 평가를 하고 싶어. 왜냐면 네말대로 오너셰프들이 경쟁하는 자리이기는 하지만, 오너셰프도 셰프라면 셰프거든."

남광민의 허심탄회한 웃음을 지어보이고는 말을 이었다.

"요리사를 맛으로 평가하겠다는 게 잘못된 건 아니잖

아? 그리고 아마 이번 경연이 맛만을 평가할 수 있는 마지막 기회니까, 상품성은 둘째 치고 이번 기회에 기본적인 요리사의 소양을 갖춘 이들을 걸러내고 싶어."

조금 날카로운 질문을 던진 탓에 제법 좋은 정보를 얻어낼 수 있었다.

경묵이 입가에 미소를 지어보이며 남광민 셰프에게 말했다.

"그럼, 끝내주는 음식을 한 번 보여드리면 되겠네요?"

"끝내주는 음식이라, 이야 기대되네."

이윽고 남광민 셰프가 경묵의 어깨를 한두 번 가볍게 두드려주고는 자리에서 일어나며 친근한 목소리로 말했다.

"다들 너한테 거는 기대가 크니까 한 번 잘 해봐."

"알겠습니다, 메뉴는 신중히 생각해보도록 할 게요."

두 사람이 손뼉을 치는 장면을 끝으로 오늘의 촬영은 끝이 났다.

"수고하셨습니다!"

"다들 수고하셨어요!"

여기저기서 촬영 종료를 알리는 소리가 새어나오기 시작했다.

촬영감독 역시 카메라에 담긴 영상이 만족스러운 것인지 제법 흡족한 미소를 지어보였다.

자리에서 일어서 기지개를 한 번 펴 보인 남광민이 경묵의 푸드 트럭 주방 칸을 천천히 한 번 둘러보며 경묵에게 말했다.

"이야, 잘 꾸며 놨는데? 설비도 괜찮고, 좁은 공간을 최대한 활용할 수 있게끔 배치가 돼 있고……. 꼭 요리사가 직접 설비를 한 것 같은 느낌이 드는데?"

예리한 지적에 경묵이 웃음을 머금은 채 고개를 끄덕였다.

"예, 맞아요. 전에 인터뷰에서 말했던 동업자 형이 직접 설비를 하신 거거든요."

"그 친구가 참 다재다능한 친구구나?"

천천히 안을 살피던 남광민이 푸드 트럭 선반에 기대어 섰다.

그리고는 무언가 떠오른 듯 '아' 하고 소리를 내보인 후에 경묵에게 물었다.

"그런데 경묵아, 안 그래도 너한테 처음 요리를 알려준 사람이 누군지 참 궁금하더라. 혹시 그 사람 이름이 뭐야?"

사실 조금은 실소를 자아낼 법 한 질문이었다.

물론 남광민이 중화요리 계에서 손에 꼽을 정도로 알아주는 유능한 셰프이고, 아무리 마당발이라 하더라도 이름 석 자 듣는다고 해서 다 아는 것은 아니었다.

하지만 오히려 역으로 생각을 해 본다면 그만큼 남광민이 되려 경묵을 높게 평가하고 있다는 것이나 마찬가지였다.

경묵을 고평가 하고 있기 때문에, 경묵의 스승 역시 자신이 아는 사람일 것이라 생각을 했던 것이다.

"아, 아무래도 동네 작은 중국집에서 일하시던 형님이셔서…… 아마 셰프님께서는 모르실 거예요."

"그래? 그런데 네가 요리를 그 사람을 통해서 아예 처음 배운 거잖아. 그런데도 기본이 그렇게 확실하게 잡혀 있는 걸 보면, 네 스승도 아마 그냥 평범한 동네 중국집 직원은 아니었을 것 같다는 생각이 들어서 말이다."

사실 남광민의 말 그대로였다.

조리 능력치가 상승하면서 전반적인 상식이 증폭되기야 했다지만, 크게 본다면 그런 상식들이야 잔가지나 마찬가지였다.

애초에 기본이 탄탄하게 바로잡혀있었기에 거침없이 자라날 수 있는 것이나 다름없었다.

경묵은 겸연쩍은 듯 살짝 웃어 보이며 말을 이어나갔다.

"아닙니다, 저는 아직 멀었지요. 그리고 제게 요리를 처음 알려주신 형님 성함은 '최정혁' 이에요."

'최정혁'

찾아보기에 힘든 이름이 아니어서 그런 것인지 기억 언저리에 맺혀있는 이름만 같았다.

계속해서 기억을 더듬던 내는 남광민의 미간의 주름이 점점 더 깊어지기 시작했다.

자꾸만 분명 어디에선가 들어본 적이 있는 이름인 것 같다는 생각이 들었다.

이윽고 남광민이 다시금 입을 떼기 시작했다.

"흠……. 분명히 한 번쯤은 들어본 이름 같은데 통 떠오르질 않는다."

"그렇습니까?"

경묵은 겉치레 정도로 생각했지만, 정말이지 떠오를 듯 떠오르지 않는 이름이었다.

"그래, 생각나면 나중에라도 한 번 말해 줄게."

남광민은 그렇게 말하는 와중에도 계속해서 자신의 기억을 더듬어 대고 있었다.

분명 어디에선가 스쳐 지나간 인연이라고 확신하고 있었다.

그때 문득 고무대야에 가득하게 담겨있는 목이버섯을 혼자서 다듬던 앳되어 보이는 소년이 머릿속을 스쳐 지나갔다.

'아, 그래. 그 아이 이름이 정혁이었지.'

무려 십 년도 더 전의 일인데도 불구하고 아직까지 생

18 각성 4
북경각

생하게 기억이 났다.

이윽고 광민의 시선이 다시금 눈앞에 선 경묵에게 맺혔다.

목이버섯을 다듬던 당시의 주방 막내가 경묵의 스승일 리는 없을 것이라는 확신이 들어 괜스레 웃음이 났다.

'그래, 그럴 리가 없지.'

광민은 경묵의 어깨를 가볍게 두드려 보이며 다시금 입을 뗐다.

"여튼 다음 경연에 선보일 음식은 신중하게 고르도록 해."

"예, 좋은 말씀 정말이지 감사합니다. 혹시 메뉴를 선정하게 되면 개인적으로 의논을 드려 보아도 괜찮을까요?"

사실 경묵은 조금 힘겹게 꺼낸 말이었지만, 남광민은 세차게 고개를 끄덕여 보이며 흔쾌히 대답했다.

"그럼, 그럼. 물론이지."

띠링-!

그 때, 경묵의 바지 주머니에서 메시지 수신 알림 음이 울렸다.

경묵은 고개를 살짝 숙여보이고는 조심스레 자신의 핸드폰을 주머니에서 빼내어 들었다.

경묵은 휴대폰 액정에 떠오른 이름을 한 번 보고는 자신의 눈을 한 번 의심했다.

인상을 잔뜩 쓴 채 심각한 표정으로 핸드폰을 바라보다가 정말 잘못본 것이 아닌가 싶어 손으로 눈을 비벼보기까지 했다.

놀랍게도 메시지를 보낸 사람은 '개자식' 이라고 저장되어있는 북경각의 사장이었다.

그리고 더욱 놀라운 것은 그가 보내온 문자 메시지의 내용이었다.

[개자식 : 나는 방송에 보도된 네 요리 실력이 거품이라는 것 다 안다. 제법 비싼 돈 들여서 광고하는구나? 돈 좀 많이 벌었나보네? 진짜 요리 실력만으로 맞설 각오가 되어 있다면 요리만으로 한 번 붙어보자.]

'다짜고짜 무슨 말을 지껄이는 거야?'

문자 메시지를 한 번 읽어 내린 경묵은 좀처럼 쉽사리 표정을 펴지 못했다.

일전에 있었던 '그 일' 이후로 여태껏 연락 한 번 없다가, 수개월 만에 처음으로 온 연락이었던 것이다.

그런데 희한한 것은 사장이 옛 정을 운운하며 한 몫 잡아보겠다는 것도 아니고, 경묵을 도발하고 있다는 사실이었다.

요리만으로 한 번 붙어보자는 구절에서는 진심으로 헛웃음이 났다.

오만이나 자만이 아니라, 그 괘씸함 탓에 흘러나온 실

소였다.

"왜 그래? 안 좋은 일이라도 있어?"

"아니요, 광고 문자가 와서요."

경묵은 핸드폰 잠금 버튼을 꾹 누른 후에 다시금 바지 주머니 속에 눌러 넣었다.

어쨌든 범 무서운 줄 모르고 나서는 하룻강아지는 한 번 밟아줄 요량이었다.

물론 그저 간단하게 혼내주는 정도에서 그칠 생각은 추호도 없었고, 이번 기회에 괘씸한 하룻강아지의 밥그릇을 꿰치버릴 생각이었다.

쉽게 말하자면, 푸드 트럭이 아니라 정혁과 경묵이 일했던 북경각 간판 하단부에 '경묵푸드컴퍼니'의 이름을 새겨 넣어볼 요량이었다.

그리고 절대로 수단과 방법을 가리지 않으리라 마음먹었다.

어느새 경묵의 수중에는 수많은 무기가 있었다.

첫 째는 무서운 속도로 벌어들이고 있는 돈.

두 번째는 사용할 일이야 거의 없다지만 직접적으로 무력을 행사할 수 있는 힘.

세 번째는 등 뒤에 주둔하고 있는 아트리온 길드.

네 번째는 현재 가지고 있는 무기 중 가장 강력하다고 해도 과언이 아닌 무기 중 하나인 '여론'이었다.

인지도를 얻음과 동시에 얻게 된 친근한 이미지와 신뢰, 호감 가는 이미지.

대중들은 현재 경묵을 응원한다.

자고로 어떤 명검이라 하더라도 휘두르지 않고 썩혀둔다면 녹이 슬게 돼있는 법.

손에 쥐고 있는 무기만큼은 제대로 한 번 휘둘러 볼 생각이었다.

직접 팔을 걷어붙이고 나설 정도의 상대도 아닐뿐더러 그럴 생각도 없었다.

경묵은 이번 기회에 괘씸한 하룻강아지를 벌함과 동시에 자신의 보금자리를 되찾겠다 마음먹었다.

❀

촬영 정리를 마치고 집에 돌아온 경묵은 다시 한 번 사장이 보낸 문자를 훑어보았다.

경묵 역시 사람인지라 주먹에 힘이 들어갔다.

당장이라도 달려가서 맨 주먹으로 가게를 박살내버리고 싶었지만, 꾹 눌러 참았다.

가만히 있으면 중간이라도 간다는 말은 딱 이런 상황에 쓰이는 것 같다는 생각이 들었다.

객기를 부린 대가를 톡톡히 치르게 해 줄 생각이었다.

도대체 사장이 어떤 패를 손에 쥐고 떵떵거리는 것인지를 알 길은 없었다만, 어쨌든 확실한 것은 벌레를 잡는데 굳이 손을 더럽힐 필요가 없다는 것이 경묵의 생각이었다.

앞서 말했듯 경묵에게는 살충제의 역할을 해줄 도구들이 많으니까 말이다.

우선 경묵은 사장에게 답장을 보내는 것으로 그 포석을 다지기 시작했다.

[무슨 말씀인지 모르겠습니다. 무슨 염치로 다시 연락하신 긴지도 모르겠습니다.]

최대한 감정을 절제하며 정중한 투로 답장을 보낸 경묵은 핸드폰을 푹신한 침대 매트리스 위로 살짝 던졌다.

이렇게 차근차근 사장과의 대화내용을 모으는 것 역시 준비의 한 단계였다.

"후……."

거울을 멍하니 바라보던 경묵은 숨을 내쉬며 피로 탓에 푸석해진 얼굴을 한 번 쓸어내렸다.

지금 거울 속에 비친 자신의 모습은 전과 너무나 다른 것 같다는 생각에 괜스레 웃음이 났다.

피곤에 절어있어도 빛나는 듯 보이는 외모와, 넓어진 어깨, 몸안에 흐르는 넘쳐흐르는 힘 까지.

물론 달라진 것은 단연 외모만은 아니었다.

그런데 사장은 마치 혼자서만 그 사실을 모르고 있는 듯 했다.

아직도 북경각의 마음여린 주방직원 경묵 정도로 자신을 업신여기고 있는 것 같다는 생각이 들어 헛웃음이 나왔다.

경묵은 다시금 주먹을 꽉 쥐었다.

자신의 진심을 이용하려고 들었던 죗값을 치룰, 피할 수 없는 시간이 온 것이다.

그렇게 경묵은 천천히 사장이 오를 단두대의 설계도를 점검하고 있었다.

❀

"뭐야? 그 자식한테 연락이 왔다고?"

일명 목욕탕 의자라고 불리는 작은 플라스틱 의자에 앉아 양파껍질을 까던 정혁이 눈물이 그렁그렁 맺힌 눈으로 되물었다.

주방 칸 안에 양파의 매운 향이 잔뜩 퍼져있었던 탓에 경묵 역시 예외는 아니었다.

정혁은 요즘 부쩍 살이 붙은 탓에 깔고 앉은 목욕탕 의자가 불쌍해 보인다는 생각이 들게끔 하는 착시효과를 일으키고 있었다.

"네, 그렇다니까요?"

경묵은 정혁의 물음에 무던하게 답하는 와중에도 과도를 이용해 능수능란한 손질 몇 번으로 제법 깔끔하게 양파껍질을 벗겨내고 있었다.

푹—

정혁은 쥐고 있던 과도를 양파에 꽂아 넣고는 양파를 내려놓았다.

손에 묻은 물기를 허리춤에 맨 앞치마에 몇 번 슥슥 대충 문질러 닦아내고는 경묵에게 손짓을 해보이며 말했다.

"야, 봐봐. 뭐라고 그러디?"

경묵이 어깨를 한 번 들썩해보이고는 양파를 쥐고 있던 손을 옆에 놓인 행주에 대충 몇 번 닦아내고는 주머니 안에서 핸드폰을 꺼내 정혁에게 드밀었다.

정혁은 어색한 손짓으로 핸드폰 잠금을 해제한 후에 문자 메세지 창을 열어서 사장에게 온 문자를 한 번 훑어보았다.

문자를 읽어 내리면 읽어 내릴수록 정혁의 얼굴에 묘한 표정이 떠올랐다.

말 그대로 진심으로 이해가 안 된다는 표정이었다.

사장에게 온 문자를 다 읽은 정혁은 사용할 수 있는 얼굴 근육을 다 사용한 것 같은 표정으로 비아냥거렸다.

"어이구? 이건 또 무슨 개소리야, 신종 자해 공갈 수법인가? 아니면, 진짜 짜장 배틀이라도 한 번 붙어보자는 거야 뭐야."

열이 바짝 오른 것인지 한 손으로 자신의 티셔츠를 연신 펄럭였다.

정혁의 이마 끝에 송골송골 맺힌 땀이 얼마만큼이나 화가 난 것인지 짐작할 수 있게끔 해 주었다.

"이거 보나마나 지금 주방장으로 조금 쓸 만한 놈 데려왔다 이거야. 이제 네가 유명세 좀 탔으니까 자기는 손해 안보는 승부 한 번 보겠다 이거지. 만약에 자기가 데려온 '투견' 주방장 놈이 졌어, 그럼 당연한 게 되는 거잖아. 만약에 지가 데려온 투견이 너를 이기기라도 했어. 그럼 덩달아서 지 가게도 유명세를 탄다 이거야."

정혁은 고개를 내저으며 혀를 몇 번 차보이고는 말을 이었다.

"참, 속물 같은 자식이 생각하는 게 이렇게 뻔해요."

말을 마친 정혁은 경묵에게 다시금 핸드폰을 내밀었다.

경묵은 정혁에게 건네받은 핸드폰을 앞치마에 몇 번 닦아내고는 다시금 주머니에 쑤셔 넣으며 무미건조하게 답했다.

"열 낼 필요 없어요, 범 무서운 줄 모르고 덤비는 하룻강아지 밥그릇 빼앗아버릴 생각이거든요."

"밥그릇을 뺏는다고?"

경묵은 고개를 끄덕여 보이고는 밝게 웃으며 권투 선수처럼 가드를 올리는 자세를 잡은 채로 되물었다.

"북경각 말이에요, 이제 우리가 접수해야하지 않겠어요?"

"무슨 소리인지는 잘 모르겠지만, 어쨌든 접수하는 거라면 찬성이다. 어떻게 진짜 맞붙어보기라도 할 생각이야?"

"아니요, 벌레 잡는데 굳이 손으로 잡을 필요가 있나요?"

괜스레 속이 시원해지는 말이 분명했다.

다소 호기로운 경묵의 말투에 정혁이 환하게 웃으며 되물었다.

"그럼, 어떻게 하려고?"

정혁의 물음에 경묵은 팔짱을 껴 보이며 대답했다.

"저도 이참에 '언론플레이' 한 번 해보려고요."

"언론플레이?"

무슨 뜻인지는 몰라도 지금 마주앉은 경묵의 독기어린 눈으로 미루어보아, 아마 조만간에 사장은 속 좀 썩을 것이 분명해 보였다.

이윽고 정혁은 입가에 미소를 머금은 채 고개를 끄덕여 보이고는 다소 진지하게 느껴지는 목소리로 말했다.

"뭔지는 모르겠어도 괜찮네. 그럼 이왕 하는 거 제대로 한 방 먹여라."

정혁은 다시금 대야에 담겨있던 양파 한 개를 집어 들고는 피식하고 웃어보였다.

북경각을 꿰차는 상상을 하다 보니 저도 모르게 웃음을 흘리고 만 것이다.

경묵이나 정혁이나 '북경각'이라는 이름의 장소가 갖는 의미가 참으로 각별했다.

다시금 한참동안 양파를 까던 정혁이 볼멘소리를 하며 쥐고있던 과도를 내려놓았다.

"아, 근데 이거 아무리 까도, 까도 끝이 없네."

"얼른 까요, 형. 오늘 목이버섯도 따야 해요."

경묵의 말을 들은 정혁의 표정이 돌처럼 굳었다.

"에라."

"아, 맞다. 형 혹시 남광민 셰프하고 개인적으로 조금 아는 사이에요?"

"남광민 셰프? 아니? 왜?"

"아니 그게, 별건 아니고 형 이름을 여쭤시기에 알려드렸더니 어디서 들어본 적이 있는 것 같다고 그러시더라고요."

정혁은 어깨를 한 번 들썩여보이고는 말을 이었다.

"내 이름이 흔한 이름은 아니다만 또 생각해보면 그렇게 찾아보기 힘든 이름은 또 아니잖아?"

그렇게 말하는 와중에 정혁의 머릿속을 맴도는 기억이 하나 있기는 했다.

10년도 더 전, 그러니까 정혁이 갓 스무 살이 되었던 시절의 기억이 갑작스레 떠오른 것이다.

당시만 하더라도 대한민국 3대 중국집이라 불리던 화룡각 주방에서 막내로 일하던 시절의 기억이었다.

그때 아무도 모르게 자신의 마음을 달래주었던 선배, 그것도 한참 선배여서 말 한번 제대로 터보지도 못했던 요리사의 이름이 '광민'이긴 했다.

워낙 바쁘고 주방 직원이 많은 터라 한 주방에서 일하면서도 하루 종일 말 몇 마디 할 시간조차 없었다.

사실은 성씨도 모르고 이름조차 몰랐지만 다른 선배들이나 당시 주방장이 부르기를 '광민아' 하고 부르는 것을 보고 넘겨짚은 것이기도 했다.

그러나 얼굴조차 기억이 나지않는 그 '광민'이라는 이름의 선배는 화룡각의 주방에서는 출중한 실력의 요리사 반열에 오르기는커녕, 근처에도 이르지 못하는 선배였다.

경력에 비해 실력이 떨어져서 동기들의 허드렛일 도맡아서 한다는 소문이 자자하던 선배였다.

아무리 생각해보아도 역시 동일 인물은 아니다 싶은 마음에 고갯짓을 해보인 정혁은 자리에서 일어나 기지개를 펴며 경묵에게 말했다.

"야, 이 형님이 기가 막히게 목이버섯 뜯어놓을 테니까 너는 양파 껍질을 까도록 해라."

"그래요, 그럼."

경묵이 고개를 끄덕여보이자, 정혁은 고무대야에 다시금 물을 담아내고는 목이버섯을 잔뜩 부어 담았다.

물기를 머금은 목이버섯의 부피가 점점 더 커지기 시작했다.

점점 커지는 목이버섯을 바라보고 서있자니, 다시금 그때의 기억이 떠올랐다.

'화룡각'에서 막내로 일하던 당시 가게에서 쓰이는 목이버섯이라는 목이버섯은 정혁이 다 준비를 해야 했다.

남는 시간에는 선배 요리사들이 썰기 좋을 정도로만 야채를 손질해두기도 했다.

칼도 함부로 잡지 못하던 시절이었다.

어느 날에는 과장 없이 아침부터 저녁까지 목이버섯만 손질하다가 일을 마칠 쯤 되어서야 밀려들어오는 설거지만 해볼 수 있는 날도 있었다.

고무대야 앞에 쪼그려 앉아 불 앞에 서는 선배들을 동경하며 바라보곤 했지만, 다들 자기 일이 바빠서 정혁에게 신경을 써주거나 하지는 못했다.

그런 일이 반복되다보니 정혁은 일을 조금이라도 더 배우기 위해 남들보다 늦게까지 남아 목이버섯을 따기 시작했고, 또 남들보다 일찍 나와 목이버섯을 따곤 했다.

사실 화룡각 주방에 처음 들어서며 어떻게든 견뎌내자는 굳은 각오를 하기는 했었다만, 주방에 홀로 남아 목이버섯을 손질하고 있노라면 서러움에 눈물을 삼키곤 했었다.

한 번은 가게가 떠나가라 큰 소리로 서럽게 울며 목이버섯을 밤새 손질했던 날이 있었다.

눈물이고 콧물이고 다 쏟아내며 엉엉 울어대면서도 손은 멈추지 않았다.

그렇게 속 시원하게 울고 나니 어찌나 후련한 것인지, 나중에는 웃음까지 나올 지경이었다.

그런데 이상한 일이 생겨나기 시작한 것은 바로 다음 날 부터였다.

정혁이 손질해야하는 목이버섯의 양이 점점 줄어들기 시작한 것이다.

하루는 이상하다 싶은 마음에 숫자를 헤아려보았다.

손질해둔 목이버섯을 담아둔 통의 수를 헤아려두고 다음 날 한 번 확인을 해보려던 요량이었다.

다음 날 아침 확인해 보았을 때, 정혁은 주방에 우렁각시가 있다는 사실을 알 수 있었다.

분명 전 날 저녁에는 다섯 통이었던 목이버섯이, 아침이 되니 열통이 되어있는 것이었다.

처음에는 눈을 의심했다가, 뚜껑을 열어 내용물을 확인해보기까지 했다.

그도 그럴 것이 다섯 통이라면 한 봉지를 전부 다 따야지 채울 수 있는 것이었다.

더군다나 혼자서 한 봉지를 다 따려면 꼬박 몇 시간이 흘러간다.

냉장고를 열어본 정혁은 누군지 모를 우렁각시의 마음이 너무도 감사해 눈물을 쏟아내기 시작했다.

그리고 후에 엿보게 된 광경이 하나 있었다.

아무래도 막내인 터라 가장 늦게 라커룸에서 옷을 환복하고 나온 정혁은, 주방 선반에 있는 목이버섯을 자신의 백 팩에 챙겨 넣던 광민의 모습을 보게 된 것이다.

당시 어린 마음에 어떻게 감사를 표해야할지 우물쭈물대기를 며칠, 정혁의 우렁선배 '광민'은 갑작스레 화룡각의 주방을 떠나갔다.

비록 사이가 깊거나 심도 높은 대화는커녕 말 한마디조차 나누었던 적이 없는 사이었지만, 아직도 목이버섯만 보면 떠오르는 따뜻한 기억이었다.

덕분에 그 치열한 화룡각 주방에서 수년간 버텨낼 수 있었던 것 같다는 생각도 종종 하곤 했고, 십 년이 넘는 세월이 흘렀지만 아직도 떠올리기만 하면 입가에 미소가 지어지는 몇 안되는 소중한 기억 중 하나이기도 했다.

'그 형님, 아직도 요리 하시려나?'

정혁은 다시금 자신의 엉덩이 크기에 3분의1도 되지 않는 작은 크기의 의자에 몸을 의지하고는, 목이버섯을 천천히 따내며 콧노래를 흥얼거리기 시작했다.

그 얼굴에 행복함이 잔뜩 어려 있었다.

손은 연신 고무대야에 담겨있는 목이버섯으로 향하고 있었다만, 머릿속으로는 연신 추억속의 '광민'에게 자신이 요리하는 모습을 보여주는 상상을 하고 있었다.

말하고 싶었다.

덕분에 여기까지 왔고, 앞으로는 더 오르도록 하겠다고.

그리고 그에게 딱 한 마디 말이 듣고 싶었다.

'이제 제법 잘하네.'

딱 그 한마디 말이.

⚙

그날 저녁, 경묵과 정혁은 2차 경연에서 선보일 메뉴선정을 위해 혈안이 되어 있었다.

경묵이 가장 맛있게 할 수 있는 요리가 무엇이 있을까에 대해서 고민하게 된 것이다.

"그, 남광민 셰프가 너한테 해준 말마따나 조금 특별한 요리를 해야 할 것 같긴 한데 명확하게 떠오르는 음식이 없네."

"사실 제대로 된 중국요리를 한 번 보이면 괜찮을 텐데 중국 본토 요리에 대해서 말하기에는 제가 아는 게 너무 부족해요."

정혁이 한숨을 푹 내쉬며 자신감 없는 목소리로 답했다.

"우물 안 개구리인건 너나 나나 마찬가지여서 뭐라 해 줄 수 있는 말이 없다."

왜, 그런 말이 있지 않던가?

중국 사람들은 다리 달린 것이라면 의자 빼고 다 먹는 다던 말.

모르긴 몰라도, 그 말은 절대로 괜히 생긴 말이 아니라는 것쯤은 알고 있었다.

중국에서 한 평생을 사는 중국 사람조차 하지 못하는 것이 하나 있다면 그건 바로 중국 전역에 있는 모든 음식의 맛을 다 보는 것이다.

땅 덩어리가 큰 것은 둘째치더라도 그 음식의 종류가 너무도 방대하고 방대하다.

그 무수히 많고 많은 중국음식의 종류를 크게 나눈다면 4가지가 된다.

북경요리, 상해요리, 광동요리, 사천요리.

경묵은 한숨을 한 번 내쉬었다.

어떻게 네 가지로 분류되는 줄만 알고 있지, 그 이상의 지식은 없었던 것이다.

아, 물론 각 지방 요리들의 특징이라면 대략적으로나마 알고 있었다.

예를 들자면 사천요리는 맵고, 북경요리는 육류 위주의 식재료로 강한 불에서 조리하고, 광동이나 상해요리는 서양의 조리문화와 살짝 혼합이 되어있고 정도?

사실 이 정도조차 그저 몇 번 F&F에서 방영하는 프로그램을 통해 알게 된 것이었다.

정혁 역시 마찬가지, 물론 경묵보다는 조금 더 나은 지식을 가지고 있었다.

귀동냥으로 알게 된 잡지식이야 제법 있다지만 명확하게 이번 경연에서는 어떤 요리를 조리해야 하는가에 대해서 자신 있게 말해 줄 정도는 되지 못했다.

두 사람 앞에 펼쳐져있는 노트에는 낙서 같은 글씨들이 빼곡하게 들어차 있었지만, 정작 실속 있는 글자는 단 한 글자도 없었다.

머릿속이 눈앞에 펼쳐져있는 노트처럼 어지러웠다.

"으, 진짜 모르겠다."

경묵이 지친 듯 테이블 위에 엎어졌다.

정혁은 그런 경묵의 정수리를 바라보며 애꿎은 볼펜 끄

트머리만 '딱딱' 소리를 내며 씹어대고 있었다.

정혁이 씹어대고 있던 볼펜 끄트머리에 더 이상 이빨 자국이 새겨질 자리가 남지 않았을 때 쯤 경묵이 고개를 살짝 들며 외쳤다.

"오늘은 여기까지! 이러다가 여기서 날 새겠어요."

"그래, 좋다. 안 쓰던 머리를 갑자기 쓰려니까 죽을 맛이다."

배시시 웃어 보이며 말을 마친 정혁이 먼저 자리에서 일어나 기지개를 폈다.

두 사람이 앉아있던 의자와 테이블을 자신의 인벤토리 안에 넣던 경묵이 넌지시 말했다.

"제 생각에는 서구적인 입맛에 길들여진 심사위원들도 생각해서 약간 서구적인 조리법과 혼합하는 것도 나쁘지는 않을 것 같아요."

"뭐 광동이나 상해요리처럼?"

경묵은 고개를 끄덕여 보이고는 말했다.

"토종 외국인인 가든 램지 셰프가 아니더라도, 앨런 킴 셰프도 재미교포이고, 남광민셰프의 심사 점수는 반영되지 않을 테니까 열외. 그럼 다섯 명의 심사위원 중 두 명이 서구적인 입맛이라는 건데……. 굳이 사천요리 같은 무리수를 두면 두 명분의 심사점수를 버젓이 잃을 수도 있잖아요."

듣고 보니 제법 일리가 있는 말이었다. 이왕이면 다섯 명의 심사위원 모두가 거부감 없이 자유롭게 맛을 볼 수 있고, 제대로 된 평을 내릴 수 있는 음식을 조리하는 것이 괜찮을 것 같았다. 정혁 역시 동조하듯 고개를 끄덕여 보였다.

"그건 정말 맞는 말 같네."

다시금 제 자리에서 생각에 잠긴 경묵은 골똘히 고민해 나가기 시작했다.

굳이 광동요리나 상해요리라는 중국 본토 요리의 틀 안에서 갈팡질팡해야할 이유가 있는 것은 아니었기에 조금 더 폭넓게 생각을 해보고자 노력했다.

그러던 중 경묵의 뇌리를 스치고 지나간 생각이 하나 있었다.

그 자리에서 선 채로 한참을 고민하던 경묵이 이윽고 입가에 옅은 미소를 지어보이고는 소리쳤다.

"형! 정했어요."

"뭔데?"

이윽고 정혁은 호기심이 잔뜩 깃든 눈으로 경묵을 뚫어져라 쳐다보기 시작했다.

경묵이 천천히 입을 떼기 시작했다.

경묵이 정한 메뉴에 대해서 들은 정혁 역시 만족스러운 듯 짙은 미소를 머금은 채 연신 고개를 끄덕이며 소리쳤다.

"그래! 그거야!"

❀

다음날 밤, 푸드 트럭의 영업을 마친 경묵은 서은과 함께 서울에 위치한 심사위원 앨런 킴이 직접 운영하는 레스토랑 '시크릿 가든'을 찾았다.

표면적인 이유는 2차 경연에서 선보일 메뉴 연구에 박차를 가하기 위함이었지만 조금은 사심이 담겨있다 해도 과언이 아니었다.

서교동 주택가에 위치한 앨런 킴의 레스토랑은 마치 저택 같은 느낌을 주고 있었다.

어째서 데이트나 맞선, 혹은 프로포즈에 적합하다고 하는 것인지는 발을 들이면서부터 알 수 있었다.

큰 저택을 개량하여 만든 것처럼 보이는 그의 레스토랑 '시크릿 가든'은 문을 열고 들어서자 그 이름에 걸맞게 넓은 정원이 펼쳐져있었다.

"와……."

눈앞에 펼쳐진 풍경에 서은은 입을 다물지 못했다.

잘 가꾸어진 정원 중앙에는 제법 높은 분수대가 설치되어 있었다.

분수대 외부는 물론이고 내부에서도 잔잔하게 비치는

불빛 덕분에 고운 곡선을 그리며 떨어지는 물줄기가 찬란하게 빛나고 있었다.

물론, 그 뿐이 아니었다.

2층 저택의 형식을 하고 있는 그의 작은 식당은 말 그대로 동화 속에서 튀어나온 것 만 같은 모습을 하고 있었다.

창문 너머에서 새나오고 있는 고급스러운 주황 불빛에 매료되어 멍하니 바라보고 있자니, 안에서 은은한 웃음소리가 들려오는 듯 했다.

서은과 경묵은 천천히 고개를 들어 2층에 위치한 테라스 테이블을 올려다보았다.

서은의 눈이 초롱초롱하게 빛나고 있었다.

말은 하지 않고 있었지만 무슨 생각을 하고 있는지 훤히 알 수 있을 것만 같았다.

"테라스에 앉고 싶어요?"

"네……."

물론 경묵 역시 테라스 테이블에 앉고 싶은 욕심이 생기기야 했다만, 어쩌면 이렇게 표정 하나만으로도 모든 것을 말할 수 있는 것인지 신기한 노릇이었다.

고개를 한 번 내저어 보인 경묵은 머리칼을 한 번 쓸어올린 후에 서은의 소매를 잡아당기며 걸음을 재촉했다.

"얼른 들어가 보죠."

서은은 못이기는 척 경묵을 따라 걸음을 옮기기 시작했다.

정갈한 차림으로 입구를 지키고 있던 직원이 서은과 경묵에게 물었다.

"안녕하십니까? 손님, 혹시 예약은 하셨는지요?"

"예, 그렇습니다. '임경묵'이라는 이름으로 예약되어 있을 겁니다."

"잠시만 기다려주시겠습니까? 확인 후 바로 안내해드리도록 하겠습니다."

직원은 밝은 미소를 한 번 지어보이고는 곧장 옆에 게시된 예약목록을 훑어보기 시작했다.

몇 번 종이를 넘기고 나서야 경묵의 이름을 찾아낸 남자는 경묵과 서은을 번갈아보며 예약 내용을 확인해주기 시작했다.

"임경묵 손님, 총 두 분 저녁 10시 예약, 2층 테라스 자리 맞으십니까?"

"네, 맞습니다."

경묵이 고개를 한 번 끄덕여 보이자, 직원이 문을 열고 직접 안내를 해주기 시작했다.

문이 열리자 내부가 훤히 드러났다.

놀라운 것은 외부보다 오히려 내부 인테리어에 더욱 심

혈을 기울인 듯 해보였다.

불씨가 살아있지는 않았지만, 실제로 사용이 가능한 벽 난로를 비롯하여 가게 내부에서 서구적인 느낌이 물씬 풍겨오고 있었다.

원형 계단을 올라 2층에 다다른 경묵과 서은은 직원의 안내에 따라 테라스 테이블에 앉았다.

두 사람이 앉을 자리는 깔끔하게 세팅이 되어있었고, 직원은 고개를 한 번 숙여보이고는 다시금 아래로 내려가기 시작했다.

자리에 앉은 두 사람은 가장 먼저 테라스 아래로 보이는 풍경을 살폈다.

넓게 펼쳐진 정원과 중앙에 서있는 분수대. 우선 맛을 보기도 전에 분위기에서 크게 만족하고 있었다.

경묵도 대단하다는 생각이 들 정도였으니, 서은은 오죽했을까?

서은은 감격한 듯 양 손을 맞댄 채 연신 주변을 두리번거리고 있었는데, 심지어 두 눈에서 안광이 나오는 것 같다는 착각이 들 정도로 반짝이고 있었다.

"경묵씨, 정말 여기 너무 최고인 것 같아요. 왜 이런 곳을 모르고 있었지……?"

"그러게요, 저도 이 정도일 줄은 몰랐는데 정말 괜찮네요."

경묵 역시 눈에 보이는 풍경들을 한 번 둘러보자니 제법 기분이 좋아졌다.

고층에서 내려다보는 도심의 야경과는 다르게 소소하면서도 고급스러운 것 같은 맛이 있었다.

분위기는 정말이지 별 다섯 개였다.

이제 남은 평가대상은 음식의 맛 뿐.

경묵이 주문한 메뉴는 샐러드와 파스타 하나, 스테이크에 디저트 까지 나오는 코스메뉴였다.

"샐러드는 연어 샐러드로 주시고, 파스타는 까르보나라, 등심 스테이크에 미디움 그리고 디저트는 티라미슈 케이크로 주세요."

경묵이 제법 능숙하게 주문을 해보이자 서은은 물론 직원마저도 다소 놀란 것 같은 표정을 지어보였다.

꿀꺽-

주문을 받던 남자 직원이 침을 삼켜냈다.

지속효과스킬인 [우아한 움직임]의 효과 덕분에 주문을 하는 경묵의 모습에서 다소 위압감을 느낀 것 이다.

앨런 킴이 운영하는 '시크릿 가든' 이 무식하게 값비싼 레스토랑은 아니라지만, 일반적인 음식점보다야 높은 가격대를 형성하고 있다 보니, 부호 손님이라면 심심치 않게 만날 수 있다.

그런데 지금 앞에 앉아있는 남자는 그런 이들과는 차원

이 다른 기품을 뽐내고 있었다.

마치 자신은 물론이고 레스토랑 전체가 도마 위에 오른 것 같은 기분이었다.

이마 끝에 땀이 맺히고 손이 떨렸지만 최대한 내색하지 않으려 노력했다.

주문사항을 받아 적은 직원이 정중히 고개를 숙여 보인 후에 테이블을 떠나자 서은이 물었다.

"이야, 어쩜 그렇게 줄줄 읊어요? 꼭 드라마에 나오는 귀공자 같던데요?"

경묵은 웃으며 자신의 휴대폰을 흔들어 보였다.

"사실 드라마에 나오는 귀공자는 아니고, 그 귀공자 케릭터를 연기하는 배우는 되겠네요. 인터넷에서 본대로 주문한 거예요."

경묵이 잔뜩 너스레를 떨며 말하자 서은이 웃음을 터트렸다.

그 때, 경묵에게 주문을 받은 직원 남자는 다급한 걸음으로 주방으로 향했다.

그는 종종 평론가 내지는 VVIP손님으로 보이는 이들이 '시크릿 가든'을 찾으면 주방에 미리 귀띔을 해주곤 했었다.

그의 눈에 비추어진 경묵은 저명한 평론가 혹은 VVIP가 분명해보였다.

가장먼저 경묵의 테이블을 거쳐 간 음식은 식전 빵이
었다.

보통 레스토랑에서 식전 빵으로 많이들 사용하는 마늘
소스를 발라 구운 바게트도 아니었고, 크림을 발라 먹는
호밀 빵도 아니었다.

평범한 카스테라보다 단맛이 조금 덜 느껴지는 부드러
운 빵.

부담 없이 먹기에 딱 적당한, 식전 빵이라는 이름이 정
말 잘 어울리는 맛이었다.

두 사람이 식전 빵을 게 눈 감추듯 먹어치우고 얼마 지
나지 않아 다음 메뉴가 다시금 테이블 위에 올라섰다.

그 다음으로 올라온 메뉴는 연어 샐러드였다.

대부분의 남성들이 그렇듯, 경묵은 본래 샐러드에 대해
서는 그다지 우호적이지 않은 시선을 가지고 있었다.

그러나 마찬가지로 대부분의 여성들이 그렇듯, 서은은
테이블위에 연어샐러드가 올려지자 마자 소리 없는 환호
를 내지르는 듯 보였다.

"와, 예쁘다……."

플레이팅 된 모습이 제법 멋들어져 쉽사리 포크를 가져
다 댈 수 조차 없었다.

발달한 미각 덕분에 맛을 제대로 느낄 수 있게 된 것이
계기일 지도 모르지만, 다소 부정적이던 경묵의 인식을

가볍게 뒤엎어준 음식이기도 했다.

맛을 보기 전에 오로지 '향'만으로 미루어 보건데 드레싱에 감귤이 제대로 들어간 듯 했다.

코를 간질이는 감귤의 향을 맡는 것만으로도 입 안에 살짝 침이 고였다.

무엇보다 신선도가 느껴지는 야채들의 식감이 마음에 들었고, 어우러져 있는 감귤 드레싱이 상큼함을 배가 시켰다.

가끔 심심치 않게 씹히는 견과류의 고소함이 더해지고 나니 가히 심도 깊은 맛이라고 할 수 있었다.

서은은 연신 연어 샐러드에 대한 호평을 아끼지 않았다.

"저는 이게 가장 맛있었던 것 같아요."

"당연하죠, 식전 빵 말고 먹은 거라곤 아직 그거 하나밖에 없는데."

"그래도요, 정말 제 지치는 일상을 위로해주는 맛이었어요."

엔틱한 느낌의 촛대에 꽂힌 기다란 초가 천천히 녹아내리고 있었다.

바깥에서 바람이 불기라도 하면 초 끝에 붙어있는 불꽃이 살살 넘실거렸고, 잔잔한 클래식음악이 계속해서 흘러나오고 있었다.

말 그대로 정말 오감을 자극하는 곳이었다.

'분위기가 정말 중요하긴 하구나……'

아직 의자에서 엉덩이 한 번 떼지 않은 지금도 다시 찾고 싶다는 생각이 들 정도였다.

다소 막연하지만 레스토랑이라는 곳이 이런 느낌이구나 싶어 피식하고 웃음이 새나왔다.

얼마 지나지 않아 처음 주문을 받았던 직원이 경묵이 주문한 두 가지 메인 메뉴를 들고 올라왔다.

정갈하게 플레이팅 되어있는 까르보나라 파스타와, 등심 스테이크였다.

직원은 음식이 담긴 접시를 내려놓으며 친절한 목소리로 두 사람에게 물었다.

"샐러드는 입에 맞으셨는지요?"

"아, 네. 맛있더군요. 드레싱에서 감귤 향이 느껴져서 정말 상쾌했던 것 같습니다."

직원은 한 번 싱긋 웃어보이고는, 다시금 정중히 고개를 숙여 보이며 말했다.

"그럼, 즐거운 시간 되십시오."

서은은 넋이 나간 표정으로 접시들을 멍하니 바라보고 있었다.

경묵은 먼저 파스타 면을 포크로 살짝 집어든 후에 스푼에 대고는 연신 포크를 돌리기 시작했다.

포크를 따라 돌돌 말린 파스타 면에서 고소한 향이 물씬 풍기는 까르보나라 소스가 뚝뚝 떨어졌다.

이를 바라보던 경묵은 침을 삼킬 수밖에 없었다.

경묵은 돌돌 말려진 파스타 면을 그대로 입 안에 넣었다.

그리고는 최대한 모든 감각을 집중해서 입 안에 든 까르보나라 파스타를 해부하기 시작했다.

따뜻한 감촉에 가려진 세심한 맛 하나하나까지 놓치지 않고 따라 거슬러 올라가고 있었다.

이제 발달된 감각에 익숙해질 법도 했지만, 신기한 것은 여전했다.

고소한 향의 흰색 소스는 닭 육수를 베이스로 만든 소스라는 사실을 알 수 있었다.

월계수와 통 후추의 향이 맴도는 것이 살짝 느껴지는 듯 했다.

조금 더 제대로 음미하기 위해 눈을 감았다.

주변에서 들려오던 소리가 점점 아득해지기 시작하고, 의자에 앉아있다는 사실마저 잊을 정도로 무감각의 세계가 찾아왔다.

남은 감각이라고는 미각 뿐.

경묵은 천천히 맛 여기저기를 더듬기 시작하자 금세 몇 가지 사실을 더 알아낼 수 있었다.

생크림과 우유, 노른자와 약간의 향신료를 혼합하여 만든 크림소스에 닭 육수를 얹어서 함께 끓여냈다는 것.

소스 특유의 걸쭉함은 그저 한소끔 끓여내 만들 수 있는 것이 아니었다.

노른자, 계란의 노른자를 이용해서 농도를 맞춘 듯 보였다.

전반적으로 균형이 확실하게 잡혀있는 아주 훌륭한 맛이었다.

확실한 것은 특별한 비결이 있는 맛이 아니라, 말 그대로 오랜 내공이 녹아있는 맛 이었다.

쉽게 따라 하기에는 조금 무리가 있어 보이는 오랫동안 쌓아올렸다는 것이 느껴지는 견고한 맛 이었다.

이윽고 경묵이 다시금 눈을 떴다.

눈을 뜨자마자 그간 밀려있던 빛과 소리들이 한 번에 밀려오는 것 같다는 착각이 들 정도로 맹렬하게 경묵의 감각을 괴롭혔다.

아무래도 다른 모든 감각들을 버린 채 한 가지 감각에 의존하는 것이 신체에 무리를 주는 듯 했다.

이 또한 남용할 수는 없을 듯 보였다.

경묵이 살짝 인상을 써 보이자 서은이 걱정스러운 듯 물었다.

"괜찮아요……? 경묵씨, 혹시 어디 아픈 거 아니에요?"

이윽고 경묵이 환히 웃어 보이며 답했다.

"너무 맛있어서 그래요."

"뭐에요, 실없게. 걱정했잖아요. 그런데 2차 경연 메뉴가 대체 뭐 길래 중식당이 아니라 레스토랑으로 온 거에요?"

서은의 물음에 경묵이 대답대신 넌지시 웃음을 지어보였다.

사실 경묵이 많고 많은 파스타 메뉴 중에 까르보나라를 고른 이유는 단 하나였다.

단지 까르보나라가 '가장 대중적인 크림소스 파스타'이기 때문이었다.

경묵은 다시금 귀품 가득한 자태로 파스타 면을 돌돌 말기 시작하며 천천히 입을 뗐다.

"동과서의 조화랄까요? 아니다 중식과 양식의 조화를 위해 힘쓰려면 양식에 대해서도 어느정도 일가견이 있어야죠."

"네? 그게 대체 무슨 말이에요?"

서은이 호기심 가득한 눈으로 경묵을 바라보며 물었다.

여전히 초 끝의 불꽃은 넘실거리고 있었고, 음악은 잔잔하게 울려퍼져 귓가에 맴돌고 있었다.

장난기 짖궂은 바람에 천장에 매달린 샹들리에가 흔들렸고, 경묵이 다시금 무어라 말했다.

서은의 표정이 밝아졌다.

"와, 그거 정말 맛있겠어요."

＊

그렇게 며칠 후, 경묵은 다시금 '오너셰프 코리아'의 촬영장소인 F&F의 사옥에 걸음 하였다.

어느덧 2차 경연일이 된 것이다.

경묵은 그간 부지런히, 또 꾸준히 음식을 조리해왔다.

낮에는 보육원에서, 점심이 지나고부터는 푸드 트럭에서, 또 영업을 마치고 나면 경연에서 선보일 메뉴를 연습해오곤 했다.

덕분에 화동은 한 단계 더 성장을 이룩해내 어느덧 레벨 7의 정령이 되었다.

그러나 경묵의 각성자 레벨은 변동 없이 여전히 8 이었다.

경묵이 3층 로비에 들어서자 먼저 와있던 참가자들의 시선이 일제히 경묵에게로 향했다.

다소 부담스러운 것이 사실이었지만, 개의치 않고 다른 이들로부터 멀찍이 떨어진 자리에 앉았다.

제법 푹신한 의자에 몸을 뉘이고 옆을 한 번 살펴보았다.

참가자가 반으로 토막이 나버려서 그런 것인지, 아니면 실력보다 말이 앞섰던 이들이 모두 떨어져 나간 것인지 대기실이 상상도 할 수 없을 만큼 조용했다.

나름대로의 인산인해를 이루던 저번 경연의 시끌벅적함이 그리울 정도였다.

경묵은 한숨을 한 번 내쉬고는 양쪽 귀에 이어폰을 꽂았다.

그리고는 의자 등받이에 몸을 편히 기댄 후, 눈을 지그시 감은 채 촬영시작 시간이 되기만을 기다렸다.

경묵의 자태는 참으로 여유롭기 짝이 없었나.

아니나 다를까 그 여유 또한 상당히 품격이 있어 보이는 것이 사실이었던지라, 다른 참가자들은 졸고 있는 경묵을 힐끔힐끔 엿보고 있었다.

경묵은 마치 경연장 앞의 대기실이 아니라, 안방 침대에 누워있는 듯 편안한 표정으로 휴식을 만끽하고 있었다.

그간 쌓인 피로도 피로겠지만, 방송을 챙겨보며 경쟁자들의 수준을 한 번 점검해보니 처음보다는 제법 여유가 생긴 터였다.

경묵이 유력하게 경쟁상대로 삼아야할 사람이 딱 한 명 있었다.

지난 주 방영분에서 처음 모습을 드러낸 새로운 강자, '연래춘'의 주방장이자 사장인 정필상이었다.

그는 '꽃 만두' 라는 메뉴를 선보이며 여러 심사위원들의 마음을 사로잡았다.

'꽃 만두!'

이름처럼 아름다운 꽃 모양의 만두였는데, 유별나게 얇아 속이 비치는 만두피 안으로 형형색색의 재료들이 담겨 있었다.

앨런 킴은 그의 꽃 만두를 '맛이 뛰어난 것뿐만 아니라, 보는 맛 역시 훌륭하다.' 고 극찬하였고, 형대욱 셰프와 남광민 셰프가 특히나 그의 '꽃 만두' 에 크게 감탄한 듯 보였다.

특히 형대욱 셰프는 그가 만든 '꽃 만두' 는 모양만 꽃과 흡사한 것이 아니라, 향 또한 묵직한 음식의 향이 아니라 가벼운 꽃의 향이라고 표현했다.

더군다나 그 역시 각성자라는 사실이 밝혀진 덕분에 자연스레 경묵과의 라이벌 구도를 형성되기도 했다.

2차 경연 시간이 임박하자 유승우가 돌돌 말아 놓은 종이뭉치를 한 손에 꽉 쥔 채로 심사실 안에서 나타났다.

미간에 주름이 잔뜩 잡혀있는 것으로 미루어보아 오늘 기분이 안 좋은 일이 있는 듯 보였다.

참가자들과 눈이 마주칠 때마다 지어보이는 억지 미소에서 내색하지 않으려는 부단한 노력이 묻어났다.

이윽고 유승우가 손목에 찬 시계를 한 번 내려다보고는 천천히 입을 뗐다.

"자, 이동하겠습니다."

참가자들은 다시금 유승우를 따라 안쪽에 있는 스튜디오로 입장했다.

스튜디오 중앙에 있는 작은 연단에 진행자 박성주가 올라서 있었다.

그는 한 손에는 마이크를, 한 손에는 진행대본을 든 채로 입고 있는 외투 옷매무새를 가다듬어 보이고 있었다.

방송에서는 웃는 모습만 보이던 그가 아무런 표정 없이 할 일에 매진하고 있으니 괜스레 이질감이 들었다.

"큼, 흠. 준비 다 됐습니다."

박성주가 넌지시 말하자, 유승우가 고개를 한 번 끄덕여 보였다.

"자, 빠르게 설명해드리겠습니다. 지금 이 스튜디오에서 대진표를 짜는 장면을 먼저 촬영한 다음에, 2차 경연으로 바로 넘어가도록 할 겁니다."

유승우는 고급스러운 재질의 밸벳 원단이 둘러져있는 테이블을 가리켰다.

그 위에는 손 하나가 들어갈 정도의 구멍이 뚫려있는 박스가 놓여 있었다.

"저 박스 안에 공 열 개가 들어있습니다, 큐 사인 떨어지고 다시 촬영 시작되면 박성주씨가 다시 한 번 설명해 주실 거긴 한데 그래도 한 번 집어서 말씀 드리겠습니다. 저 박스 안에 다섯 색깔 공이 각 두 개씩 들어있어요."

그 정도면 충분한 설명이었다.

보나마나 뻔하지, 같은 색 공 두 개 집어든 녀석들끼리 겨뤄봐라 이거 아냐?

그러나 꼼꼼하기로 둘째라고하면 서러울 유승우의 설명은 거기서 멈추지 않았다.

"같은 색 공 집으신 분들끼리 경연에서 대결심사를 받는 방식으로 진행 될 겁니다. 자, 혹시 다른 궁금한 사항 있으신 분?"

그의 이마 능선을 타고 흐르는 땀이 조명 불빛 덕분에 반짝거렸다.

누가 보면 굉장히 열심히 일한 것처럼 보이겠지만 사실상 말 몇 마디 한 것 말고는 아무것도 없었다.

참가자들 중 누구도 별다른 질문을 하지 않자 유승우는 고개를 끄덕여보이고는 연단에서 내려와 촬영진 틈 속에 섞여 섰다.

이윽고 큐 사인이 떨어짐과 함께 천장에 달린 색조명이 번갈아 켜지며 아름다운 광경을 자아냈다.

연단에 홀로 선 박성주가 오프닝 멘트를 던짐으로서 촬영이 시작되었다는 사실을 새삼 일깨워주었다.

"여러분, 반갑습니다. 오너셰프 코리아의 진행을 맡은, 진행자 박성주입니다."

박성주는 고개를 한 번 숙여 인사를 해 보인 후에, 세 걸음 앞으로 다가섰다.

옮긴 걸음은 세 걸음이었다지만, 보폭이 좁았기에 실상 거리는 별반 차이가 없었다.

경묵은 그의 사소한 행동 하나하나를 눈썰미 있게 파악해냈고, 말하는 억양을 유심히 듣고 있었다.

후에 자신 역시 써먹을 요량이었다.

"2차 경연의 시작에 앞서 먼저 대진표를 공개하려 합니다. 다인 심사 방식으로 치러진 1차 경연과 달리 2차 경연은 1:1 대결 방식으로 치러지게 됩니다."

박성주는 능수능란한 말솜씨로 진행방식에 대한 설명을 늘어놓기 시작했다.

들었던 말을 한 번 더 듣는 것은 제법 지루한 일이 아닐 수 없었다.

경묵은 물론이고 다른 참가자들 역시 조금은 집중력을 잃은 듯 보였다.

그것도 잠시, 이윽고 스튜디오 전체 조명이 켜지자 분위기가 환기 되었다.

어두컴컴한 파랑 빛 조명이 순식간에 사라지고 흰 형광
등 불빛이 방 안을 집어삼킨 것이다.

이윽고 박성주가 참가자들을 한 번씩 훑어보고는 말을
이었다.

"호명되신 분은 앞으로 나오셔서 상자 안에 든 공을 하
나씩 집어주시면 됩니다. 호명되는 순서는 1차 경연에서
받으신 점수 순입니다. 가장 먼저 임경묵 참가자 올라와
주세요."

카메라 한 대가 경묵을 맡아서 찍기 시작했다.

이윽고 천천히 경묵이 연단위에 올라가 박성주의 옆에
섰다.

"1차 경연에서 가장 큰 관심을 받으신 임경묵씨, 역시
나 가장 높은 점수를 기록하셨는데요. 과연 실력만큼 대
진운도 뒤를 받쳐줄지 궁금합니다."

이윽고 경묵이 상자 안에 손을 넣고 공을 하나 집어 들
었다.

한 손에 잡히는 가벼운 재질은 마치 탁구공을 연상시켰
다.

이왕이면 아직 만나고 싶지 않은 사람 덕분인지 괜스레
쉼 호흡을 한 번 해보았다.

"후우……."

이윽고 경묵의 손이 상자 밖으로 빠져나오고 움켜쥐고

있던 손을 카메라를 향해 펴보였다.

경묵이 뽑은 공의 색은 파란색 이었다.

"자, 임경묵 참가자! 파란색입니다!"

박성주의 쩌렁쩌렁한 목소리가 울려 퍼졌다.

연단 아래에 서있던 다른 참가자들은 잔뜩 긴장해 침을 한 번 삼켜 보였다.

그 순간 경묵을 제외한 아홉 명의 참가자 중에서 여덟 명이 똑같은 생각을 하고 있었다.

'파란색 뽑으면 끝장이다.'

이윽고 다음에 호명된 사람은 볼 것도 없이 정필상이었다.

경묵은 연단 아래에서서 무덤덤한 표정으로 상자 안에 손을 집어넣은 그를 바라보았다.

그는 상자 안에 넣은 손을 몇 번 뒤적이다가 공 하나를 잽싸게 집어 들어서는 바로 손을 꺼내들었다.

그의 두꺼운 손 틈 사이로 안에 쥐고 있는 공의 색이 비칠 듯 말 듯 했다.

이윽고 꽉 쥐고 있던 손을 펴서 안에든 공이 보이게끔 내밀어보였다.

경묵은 정필상과 맞서기가 두려운 것은 아니었지만, 아직은 만나고 싶지 않다는 생각뿐이었다.

이윽고 그의 손가락이 펴졌다.

그의 손바닥 위에 오른 작은 공의 색은 다행히도 빨간색 이었다.

연래춘의 정필상이 뽑아든 공의 색이 경묵이 뽑은 공의 색과 다른 것을 확인한 다른 참가자들의 안색이 더욱 더 안 좋아졌다.

'제기랄, 빨간색 걸려도 끝장이다.'

그들에게 있어서 최고의 시나리오는 막강한 우승후보인 두 사람이 맞붙는 것이었다.

어느 순간부터 경묵과 정필상을 제외한 나머지 참가자들은 그저 조금이라도 더 오랫동안 살아남는 것을 목표로 하고 있었다.

어쨌든 정필상과 맞붙지 않게 된 것은 경묵으로서도 반가운 일이었고, 정필상 역시 마찬가지로 경묵과 맞붙지 않게 된 것이 나쁘지 않은 소식이었다.

이윽고 다른 참가자들이 줄줄이 연단 위에 올라서는 대진 상대를 배정 받기 시작했다.

경묵의 상대는 한식집과 반찬가게를 각 하나씩 운영 중인 도광룡 이었다.

자신이 뽑은 공이 경묵이 뽑은 것과 같은 파란색 공이라는 것을 확인한 도광룡은 순식간에 사색이 되어 무기력한 걸음으로 연단 아래로 내려왔다.

그 모습에 일순 미안한 감정이 들었지만 금세 사그라졌다.

경묵은 밝은 표정으로 고개를 살짝 까딱거리며 속으로 생각했다.

'잘하는 게 죄는 아니지.'

※

경연이 시작되기 전까지 제법 여유가 있었던 터라, 경묵은 다시금 대기실 의자에 앉아 연신 북경각 사장과 주고받아 온 문자를 읽어댔다.

몇 번 정중하게 답장을 했음에도 불구하고 사장은 계속해서 도발을 걸어왔다.

덕분에 대화기록은 날이 갈수록 조금씩 쌓여가고 있었다.

무너트릴 수 있는 기반이 잡히고 있는 것이니 경묵으로서는 흐뭇한 노릇이었지만 아무리 읽어보아도 어떤 의도로 이런 문자를 보내고 있는 것인지 통 이해가 가질 않았다.

맛있는 음식은 시간이 걸리더라도 입소문을 타게 되는 것이 섭리이다.

정말 자신보다 나은 요리사를 주방장으로 세워두었다면, 굳이 가게를 알리고자 노력하지 않아도 될 노릇인데, 그럼에도 불구하고 자신을 이용해서 유명세를 얻고자 하는 것을 미루어보아 알 수 있는 것은 단 하나였다.

애매한 실력의 핫바지를 데려와 주방장으로 세워놓고 정말 자신과 그 주방장을 동급이라고 생각하고 있는 것이 분명했다.

어쨌든 경묵이 경연만큼 기다려왔던 '신호탄 발사'의 시간이 코앞에 와 있었다.

잘 생각해보니 가장 처음 인터넷의 파급력을 함께 느꼈던 이들 중 하나가 사장이었다.

그리고 당시 가장 톡톡히 이득을 보았던 것 역시 사장이었다.

화제의 동영상 1위에 등극하는 덕분에 북경각의 매출을 껑충 뛰어오르게 만들어주었으니 말이다.

이번에는 그 인터넷의 파급력을 이용해 한 번 호되게 혼내 주리라 마음먹었었다.

손을 더럽히지 않고 벌레를 잡는 방법.

소위 말하는 '언론 플레이'를 한 번 해볼 요량이었다.

경묵은 연신 만지작대던 핸드폰을 주머니 안에 넣고는 몸을 일으켜 사전인터뷰를 위해 인터뷰 부스 안으로 걸음을 옮기기 시작했다.

이제 들어설 인터뷰 부스, 그곳이 경묵의 언론 플레이의 시발점이었다.

"어디 한 번 움직여볼까?"

자신이 불러일으킬 수 있는 파급력의 한계가 궁금하기

도 했다.

이윽고 경묵은 천천히 인터뷰 부스가 위치한 방의 문을 열기 시작했다.

❀

오늘도 어김없이 수염 사내가 경묵을 반겨주었다.

"경묵씨, 오랜만이네? 이쪽으로 앉아서 잠깐만 기다려."

경묵을 반갑게 맞이해준 그는 다시금 뒤돌아서서는 뒤쪽에 놓인 서류뭉치를 뒤지기 시작했다.

뒤돌아서서 서류 뭉치를 뒤지고 있는 그의 분주한 뒷모습을 숨죽인 채 바라보던 경묵이 조심스레 입을 뗐다.

"저, 죄송한데 여쭤보고 싶은 게 하나 있어서요."

"어떤 거?"

경묵이 말을 꺼내자마자 남자는 서류 뭉치를 헤집던 손을 멈추고 제 자리에서 경묵을 뒤돌아보았다.

일순 정적이 흐른 후에 경묵이 다소 우울한 듯 보이는 목소리로 천천히 말을 이어나가기 시작했다.

"오늘 인터뷰에서 전에 겪었던 힘들었던 일에 대해 언급해도 될까 해서요."

경묵의 조심스러운 물음에 수염 남자의 표정이 끝없이 밝아졌다.

그는 서류가 난잡하게 올려져있는 탁상 위에 걸터앉아 박수를 쳐 보이며 말했다.

"내가 보기에 경묵씨는 선천적으로 방송에 대한 감을 타고 난 것 같아. 정말 어느 정도냐면 아예 방송인으로 전향을 해도 될 만큼? 대중들이 원하는 니드(NEED)에 대한 파악을 아주 잘 하고 있어."

갑작스러운 수염 사내의 칭찬에 머쓱해진 경묵이 뒤통수를 긁으며 배시시 웃음을 지어보이자 사내가 다시금 말을 이어나갔다.

"문제없어, 오히려 찬성이지."

촬영에 앞서 경묵이 수염사내에게 북경각에서 겪었던 일에 대해서 털어놓기 시작했다.

맨 처음 북경각에서 일하게 되었던 계기부터 시작해서, 정혁과의 만남, 그 당시 느꼈었던 감정과 그 이후 사장의 배신에 대해서까지 모두 털어놓았다.

그리고는 현재에도 협박 문자에 시달리고 있다며 말하고는, 상단부의 문자 몇 개를 보여주었다.

수염사내는 진지한 눈빛으로 경묵의 말을 경청했다.

듣는 족족 무어라 날려 쓴 듯 보이는 글씨체로 흰 종이를 빼곡하게 채워냈다.

이야기가 최대한 자연스레 풀어질 수 있도록 연신 경묵에게 던질 질문을 정리하고 있던 것이다.

수염사내는 방 안에 놓여있던 컴퓨터 앞에 앉으며 나지막이 중얼거렸다.

"이번에도 아주 난리가 나겠군."

그 역시 경묵이 어떤 의도로 인터뷰 방향을 이렇게 잡은 것인가에 대해서 짐작 할 수 있었다.

어쨌든 그에게 중요한 것은 이슈가 될 것 같은지 아닌지에 대한 여부 뿐이었다.

가지고 있는 인지도와 대중성을 이용하는 게 뭐 어때?

돈 있는 사람이 먹고 싶은 깃 먹고, 입고 싶은 옷 사는 거랑 다를 게 없는데.

그리고 지금, 남자의 직감이 말하고 있었다.

'이번 인터뷰도 대박이다.'

남자는 재빠른 손놀림으로 키보드를 두드려대기 시작했다.

경묵은 남자가 새로운 질문지를 인쇄해서 줄 때 까지 가만히 앉아서 기다렸다.

이윽고 인쇄를 마친 남자가 아직 열기가 남아 따뜻하기만 한 A4용지 한 장을 경묵에게 건네어주며 말했다.

"경묵씨는 안 훑어봐도 술술 잘 대답할 것 같기는 한데……. 그래도 한 번 훑어보면 더 술술 나오게 할 수 있잖아? 귀찮아도 한 번 훑어보도록 해."

"네, 감사합니다."

인터뷰 용지에 적혀있는 질문들의 내용이 제법 정교했다.

희한할 만큼 짜임새 있는 질문들은 이야기가 과거사로 이어질 수 있도록 아주 잘 설계되어있었다.

처음부터 끝까지 쭉 훑어본 경묵은 그제야 만족스럽다는 듯 고개를 끄덕여 보이고 준비가 다 되었음을 알렸다.

수염 사내는 다시금 인터뷰용지를 손에 쥔 채로 경묵의 맞은편에 앉았다.

세대의 카메라가 각각 다른 각도에서 경묵의 잘난 얼굴을 겨누고 있었다.

이윽고 큐 사인이 떨어진 후 흐르던 적막 속에서 먼저 입을 뗀 것은 당연히 수염 사내였다.

"이번에 나간 방송 보셨어요?"

첫 질문은 가벼웠다.

아마 시청자들은 이렇게 시작한 인터뷰에서 어떤 내용이 오가게 될 것인지 상상조차 하지 못할 것이 분명했다.

경묵은 미간에 살짝 주름을 잡으며 멋들어지지만 우스꽝스럽기도 한 표정을 지어보이며 천천히 입을 떼기 시작했다.

"아, 네. 물론입니다."

"TV 화면에 나오는 본인 모습을 보고 가장 먼저 든 생각이 어떤 생각이었어요?"

인터뷰는 물 흘러가듯 순조롭고 매끄럽게 진행되고 있었다.

경묵은 입가에 미소를 한 번 지어보이고는 장난기 어린 목소리로 답했다.

"글쎄요? 솔직하게 가장 먼저 든 생각은 '나는 역시 실물이 더 낫구나' 싶었던 것 같아요."

곧장 뒤어나온 경묵의 진솔한 대답이 촬영 진들의 웃음을 자아냈다.

사장을 벌하고 북경각을 되찾기 위한 공개처형의 첫 단추가 천천히 끼워지고 있었다.

인터뷰를 마치고 대기실로 돌아온 경묵은 시간을 한 번 확인했다.

2차 경연 역시 1차 경연에서 거둔 심사점수 순으로 치러지기 때문에 경묵과 경묵의 상대로 배정받은 참가자 도광룡이 가장 첫 번째로 경연을 치러야만 했다.

평정심의 효과인지, 아니면 자신의 실력이 우위에 있다고 굳건하게 믿고 있는 오만함 덕분인지는 정확히 모르겠으나 괜스레 마음이 평온했다.

그 때, 대기실 문을 열고 들어선 유승우가 경묵과 도광룡을 호명했다.

"임경묵 참가자, 도광룡 참가자. 심사실 앞에서 대기해주세요."

경묵과 맞붙게 될 참가자 도광룡은 몹시 긴장한 듯 이마에 잔뜩 맺힌 땀을 한 번 훔쳐내고는 느릿느릿한 걸음으로 앞으로 나섰다.

"예, 알겠습니다."

굵직한 음성으로 말을 마친 도광룡은 자신의 옆에 있던 큰 짐 가방을 어깨에 들러 맨 채 천천히 대기실 밖으로 빠져나갔다.

그런 그의 뒷모습을 바라보던 경묵 역시 몸을 일으켜 심사실을 향해 걸음을 옮기기 시작했다.

❀

심사실 안, 텁텁한 적막 덕분에 지루한 공기가 잔뜩 맴돌고 있었다.

그런 분위기가 환기 된 것은 참가자 경묵과, 도광룡이 들어서면서 부터였다.

경묵이 들어서자마자 멘토이자 심사위원인 남광민 셰프가 장난기 어린 목소리로 말했다.

"조금 뜬금없긴 한데 경묵이 되게 잘생기지 않았어요?"

다른 세프들 역시 동조하듯 고개를 끄덕이며 한 마디씩 거들기 시작했다.

"이게 조금, 다른 요리사들하고 그 풍기는 분위기가 달라."

"그래 조금 알 수 없는 포스가 있다고 해야 하나?"

아직 거리가 있는 터라 그들이 주고받는 이야기가 경묵에게 들리지 않을 것이라 생각한 듯 했지만 아니었다.

경묵은 발달한 청각의 도움으로 그들이 나누는 모든 이야기를 토씨 하나 놓치지 않고 들을 수 있었다.

두 사람은 금세 심사실 중앙에 비치된 조리대 앞에 멈춰 섰다.

심사위원들에게 묵례를 한 번 해보인 도광룡이 우측에 있는 조리대위에 어깨에 걸치고 있던 짐 가방을 올려놓았다.

그런 탓에 자연스레 좌측 조리대가 경묵의 몫이 되었다.

이윽고 두 사람은 자신이 사용할 조리 기구를 하나씩 꺼내들기 시작했다.

경묵이 인벤토리에서 큼지막한 중화 팬과 기다란 국자를 꺼내들자 심사위원들이 격양된 목소리로 말했다.

"오늘은 전공을 보여줄 생각인가 본데?"

"그래도 혹시 모릅니다. 저번에도 중화 칼로 스테이크에 칼집을 내지 않았습니까?"

가든 램지의 말에 모든 심사위원들이 박장대소를 해 보였다.

정작 조리 준비를 하고 있는 경묵은 의미심장한 미소를 지어보일 뿐 아무런 말도 하지 않았다.

이제 두 사람은 식재료를 하나 둘 조리대 위로 올려두기 시작했다.

도광룡이 사용할 식재료는 촬영장 냉장고에 보관되어 있었던 탓에, 촬영 팀 한 명이 손수 조리대 위에 올려주었다.

그의 조리대 위에 오른 재료 중에는 제법 신선해 보이는 생물 고등어가 가장 눈에 띄었다.

반면, 경묵의 조리대 위에 놓인 재료들은 조금 달랐다.

온갖 종류의 해물과 야채들이 있었다지만, 가장 눈에 띄는 재료는 단연 '휘핑크림'이었다.

심사위원들은 경묵의 조리대 위에 놓인 휘핑크림을 보며 눈살을 찌푸렸다.

중식 조리사의 조리대 위에 놓인 휘핑크림의 용도를 도저히 짐작할 수 없었기 때문이었다.

정말이지 짐작할 수가 없었다.

앨런 킴은 전에 가졌던 개인 인터뷰에서 경묵을 럭비공 같은 참가자라고 표현했다.

정말 어디로 어떻게 튈지 가늠조차 할 수 없다는 것이 그 이유였다.

경묵이 고른 메뉴에 대해서 알고 있는 남광민 셰프 만이 여유 가득한 표정으로 경묵의 조리대를 지켜보고 있었다.

이윽고 준비를 마친 경묵이 먼저 조리를 시작했다.

가장 먼저 휘핑크림과 우유를 비율을 맞추어 섞기 시작했다.

그리고는 계란 한 알을 깨끗하게 씻어낸 손 위에 풀어놓고는 흰자는 개수대 아래로 흘려보내고 노른자만 걸러낸 후에 알끈을 세심하게 제거했다.

노른자를 작은 접시위에 잘 옮겨 담아둔 후, 손을 한 번 씻어내었다.

어떻게 보더라도 까르보나라 파스타를 조리하기 위한 준비를 하고 있는 듯 보여 더욱 더 의문을 자아내고 있었다.

심사위원들은 예리한 시선으로 경묵의 작은 움직임도 놓치지 않고 세세하게 관찰하고 있었다.

두다다다다─

그 때, 조리를 막 시작한 도광룡 참가자가 자신의 조리대 위에 놓인 대파를 썰어내기 시작했다.

일정한 박자로 칼날과 도마가 맞닿으며 명쾌한 소리를 내기 시작하자 심사위원들의 시선이 도광룡 참가자의 도마 위로 향했다.

더군다나 정확한 두께로 썰리는 식재료들.

물론 겨우 그 정도로 이 자리에 있는 이들의 이목을 잡아끌기에는 부족하지만, 완성도 높은 칼솜씨를 갖추었다는 사실 하나 만큼은 분명했다.

크림소스 준비를 마친 경묵은 해산물을 먼저 손질해내기 시작했다.

가리비의 주둥이 사이에 중화 칼을 넣어 벌려 2등분을 냈다.

그 후 개수대 흐르는 물에 칼을 먼저 씻어 조리대 위에 올려두고는 가리비가 껍질 속에 머금고 있던 벌 진흙을 손가락을 이용해 천천히 제거해냈다.

이 과정이 이루어지는데 불과 몇 초가 걸리지 않았다.

그 다음 준비된 두절새우(headless)위에 꿀을 바른 후 파슬리를 뿌려두어 따로 담아두었고, 끓는 물에 홍합을 넣어 삶아내기 시작했다.

육수를 끓여내기 위함이었다.

그 다음에야 경묵이 칼을 손에 쥐었다.

홍합 국물이 끓는 동안 야채들을 손질해놓을 요량이었다.

오늘따라 중화 칼의 손잡이에 손이 감기는 것 같은 일체감이 넘치는 듯 했다.

경묵은 곧게 뻗은 왼손으로 양파를 천천히 굴려 오른손 앞에 가져다 두었다.

경묵은 천천히 칼을 쥐고 있는 오른손을 들어보였다.

타다다다다다닥-

도마 위에서 갑작스레 울려 퍼지기 시작한 굉음 탓에 심사위원들의 시선이 빠르게 돌아왔다. 경묵이 손에 쥐고 있는 중화 칼이 굉음을 내며 양파를 썰어내기 시작한 것이다.

칼과 도마가 내는 마찰음이 기계가 내는 소리와 흡사하다는 생각이 들 정도였다.

소리뿐만 아니라 경묵의 움직임 또한 기계와 흡사했다.

오른손은 일정한 박자로 칼을 움직이고 있었고, 왼손은 일정한 속도로 양파를 밀어내주고 있었다.

왼손 중지 두 번째 마디에 착 달라붙어 있는 칼날은 그 위로 더 이상 오를 생각을 하고 있지 않았다.

속도와 안정감 까지 겸비한 이상적인 자세였다.

안정감 가득한 자세, 상상범주 밖의 속도, 그리고 가장 중요한 정확도까지.

솜씨가 좋다거나 제법 출중하다거나 하는 말로는 도저히 통용할 수 없는 범주내의 실력이었다.

맞은편에 선 도광룡 참가자조차 넋을 잃은 채 경묵이 식재료를 다듬는 모습을 바라보고 서 있었다.

마음 같아서는 앞치마를 집어 던지고 심사실 밖으로 나서고 싶을 지경이었다.

오직 칼질 한 번만으로도 상대방의 열의를 죽일 정도로 압도적인 실력이었다.

가든 램지는 흡족한 미소를 지은 채 경묵의 조리대에서 눈을 떼지 않았다.

이윽고 경묵은 기름을 두른 팬 위에 다진 마늘을 잔뜩 넣었다.

기름에 마늘 향이 자작하게 배었을 때, 갖은 해산물과 야채를 동시에 기름에 투하했다.

콰가가갓-

뜨겁게 가열된 기름에 수분을 잔뜩 머금은 식재료가 맞닿자 거세게 불길이 일었다.

경묵은 곧장 팬을 돌리며 볶아내기 시작했다.

아름다운 곡선을 그리며 오르고 떨어지기를 반복하는 식재료들 사이사이로 불이 오고가고 있었다.

뿐만 아니라 불 특유의 향이 식재료에 배어들고 있었다.

그런데 이상한 것이 하나 있었다.

본래 이렇게 일어난 불길은 금세 잦아들어야 하는 것인데, 한 번 거세게 일은 불길이 잦아들 생각을 하지 않고 치솟고 있었다.

경묵이 불의 향을 식재료에 담아내기 위하여 불길이 일어난 순간 곧바로 '화력조절' 스킬을 사용한 덕분이었다.

좀처럼 멎을 생각을 않는 불길을 바라보던 심사위원들의 얼굴의 당황한 기색이 역력하게 떠올랐다.

임경묵.

정말이지 신비롭게만 느껴지는 참가자였다.

19. 북경각, Come Back Home?

MODERN FANTASY STORY

각성! 북경각

치솟은 불길은 경묵이 팬 손잡이를 놓기 전까지 멎을
줄을 모르고 계속 타오르고 있었다.

탄 부분 없이 노릇노릇하게 익은 야채와 해물들이 머금
은 기름기가 군침을 돌게 했다.

경묵은 그렇게 잘 볶아진 야채 위로 우려낸 홍합국물을
쏟아 붓기 시작했다.

이윽고 팬의 열기가 급격하게 떨어지며 마찰음이 났다.

치지지직-

그 다음 그 위로 준비해둔 크림소스를 끼얹었다.

육수가 크림소스와 어우러지자 끓어오르며 자작하게
졸아들기 시작했다.

그 다음 경묵이 인벤토리에서 꺼내든 것은 아직 삶지 않은 짬뽕 면이었다.

수타면은 아니고, 기계로 뽑은 듯 보이는 면 이었다.

일정한 굵기로 이어지는 기계로 뽑은 면을 바라보던 형 대욱이 눈살을 찌푸렸다.

지금 같은 상황에서는 기계 면보다 수타면이 더욱 더 탁월한 선택임에도 불구하고 기계 면을 고수한 이유를 알 수 없어서였다.

'설마……?'

형대욱은 고개를 저으며 생각을 선회시켰다.

설마 이 정도 실력을 갖추고 있는 경묵이 수타면을 뽑 을 줄 모를 리가 없다는 생각이 들어서 였다.

그러나 곰곰이 생각해보고 나니 경묵이 수타를 치지 못 한다는 것이 그리 이상한 일도 아니었다.

예전이야 아니었다지만, 요즘 수타면을 직접 치는 중식 당이 동네에 몇 군데나 되겠는가?

특히나 배달에 특화되어있는 업소면 업소일수록 수타 면을 고수하지 않는다.

그람 수에 맞추어 나누어둔 반죽을 기계에 넣으면 면이 되어 나오는 방식부터 시작해서, 심지어는 위에 비치된 통에 물과 밀가루를 섞어두기만 하면 자판기처럼 원하는 개수만큼의 면을 뽑아주는 방식까지.

인스턴트 화 되어가고 있는 현대 중식에 어울리는 것은 오히려 기계면 일지도 모른다.

이로서 경묵을 스승에게 데려가야만 하는 이유가 생겼다.

이 정도 실력의 중식 조리사가 겨우 수타 하나를 치지 못하는 것은 말이 되지 않는다.

수타로 이름을 알렸던 스승이야말로 녀석의 여백을 채워줄 좋은 물감이 될 것이리라는 것쯤은 짐작할 수 있었던 것이다.

그런 형대욱의 생각을 아는지 모르는지, 경묵은 뽑아둔 짬뽕면을 남아있는 홍합국물에 한 번 끓여냈다.

짬뽕 면이 대충 익은 듯 보이자, 잘 익은 면발을 건져내서 찬물에 씻어냈다.

한 움큼 쥐어 익은 정도를 판가름해 보았다.

시간에 의지하여 조리를 하던 때보다 훨씬 더 정확하게 익은 정도를 맞혀낼 수 있었다.

모든 것이 다 '감각' 덕분이었다.

이윽고 경묵은 소쿠리에 담긴 면발의 물기를 털어내기 시작했다.

면이 머금은 물기 탓에 준비해둔 소스의 맛이 밋밋해지는 것을 방지하기 위함이었다.

착-착-착-

면이 소쿠리에 달라붙으며 가슴까지 시원해지는 소리

를 내기 시작했고, 머금고 있던 물기를 뱉어내며 점점 수수한 빛깔을 내고 있었다.

연이어 물기를 거의 다 털어낸 경묵은, 면발을 팬 안에 넣고는 다시금 화구에 불을 넣었다.

금세 끓어오르기 시작한 소스 위로 준비해둔 노른자를 넣어 마지막으로 농도를 조절함으로 조리를 마쳤다.

[형형색색 조리] 의 지속효과 덕분에 더욱 찬란하게 보이는 흰 색 빛의 소스가 굉장히 먹음직스러워 보였다.

멀찍이 떨어져있음에도 불구하고 고소한 향이 코를 찌르는 듯 했다.

경묵은 접시 6개에 음식을 나누어 담은 후, 파슬리를 뿌리고 미리 준비한 꿀을 바른 두절새우를 음식 위에 올리는 것으로 플레이팅을 마무리 지었다.

'까르보나라 짬뽕.'

경묵이 준비한 회심의 메뉴였다.

광동요리와 상해요리 중 하나를 선별하려다가 문든 든 생각이 하나 있었다.

크림 파스타 중 가장 대중적인 메뉴인 까르보나라와, 중식 면 요리 중 가장 대중적인 짜장과 짬뽕.

가장 대중적인 메뉴가 만난다면 대중성을 깰 수 있을지도 모르겠다는 생각에서 고안해낸 메뉴였다.

불내를 잔뜩 머금은 해산물과 소스에 고소한 까르보나

라 특유의 향을 잡아내기 위해 그간 수많은 시행착오를
거쳐 완성한 최상의 레시피였다.

경묵이 내놓은 요리를 본 심사위원들의 눈이 커졌다.

"이 요리의 이름은 무엇입니까?"

경묵은 입가에 미소를 잔뜩 머금은 채로 대답했다.

"까르보나라 짬뽕입니다."

심사위원들은 먼저 가장 위에 올려져있는 두절 새우의
꼬리를 집어 들었다.

꼬리를 집어든 채 한입에 넣어 맛을 보기만하면 되는
먹기 좋은 음식이었다.

앨런 킴은 집어든 새우 살에 소스를 잔뜩 묻혀냈다.

통통한 새우 살에 크림소스가 진득하게 달라붙어 달콤
하고 고소한 향기를 풍기고 있었다.

손에 들린 새우살을 바라보던 앨런 킴은 저도 모르게
군침을 삼켜냈다.

꿀꺽-

다른 심사위원들도 앨런 킴을 따라 새우 살에 까르보나
라 소스를 듬뿍 묻혀냈다.

이윽고 그들의 입 안에 흰 색 소스를 잔뜩 머금은 새우
가 들어섰다.

처음에는 담백한 까르보나라 소스의 고소함이 서서히
느껴지기 시작하다가, 새우에 발라져있던 꿀의 달콤한 향

과 맛이 입 안에 그득하게 퍼졌다.

탱글탱글한 새우 살을 한 입 깨물자마자, 진하게 흘러나오는 새우 특유의 육즙과 비릿한 향기에 기분마저 좋아질 정도였다.

비록 같은 접시에 담겨있지만 애피타이저 격인 새우를 삼켜낸 가든 램지가 잔뜩 격양된 목소리로 경묵에게 말했다.

"나는 아마 지금 선보인 새우요리가 끝이었더라도 감탄했을 겁니다. 오히려 이제 맛보게 될 이 중국식 파스타가 나를 실망시키지 않기를 바랍니다."

앨런 킴 역시 고개를 끄덕여 보이며 동감을 표했다.

"램지의 말이 맞아요, 새우 요리는 정말이지 너무나 완벽하네요. 그래서 '까르보나라 파스타'의 맛이 기대되면서도 걱정이 되는 겁니다."

사실상 새우를 찍은 소스의 맛이 일품이었으니, 면과 함께 먹더라도 중간 이상은 갈 것이 분명했다.

그런데 문제는 모든 심사위원들의 기대치가 너무 높아져버렸다는 것이었다.

두 사람 뿐만이 아니라 다른 4명의 심사위원 역시 새우요리의 황홀한 맛에 매료된 듯 보였다.

맞은 편 조리대에서 자신의 요리를 하던 도광룡이 경묵 보다 더 떨리는 눈빛으로 심사위원들을 바라보고 서 있었다.

이윽고 심사위원들이 포크와 스푼을 집어 들고는, 짬뽕

면을 포크로 찍어 스푼에 대고 빙빙 돌려대기 시작했다.

짬뽕 면이 부드럽게 포크에 돌돌 말리기 시작했다.

앨런 킴은 잘 말린 면에 다시 한 번 소스를 잔뜩 묻혀냈다.

걸쭉하게 뚝뚝 떨어지는 흰 색 소스를 관찰하던 앨런 킴이 옅은 웃음을 지어보였다.

모르긴 몰라도 소스의 농도 하나 만큼은 제대로였다.

"원래 양식에 관심이 있었나?"

"아닙니다, 이번에 처음 조리해보게 되었습니다."

경묵의 말을 들은 심사위원들의 눈이 커졌다.

앨런 킴이 음식을 맛보기 전에 경묵에게 넌지시 속내를 드러내기 시작했다.

"자네는 정말 탐이 나는군. 이번 프로그램이 끝나면 아마 정말 여러 곳에서 섭외가 올 텐데 생각해둔 곳은 있나?"

경묵은 입가에 미소를 지은 채 고개를 내저었다.

"아직 모르겠습니다. 우선은 이번 프로그램에 집중하려 합니다."

"그래, 우리 레스토랑에 오는 것도 나쁘지 않을 거야. 자네에게 큰 도움이 될 것 같아."

말을 마친 앨런 킴이 경묵이 만든 까르보나라 짬뽕을 입에 넣었다.

그리고 얼마 지나지 않아 그의 표정이 급격하게 변하기 시작했다.

말하자면 놀람과 경이로움이 동시에 깃든 표정이었다.

담백한 까르보나라 소스 아래로 깊은 불의 향기가 깃들어 있었다.

야채, 안에 들어간 해산물 하나하나 깊숙한 곳 까지 배어 그윽하게 퍼지는 불의 향에 미소가 절로 지어질 정도였다.

"정말이지 상상도 못한 맛이군."

놀람을 감추지 못한 것은 단연 '앨런 킴' 만이 아니었다.

모든 심사위원들이 경이롭다는 듯 표정을 지어보이며 경묵의 까르보나라 짬뽕을 맛보고 있었다.

입 끝에 묻은 소스를 엄지손가락으로 훔쳐낸 가든 램지가 밝은 표정으로 경묵에게 물었다.

"이 요리를 고안하게 된 계기는 무엇입니까?"

"간이 강하게 들어간 요리를 내놓는다면 가든 램지 셰프와 재미교포 출신의 앨런 킴 셰프가 조금 거리감을 느낄 것 같다는 생각 때문에 착안한 것이 중국 광동지방과 상해 지방의 요리였습니다. 서양의 조리법과 동양의 조리법이 적절하게 섞여있는 곳이기도 하지요."

통역의 말을 들은 가든 램지가 팔짱을 낀 채로 경묵에게 되물었다.

"중국에 이런 훌륭한 요리가 전승되고 있었다는 말입니까?"

"아닙니다, 사실 제가 중국 본토 요리에 대해서는 잘 알지 못하다보니 차라리 새롭게 고안을 하는 것이 낫겠다 싶어서 만들게 된 것이 바로 이 '까르보나라' 짬뽕입니다. 크림 파스타 중에서 가장 접하기 쉬운 요리가 '까르보나라' 이기도 하고, 중식 면 요리 중 가장 접하기 쉬운 요리가 '짬뽕' 이다보니 두 가지를 합쳐보는 것도 나쁘지 않겠다는 생각이 들어서 만들게 되었습니다."

경묵의 말을 전해들은 가든 램지가 만족스럽다는 듯 웃음을 지어보이고는 엄지를 들어보였다.

그리고는 조리에 열중하고 있는 경묵의 상대 고광룡을 한 번 바라보고는 그에게는 들리지 않을 정도의 작은 소리로 나지막이 말했다.

"사실 맛 볼 필요도 없겠어."

심지어 앨런 킴은 접시를 비워내기까지 했다.

추후 있을 심사를 투명하게 하기 위해서는 절대 해서는 안 되는 행동이었다.

그러나 전혀 아랑곳 하지 않았다.

사실 다른 참가자들의 음식을 조금씩 덜 맛보면 되는 노릇이라고 생각하고 있었다.

그 때, 형대욱 셰프가 앞으로 한 걸음 나서며 경묵에게 물었다.

"그런데 어째서 수타를 친 면이 아니라 기계로 뽑은 면을 이용한 것 입니까?"

당황스럽게 찌르고 들어온 형대욱의 물음에 경묵이 일
순 당황하여 말문이 막혔다.

그러나 그것도 잠시, 경묵은 천천히 이유를 해명해나가
기 시작했다.

"실은 제가 수타를 칠 줄 모릅니다. 제가 요리를 배웠던
중식당은 수타면을 사용하지 않았거든요."

사실 이유랄 것도 없었다.

그저 하지 못하는 걸 하지 못한다고 고백하는 게 전부
였다.

남광민 셰프가 깨끗하게 비워낸 접시를 경묵의 조리대
위에 올려두며 한 마디 거들었다.

"괜찮아, 괜찮아. 이번 대회 끝나고 나한테 천천히 배우
면 되지."

남광민 셰프의 익살스러움에 다시 한 번 장내에 웃음
이 퍼졌다.

이윽고 조리를 마친 도광룡 참가자는 고등어조림을 선
보였다.

한식 전공의 조광현 심사위원은 너무 평범하다고 비평
을 날렸지만, 오히려 가든 램지는 외국사람이라는 이유만
으로 무조건 비빔밥이나 김치 불고기를 들이미는 것 보다
는 훨씬 참신했다는 호평을 남겼다.

물론 결과에 있어서만큼은 말할 것도 없었다.

어떻게 보면 대진표를 짜기 위해 공을 골라 집던 순간부터 정해진 승리이기도 했다.

당연한 경묵의 승리였다.

2차 경연에서도 승리를 거머쥐게 된 경묵은 최후의 5인에게 지급되는 조리복을 선물 받았다.

고급스러운 면 재질의 조리복 가슴팍에는 각 심사위원들의 식당을 상징하는 뱃지가 달려 있었다.

조리복을 받아든 경묵이 승리의 환호성을 내질렀다.

"이야!"

심사위원들은 조리복을 받아들고 괴성을 내지르는 경묵을 아버지의 표정으로 내려다보았다.

임경묵 VS 도광룡.

경묵의 완승이었다.

이렇게 경묵의 2차 경연이 막을 내렸다.

'오너셰프 코리아'의 우승을 향해 반 넘게 다가온 것이나 다름이 없었다.

이제 남은 것은 단 하나. 북경각 사장의 '공개 처형'을 지켜보는 것 이었다.

조리복을 손에 거머쥔 채 당당하게 F&F 사옥을 빠져나온 경묵이 내리쬐는 햇볕을 올려다보며 한참을 웃어재끼고는 나지막이 말했다.

"자, 그럼 이제 집을 되찾을 준비를 해볼까?"

⚜

경묵은 영업장소인 한강공용주차장이 아니라 은행으로 향하고 있었다.

경묵은 운전을 하는 도중에도 연신 곱게 접어 조수석에 올려둔 조리복을 내려다보았다.

조리복을 보고 있노라면 절로 웃음이 나곤 했다.

사실 여태껏 요리를 하는 동안 조리복을 입어본 적이 한 번도 없었기 때문이었다.

더군다나 평범한 조리복도 아니고 가슴팍에는 일류 셰프들의 배지가 무려 여섯 개나 달려있는 조리복이었다.

그때 문득 경묵의 뇌리를 스치고 지나간 생각이 한 가지 있었다.

가끔 평범해 보이는 물건에도 의미가 있다면 추가옵션이 붙어있는 경우가 종종 있었다.

더군다나 정말 정상급 셰프들에게 선물 받은 최고의 조리복이 아니던가?

다른 건 모르더라도 조리 능력치를 1 정도는 올려주지 않을까 싶은 생각이 들었다.

없으면 아쉬운 마음을 달래며 강화를 하면 그만이었다.

경묵은 신호에 걸려 트럭이 멈춰 섰을 때, 곧장 조리복의 옵션을 살펴보았다.

호기심 탓인지 가슴이 살살 두근거리고 있었다. 이윽고, 눈앞에 창이 하나 나타났다.

　*

[일류의 깔끔한 조리복]

일류 요리사들에게 하사받은 깔끔한 조리복입니다.

입고 조리한다면 본인도 금세 일류가 될 것 같은 생각이 듭니다.

요리사 '임경묵'에게 굉장히 의미 있는 물건입니다.

등급 : 상급

옵션 : 불굴의 의지 -> 요리에 대한 의지가 샘솟습니다.

이벤트 효과 : 정상급 요리사의 배지 6/7

습득 - 가든 램지의 배지 : 조리 +1

습득 - 앨런 킴의 배지 : 조리 +1

습득 - 형대욱의 배지 : 조리 +1

습득 - 남광민의 배지 : 조리 +1

습득 - 조광현의 배지 : 조리 +1

습득 - 강태선의 배지 : 조리 +1

미습득 – 오너셰프 코리아 배지 : 조리 +2

이벤트 발동 조건을 모두 충족시키면 이벤트 효과가 추가적으로 발생합니다.

조리 + 10 / 체력 + 200

*

빠아아앙–!

마치 성이 잔뜩 난 것 같이 들리는 뒤차의 경적소리에 경묵이 정신을 차리고 다시금 차를 몰기 시작했다.

조리복과 달려있는 배지들에는 자신의 눈을 의심하게 될 정도로 엄청난 효과들이 붙어 있었다.

사실 조리복에 붙어있는 [불굴의 의지] 효과만 하더라도 감지덕지라고 생각하고 있었는데, 그 아래에 붙은 해괴망측한 옵션은 가관이었다.

'정상급 요리사의 배지'라는 이름으로 발생한 이벤트, 그리고 가슴팍에 달려있는 총 여섯 개의 배지에 붙은 조리 능력치의 총 합은 무려 6이었다.

조신하게 조수석에 앉아 자리를 지키고 있는 조리복에 이런 효과가 있었을 것이라곤 상상도 하지 못하고 있었다.

우선 기쁜 노릇이 아닐 수 없었다.

갑작스레 6씩이나 되는 조리능력치가 상승하게 되었으니 기분이 좋지 않고 배길 수 있겠는가?

그러나 그렇게 짧디 짧은 기쁨의 순간이 지나자마자,

의문이 밀려들기 시작했다.

이런 식이라면 무공훈장이라도 매달려있는 군복이 전투력 상승에 끝내주게 도움을 주는 것은 아닌 것인가 싶은 실없는 의문부터 시작해서 여러 가지 의문사항들이 머릿속을 맴돌았다.

'대체 어떻게 배지에 조리 효과가 붙어있을 수 있는 거지?'

가장 중점적인 의문 사항이었다.

조리기구라면 몰라도 손톱만한 크기의 배지들이다.

잘 따져본다면 요리와 관련이라고는 하나도 없는 물건인 셈인데, 대체 어떻게 배지에 조리 효과가 붙어있을 수 있는 것인지에 대한 의문이 생겼다.

경묵은 우선 고개를 저어 생각을 선회시켰다.

일단 이로서 오너셰프 코리아에서 꼭 우승을 해야만 하는 중점적인 이유가 생겨난 것 이었다.

이벤트 조건을 충족시키기 위해 필요한 마지막 배지, '오너셰프 코리아 배지'는 우승자에게만 주어지는 배지이다.

배지에 붙어있는 기본적인 효과인 '조리 능력치 +2' 역시 충분히 매력적인 효과라고 할 수 있었지만, 가장 탐이 나는 이유는 이벤트 조건을 충족시켰을 때 추가적으로 부여된다는 이벤트 효과였다.

우승. 지금으로서 생각하기에는 그리 먼 곳에 있는 목표는 아닌 것 같았다.

＊

얼마 지나지 않아 경묵의 트럭이 은행 앞에 멈춰 섰다.

은행 앞에 대충 차를 세우고 안으로 들어선 경묵은 대기표를 뽑고 천천히 자신의 차례를 기다렸다.

방송 이후로 가장 크게 달라진 것은 자신을 알아보는 사람이 정말 많이 늘어났다는 것이었다.

그리고 지금 은행 안에 있던 사람들도 별반 다를 것은 없었다.

경묵을 바라보며 웅성대기는 했지만, 확신이 서지 않는 것인지 명확하게 아는 척을 하거나 사인을 요구하거나 하지는 않았다.

방송 출연이후 푸드트럭 블로그와 SNS를 통해 방송사에서 여러 예능프로그램의 출연 제의 역시 심심치 않게 받아왔지만, 현재는 오너셰프 코리아에 집중하고 싶다는 이유로 번번이 거절하고 있었다.

방송 출연 제의뿐만 아니라 일명 '셰프돌'로 연예계에 진출해보는 것이 어떻겠느냐며 자신들의 야심찬 포부를 밝힌 기획사도 있었지만, 당연히 보기 좋게 거절당해야만 했다.

그 외 잡지 촬영 및 화보 촬영 역시 거절하고 있었다.

아직까지 명확하게 고려를 해 본 적은 없었지만 하게 된다면, 대외적인 활동을 시작하는 것은 적어도 오너셰프 코리아의 촬영 이후로 생각하고 있었다.

경묵은 영업용 통장을 비롯한 자신 명의의 통장 6개의 자산상태를 점검하기 시작했다.

출연계약을 마친 후에 F&F로부터 지급받은 계약금, 매 녹화마다 지급되는 소액의 출연료를 비롯하여 민경분식을 통해 벌어들이고 있는 금액 역시 무시하지 못할 정도였다.

거기에 가장 중점적인 수입원인 푸드 트럭 매출까지.

어느새 자신의 통장 안에 동네 어귀에 있는 작은 가게 하나정도는 무리 없이 인수할 수 있을 정도의 돈이 모여 있었다.

자신이 억대연봉 반열에 들어섰다는 사실 하나만으로도 기분이 미칠 듯 좋았지만 더욱 더 경묵을 기분 좋게 하는 이유는 따로 있었다.

자신이 처음 꿈을 갖기 시작했던 장소, 북경각을 되찾는 일이 이제 정말 코앞에 있다는 사실.

그 하나만으로도 정말이지 기분이 날아갈 듯 좋았다.

불과 며칠 후, 오늘 촬영한 녹화분량이 방송전파를 타게 된 순간부터 북경각이 대중들의 단두대에 오르는 것은 불 보듯 뻔 한 일이었다.

이윽고 경묵은 자신의 각성자 라이센스를 직원에게 건네며 물었다.

"저, 혹시 만약 제가 각성자 대출을 받게 되면 얼마까지 대출이 가능한지 알고 싶습니다."

"잠시만 기다려주시겠습니까?"

대출.

각성을 한 이후에는 한 번도 생각해본 적이 없는 단어였다.

경묵이 자신의 대출 한도를 조사해보는 데에는 그럴싸한 이유가 있었다.

북경각을 빼앗기 위해서는 적절한 시기에 돈으로 찍어 눌러야 했는데, 물론 경묵으로서 별로 상상하고 싶지는 않은 경우의 수였지만, 자신이 가지고 있는 돈 만으로는 해결이 불가한 상황에 대비하기 위함이었다.

은행 창구의 여직원은 경묵의 각성자 라이센스를 받아들고는 뒷면에 적힌 코드를 전산에 기입하며 이런 저런 조회를 하기 시작했다.

이리저리 살펴보던 은행 직원이 싱긋 웃으며 말했다.

"현재 고객님께서는 각성자 대출 상품으로 최대 7억3천만 원까지 대출 가능하십니다."

연이어 은행 직원은 대출 상품에 대한 설명을 구구절절

늘어놓기 시작했고, 경묵은 넋이 나간 표정으로 은행직원
의 설명을 듣고 있었다.

아니, 듣는 듯 보였다.

이로서 북경각을 되찾을 준비가 끝났다.

❀

한편 그 시각, 북경각 사장은 한가로운 오후를 보내고
있었다.

점심 장사가 끝난 후 주방장 김용하와 함께 가게 간판
아래에 서서 담배를 태워대고 있었다.

김용하가 의구심 가득한 표정으로 사장에게 물었다.

"사장님, 그런데 임경묵하고는 어떻게 정말 한 번 연결
시켜주실 수 있으신 겁니까?"

"아, 거참. 좀 기다려라 진짜. 안 그래도 노력하고 있으
니까."

김용하는 고개를 한 번 끄덕여보이고는 내리쬐는 햇빛
을 한 손으로 가려냈다.

인상을 잔뜩 찡그린 채 담배를 한 모금 더 빨아들인 후
내뱉은 김용하가 다시금 입을 뗐다.

"그래도 안 될 것 같으면 안 될 것 같다고 미리 말씀 좀
해주세요, 괜히 기대시키지 마시고."

"야, 인마. 좀 믿고 기다려봐라. 진짜 어떻게든 한 판 붙여줄 테니까."

이윽고 사장이 자신의 휴대 전화를 빼 들어서는 문자메세지함을 열어 지금껏 나눈 대화내용을 보여주었다.

천천히 대화내용을 훑어보며 천천히 손가락을 밀어 화면을 내리던 김용하의 입가에 미소가 떠올랐다.

"이 자식도 어지간히 거품 낀 녀석인가 본데요? 이렇게까지 말하는데도 한 번 얼굴을 안 비추는걸 보면 말이에요."

"그러니까 말이다. 너 확실히 이길 수는 있는 거지?"

김용하가 다시금 건방진 표정으로 담배를 입에 꼬나물며 물었다.

"제가 북경유학을 몇 년 다녀온지는 아시는 거 맞죠?"

"그래, 안다. 알아. 5년, 유학기간만 자그마치 5년."

김용하의 건방지기 짝이 없는 어투 탓에 사장이 온갖 인상을 다 찡그리며 답했다.

그간 어지간히 많이도 들어왔던 말인지라 귀에 딱지가 앉을 것만 같았다.

다른 건 모르더라도 유학에대한 자부심 하나만큼은 놀라울만큼 뛰어난 녀석임이 분명했다.

"그런데도 사장님께서 자꾸 그렇게 의구심을 가지시면 제가 조금 섭섭합니다. 동네 어귀 중국집에서 3~4년? 그건 어디 가서 경력이라고 말도 못해요, 저 같은 유학파들한테는."

사장은 다소 걱정 섞인 표정을 지어보이며 김용하에게 되물었다.

"야, 그래도 '설마'라는 게 있는 것 아니냐? 네가 아무리 좋은 교육을 받았어도 녀석은 각성자이기도 하고……."

그 말을 듣던 김용하의 조소 어린 웃음이 입가에 감돌다 금세 사라졌다.

탁- 탁-

김용하는 손에 쥔 담배의 담뱃불을 능숙하게 털어낸 후 담배꽁초를 멀리 튕겨내고는 사장의 말에 다소 공격적으로 대답했다.

"사장님, 상식적으로 조금 생각을 해보십시오. 실력에 자신 있으면 왜 얼굴 한 번 안비추고 뒤에서 꼼지락 대겠습니까? 그 자식은 각성이고 나발이고 저 같은 일류랑은 상대가 안 되는 아류다 이거예요. 제가 만약에 임경묵이 설치고 있는 프로그램 나갔으면, 1등은 거머쥔 것이나 다름없었을 걸요?"

말을 마친 김용하가 먼저 가게 안으로 걸음을 옮겼다.

가게 안으로 들어서는 김용하의 뒷모습을 넋 놓고 바라보던 사장은 이윽고 자신의 발치에 떨어진 담뱃불을 멍하니 바라보다가 꾹 눌러 밟아서 비벼 껐다.

"개자식, 건방지기는."

마음 같아서는 쫓아가서 따귀라도 한 대 후려쳐 주고 싶었지만 참아야했다.

그 순간에도 사장은 어쨌든 녀석이 경묵만 꺾어준다면 모든 게 끝날 것이라고 안일하게 생각하고 있었다.

가게 안으로 들어서던 사장은 멈추지 않고 계속해서 대책을 간구하고 있었다.

그 때, 사장의 눈이 한 번 번뜩였다.

'한 번 찾아가서 시비라도 걸어봐?'

경묵의 여린 성격을 감안해보면 찾아가서 한 번 깽판을 놔주면 효과가 좋을 것 같다는 생각을 한 것이다.

이윽고 입가에 다시 한 번 비릿한 미소가 떠올랐다.

사장은 핸드폰을 꺼내서 경묵의 푸드 트럭 영업장소를 찾아보기 시작했다.

경묵의 영업장소인 한강공용주차장은 차로 삼십분도 채 걸리지 않으니 그렇게 멀지 않은 거리였다.

"경묵이네 북경각? 놀고들 있네."

인터넷에 검색 조금만 하면 심심치 않게 경묵과 정혁의 얼굴을 볼 수 있었다.

사진 속 두 사람의 표정은 너무 밝아서 기분이 나쁠 지경이었다.

사장은 바닥에 가래침을 한 번 뱉어내고는 가게 안으로

성큼성큼 걸음을 옮기기 시작했다.

찾아가서 협박 한 번 해보고 잘 통하지 않는다면 또 다른 대책을 간구해 볼 생각이었다.

일단 오늘 저녁, 찾아가서 겁 좀 줄 생각이었다.

경묵의 여린 심성에 대해서 알고, 우선적으로 폭력적인 대응을 할 수는 없을 것이라는 점을 사려해 내린 결론이었다.

무엇보다 주변 사람들에게 피해가 가는 것을 싫어하는 녀석이고, 자신의 의견을 묵살하면 업장에 피해가 온다는 사실을 깨달으면 움직일 순한 녀석이라고 생각하고 있었다.

사장은 곧장 심부름센터를 운영하는 후배에게 전화를 걸었다.

"어, 그래 재승아. 바쁘냐? 오늘 저녁에 건장한 애들 몇 명만 좀 보내주라."

입가에 떠오른 음흉한 미소는 좀처럼 떠날 생각을 하지 않았다.

⊛

볼 일을 모두 마친 경묵은 곧장 트럭을 몰며 식자재를 납품해주는 '로컬푸드'의 노경표에게 전화를 걸었다.

오늘 제법 성공적인 반응을 거두었던 '까르보나라 짬뽕'을 곧장 메뉴에 추가하려는 것이었다.

"형님, 물건 필요한 게 조금 있어서요."

"물건? 어떤 물건?"

경묵은 머릿속으로 필요한 식재료들을 꼽아보기 시작하고는 되물었다.

"우선 양송이버섯 하고, 휘핑크림, 우유 이렇게만 있으면 될 것 같거든요? 혹시 휘핑크림이 어떻게 나와요?"

"크림소스 만들려는 거지? 보통은 30팩에 한 박스로 해서 나오고, 보통 한 박스 까면 우유 큰 걸로 여섯 팩 정도 쓰는 거 같더라고? 정확히는 모르겠다. 보통 그런 식으로 납품이 들어가."

그 때, 경묵의 핸드폰이 한 번 더 부르르 떨렸다.

경묵은 곧장 핸드폰을 귓가에서 살짝 떼고는 액정에 떠오른 문구를 바라보았다.

[통화 중 수신알림 : 아트리온 길드 이진우]

'최유훈' 팀장이야 간간히 연락이나마 주고받은바 있었지만, 이진우와는 정말이지 아무런 왕래도 없었던 터라 무슨 일로 전화를 한 것인지 짐작조차 할 수가 없었다.

'이 양반이 웬일로 전화를 다 했지.'

경묵은 우선 호기심은 접어둔 채 핸드폰을 다시금 귀에 가져다 대고는 말했다.

"그럼 오늘 식자재 배달해주실 때, 휘핑크림 큰 거 2개 하고 우유 큰 걸로 12개 가져다주세요."

"어, 알았다. 지금 바로 가져다줄게."

"네 감사합니다."

노경표와의 전화 통화를 마친 경묵은 곧장 이진우에게 전화를 걸었다. 신호가 몇 번 가지도 않았을 때, 수화기 너머에서 명랑한 목소리가 들려왔다.

"어, 경묵씨. 통화 하실 수 있으세요?"

"아, 예. 물론입니다."

수화기 너머에서 '야, 바꿔봐. 바꿔봐.' 하는 최유훈의 목소리가 들려왔다.

잠시 이진우와 최유훈이 실랑이를 벌이는듯하더니 이 윽고 최유훈이 다시금 휴대폰을 뺏어든 듯 보였다.

이윽고 최유훈 특유의 굵직하고 걸걸한 목소리가 들려 왔다.

"여, 경묵이. 잘 지냈나?"

"아, 예. 잘 지냈습니다."

오랜만에 들어서 그런지 더욱 정겨운 목소리였다. 오롯이 목소리만으로 듣는 사람 기분을 좋게 해주는 신비한 힘을 지니고 있었다.

"것 참 사람 야박하기는, 연락 좀 하고 그래야 할 것 아니야? 나는 지금 TV나오고 있고 그런것도 몰랐어. 오늘

밥 먹다가 식당 TV보고 알았다니까?"

"아, 죄송합니다. 요즘 정말 너무 정신이 없어서요."

최유훈은 사람 좋은 웃음을 한 번 지어보이고는 답했다.

"그래, 그래. 이우 통해서 자네 소식도 간간히 듣고 있긴 했네. 이제 회사도 차리고 분식집도 하나 인수받았다면서? 혹시 도움 필요한 일 있으면 말 하고 그래. 다름이 아니라 내가 오늘 자네 식당가서 밥이나 한 끼 하려고 하는데 괜찮은가?"

식당이라는 말에 경묵은 푸드 트럭보다 민경분식을 떠올렸다.

문득 자리에 앉아 피카츄 모양의 돈가스를 맛있게 먹는 대머리 덩치 최유훈의 모습이 상상 되서 갑작스레 웃음이 터져 나올 것만 같았다.

웃음을 꾹 눌러 참으려 안간힘을 쓰고 있는 경묵의 사정은 아는지 모르는지 최유훈이 계속해서 말을 이어나가고 있었다.

"다른 게 아니라 좋은 소식이 하나 있는데, 전화로 할 이야기는 아니거든. 그리고 겸사겸사 음식 맛도 볼 겸 해서 가는 거지."

"아, 예. 와주신다면 저야 감사하죠. 몇 시쯤 오실 거예요?"

잠시 고민하던 최유훈이 천천히 말을 이었다.

"어, 한 8시 쯤 도착할 것 같은데?"

"그럼 8시에 한 자리 예약 걸어두면 되는 거죠?"

경묵이 제법 매끄럽고 능숙하게 예약 확인을 하자 최유훈이 재미있다는 듯 되물었다.

"오, 푸드 트럭에 예약도 있어?"

경묵은 의외다 싶어 보이는 최유훈의 물음에 한 번 웃어보이고는 능청스럽게 답했다.

"아니요, 그냥 뭐……. 오늘부터 생겼어요."

⚘

한강 공용주차장에 트럭을 세운 경묵이 차 안에서 조리복으로 환복을 마쳤다.

조리복의 착용 효과는 대단했다.

정말이지 조리에 대한 의지가 마구 샘솟는 것 같은 느낌이 들었다.

마치 요리를 처음 하던 때로 돌아온 것은 아닌가 싶을 만큼 샘솟는 열정 탓에 괜스레 기분이 좋아지고 있었다.

차에서 내린 경묵은 조리복의 옷맵시를 한 번 가다듬어 보였다.

운전석 유리창에 비치는 자신의 모습을 바라보자니 괜스레 밀려든 쑥스러움 탓에 입가에 미소가 지어졌다.

조리복을 입은 자신의 모습이 제법 봐줄만 하다는 생각이 든 것이다.

이윽고 경묵은 운전석 창문에 비치는 모습을 바라보며 몇 가지 자세를 취해보았다.

팔짱을 낀 채로 한쪽 눈썹을 꿈틀 해 보이기도 했고, 이마에 맺히지도 않은 땀을 닦아내는 시늉을 해 보기도 했다.

지극히 주관적인 관점에서 생각해 보았을 때, 무언가 일류 요리사다워 보이는(?) 자세들이었다.

어쨌든 [일류의 깔끔한 조리복]은 정말이지 만족 그 자체였다.

지금도 만족 그 자체인 셈인데, 만약 이 상태에서 열심히 강화한 중화 팬과 국자 까지 손에 쥐게 된다면?

단순히 조리복과 조리도구의 효과 덕분에 상승하게 되는 조리 능력치가 무려 16에 이른다.

곰곰이 생각을 해 본다면 불과 얼마 전 경묵의 조리 능력치의 총합이 16이었으니, 조리도구만으로 상승시킨 능력치라기에는 정말이지 어마어마한 수치라고 할 수 있었다.

이제 조금만 더 여유가 생긴다면 더 이상 조리 능력치에 몰아줄 필요 없이, 다른 능력치들도 천천히 섭렵을 할 수 있을 것 같다는 생각이 들었다.

이윽고 경묵은 콧노래를 흥얼거리며 주방 칸 위로 올라섰다.

능숙하게 주방 칸 위에 올라선 경묵이 몸을 풀 듯 양쪽 팔을 허공에 빙빙 돌려대더니, 이윽고 인벤토리에서 팬과 국자를 꺼내들었다.

양 손에 각각 중화 팬과 국자를 든 경묵이 제법 용맹한 목소리로 나지막이 말했다.

"자! 오늘도 돈 좀 벌어 보자"

물론 평소라고 해서 신경을 안 써왔던 것은 아니었지만, 오늘 저녁 귀한 손님인 최유훈과 이진우가 방문을 예고해서 그런 것인지 더더욱 신경이 쓰였다.

경묵은 천천히, 그리고 정성껏 영업 준비를 해나가기 시작했다.

⊛

그리고 그 때, 북경각의 사장은 자신의 가게 '북경각'이 아니라 심부름센터에 와 있었다.

협탁 앞에 놓인 가죽쇼파에 거만하게 다리를 꼰 채 앉은 사장의 앞으로 건장한 청년들이 여럿 서 있었다.

사장은 담배를 입에 꼬나문 채로 앞에 선 청년들 한번 스윽 훑어보고는 몇몇을 가리키며 손가락질을 하기 시작했다.

"쟤도 마음에 들고, 애도 마음에 든다."

사장은 그렇게 건장한 청년으로만 대여섯 명을 추려냈다.

북경각 사장은 자신의 손목시계를 한 번 내려다보고는 자신의 탁상 앞에 앉아있던 동네 후배이자 심부름센터의 사장, 이재승에게 말했다.

"저녁 8시까지는 가려고 한다. 찾아보니까 그 시간에 손님이 가장 많다더라."

"8시라, 일단 알겠습니다. 그러면 스타렉스 한 대 렌트 비용에 애들 여섯 명까지 몫까지 결제해주셔야 해요. 혹시 바로 결제해주실 수 있으십니까?"

사장이 협탁에 놓인 재떨이에 담배를 대충 비벼 끄며 이재승을 쏘아보았다.

"아 것 참, 진짜. 그래 인마. 내가 네 돈 떼먹어?"

"아니, 당연히 형님은 믿죠. 그런데 혹시나 해서 신신당부 해두는 것뿐인데 저는 돈 앞에서 형 동생 없습니다. 알죠? 이것도 다 동네 장사인데 요즘 사람들이 푼돈가지고 장난을 많이 치니까 제가 열이 오를 만큼 올라있거든요."

사장은 자신에게 또박또박 말하는 이재승의 목소리가 다소 섬뜩했지만, 얄팍한 자존심 탓에 괜히 한 번 더 쓴 소리를 뱉어냈다.

"계산은 내일 바로 해줄 테니까 걱정하지 말고, 셈이나 틀리지 말고 똑바로 해놔."

이재승이 자신의 말에 대답하기 전까지 마치 1초가 1분처럼 흘러갔다.

얼마나 심장이 빨리 뛰는 것인지 귓가에 자기 심장소리가 들리는 것 같은 착각이 들 정도였다.

이재승의 긴팔 티셔츠 소매 자락이 살짝살짝 걷어질 때마다 언뜻 언뜻 보이는 문신 탓에 괜스레 더 가슴이 빠르게만 뛰었다.

잠시 동안의 정적 후에 이재승이 천천히 입을 뗐다.

"알겠습니다. 그럼, 있다가 7시 30분 까지 가게 앞으로 차 보내드리겠습니다. 형님도 동행하시는 거죠?"

"그래, 시간 잘 지켜서 차 보내줘라. 부탁한다. 8시 까지는 꼭 가야하니까 7시 30분까지 늦지 않게 보내줘."

사장이 심부름센터 사무실을 빠져나가자 이재승이 인상을 쓴 채로 자리에서 일어나 협탁에 놓인 재떨이에 가래침을 뱉어냈다.

사장이 나간 문을 한참동안 쩌려보던 이재승이 일렬로 서있는 청년들을 바라보며 천천히 입을 떼기 시작했다.

"야 니들, 들었지? 7시 30분까지 차 몰아서 저 양반 가게 앞으로 가라. 깐깐한 양반이니까 늦지 말고. 알겠지?"

이윽고 사내 여럿이 동시에 우렁찬 목소리로 대답했다.

"네, 알겠습니다. 형님."

이윽고 북경각 앞으로 스타렉스 차량 한 대가 멈춰 섰다.

경적소리를 몇 번 울려보아도 감감무소식이자, 사내 한 명이 차에서 내려 가게 안으로 들어섰다.

"어서 오세요."

가게 문을 열고 들어서자마자 여 종업원이 친절히 사내를 반겨주었지만, 사내는 눈길 한 번 주지 않고 가게 안쪽으로 성큼성큼 걸음을 옮겼다.

이윽고 주방 안에 있던 사장과 눈이 마주치자 사내가 목을 한 번 가다듬고는 허리를 잔뜩 숙여 우렁차게 인사를 해보였다.

"안녕하십니까? 형님, 시간 다 돼서 모시러 왔습니다."

가게 안에 있던 사람들이 모두 놀라 사장을 한 번 바라보았다.

사모는 물론이고 종업원들, 배달직원에 주방장 김용하까지 놀람을 감추지 못한 것이다.

사장은 되레 인상을 쓴 채 사내에게 면박을 주었다.

"야, 인마. 업장 안에서 뭐하는 짓이야? 나가 있어. 곧바로 나갈 테니까."

"알겠습니다, 형님."

사내는 심부름센터 계의 프로라면 나름의 프로였다. 이런 부류의 사람들이 어떤 대접을 좋아하는지 만큼은 정말 속속들이 알고 있었다. 다시 한 번 깍듯이 인사를 해보인 사내가 성큼성큼 가게 밖으로 걸음을 옮겼다. 사장은 괜스레 목을 한 바퀴 돌리며 거들먹거리듯 의기양양한 걸음으로 문밖을 향해 걸음을 옮기기 시작했다. 몇 걸음 옮기지도 않은 사장이 뒤 돌아서서 김용하를 바라보며 넌지시 한 마디 던졌다.

"야, 용하야 일 똑바로 하고 있어라."

얼어붙은 듯 말없이 제 자리에 서있던 김용하가 사장의 말에 화들짝 놀라며 답했다.

"아, 예! 아…. 알겠습니다! 형, 아니 사장님!"

"그래, 금방 다녀오마."

사장은 90도 태세가 변환된 김용하를 바라보며 속으로 쾌재를 부르고 있었다.

'건방진 자식이 말이야, 내가 이런 사람이다 이거야.'

이윽고 사장은 가게 앞에 세워진 스타렉스의 조수석에 올라타서는 지갑을 열어 가게 안으로 자신을 데리러왔던 사내에게 만 원짜리 지폐 몇 장을 쥐어주며 말했다.

"뭘, 또 안까지 들어오고 그랬어? 번거롭게. 그냥 앞에서 전화하면 내가 나오면 되는데…… 아까 형이 소리 지른 거 진심 아닌 거 다 알지?"

"알고 있습니다. 감사합니다."

사내는 사장이 건네는 현금을 곧장 자신의 외투 안주머
니에 쑤셔 넣고는 차에 시동을 걸며 말했다.

"그럼, 출발하겠습니다."

사장이 여유 가득한 표정으로 고개를 끄덕이자, 사내가
키를 돌려 시동을 걸어보였다.

스타렉스가 천천히 북경각에서 멀어지고 있었다.

❀

한 편, 그 시각 경묵은 오늘도 여지없이 잔뜩 몰려든 손
님들 탓에 정신없이 요리를 해내고 있었다.

오늘 처음으로 메뉴판에 기재된 까르보나라 짬뽕은 날
개 돋친 듯 팔려나가고 있었고, 덕분에 오늘 준비해둔 물
량이 벌써부터 바닥을 보이고 있었다.

조리과정 역시 일반 짬뽕보다 더 간결하다보니 정말이
지 효자 메뉴가 아닐 수 없었다.

미리 만들어둔 크림소스가 얼마 남지 않았을 때, 경묵
이 아래에서 분주하게 움직이고 있던 서은에게 손짓을 한
번 해보였다.

"네, 경묵씨. 왜요?"

서은의 이마에는 땀이 잔뜩 맺혀있었다.

아직 완연한 봄 날씨가 찾아온 것은 아님에도 불구하고, 신발 밑창이 닳도록 테이블 사이를 뛰어다녀야 했던 탓이었다.

"그, 일단 이제 까르보나라 짬뽕은 더 주문 받지 마세요. 재료가 다 떨어졌어요."

"지금까지 주문 들어간 건 다 되는 거죠?"

경묵이 대답대신 고개를 한 번 끄덕여보이고는 곧장 말을 이었다.

"그리고 빈자리 하나 나오면 바로 테이블 접어서 트럭 뒤편으로 좀 빼놔주세요."

"알겠어요, 네, 손님! 잠시만요!"

대답을 마친 서은은 여기저기서 불러대는 손님들 탓에 다시금 바삐 움직이기 시작했다.

불러 세워 놓는 것이 미안할 정도로 바빠 보였다.

옆에서 본의 아니게 두 사람사이에 오가던 대화내용을 듣고 서있던 정혁이 어깨를 한 번 들썩여 보이며 경묵에게 물었다.

"이야, 오늘은 진짜 장사 잘 되네. 근데 오늘 누구 오나 봐?"

"아, 예. 아시는 분들이 오신다고 미리 전화를 주셔서요."

대화가 오고가는 와중에도 두 사람의 손은 멈추지 않고 있었다.

정혁은 능숙하게 탕수육을 튀겨내고 있었고, 경묵은 잽싸게 짬뽕야채를 볶아내고 있었다.

"잘 아시는 분들? 언제쯤 오신다고 하셨는데?"

정혁이 탕수육 튀김옷 끝에 맺힌 기름기를 털어내며 되묻자, 경묵이 주방 칸 한편에 걸린 시계를 바라보며 답했다.

"저녁 8시 전후로 도착한다고 하셨으니까 이제 슬슬 오실 것 같아요."

"그래? 누군데?"

"그 각성자 길드에서 알게 된 분들인데, 우형이랑 저랑 같은 팀일 때 저희 팀 감독님으로 계시던 분하고 그분 동료분이세요."

경묵의 말을 들은 정혁이 고개를 한 번 끄덕여보이고는 튀겨낸 탕수육을 접시에 옮겨 담아내고는 외쳤다.

"탕수육 중자 나왔어요!"

정혁이 선반에 탕수육이 담긴 접시를 내려놓기가 무섭게 서은이 낚아채서 손님상을 향해 들고 걸어가기 시작했다.

"형, 그런데 혹시 수타 칠 줄 아세요?"

"수타면 뽑는 거? 당연히 할 줄 알지. 수타면은 왜?"

"오늘 녹화 도중에 수타면 이야기가 나와서요, 형대욱 셰프가 차라리 수타면이었다면 더 좋았을 것 같다는 지적을 하셨었거든요."

정혁이 고개를 한 번 끄덕여보이고는 가늘게 뜬 눈으로

다시금 주문 전표를 확인해보기 시작했다.

다음에 조리해야할 음식을 확인하고 있는 것 이었다.

"그런데 너도 알지는 모르겠는데, 수타면은 좀처럼 금방 익힐 수 있는 기술이 아니야. 봄에 배우기 시작했으면 봄을 네 번은 봐야 제대로 수타면을 뽑을 수 있다는 말이 있을 정도니까."

경묵 역시 들어본 바 있는 말이었기에, 말없이 고개만을 끄덕였다.

이윽고 정혁이 확신 없는 목소리로 말을 이어나가기 시작했다.

"그런데 또 잘 생각해보면, 너한테는 해당이 안 되는 말일지도 모르지. 그게 다 감각을 익히기 위해서인데, 너는 지금 감각적인 부분에서 만큼은 남들과 비교가 안 될 정도로 월등히 뛰어난 수준이잖아. 일단 여유가 생기면 천천히 배워보는 것도 나쁘지는 않지."

경묵이 처음으로 움직이던 손을 멈춘 채 정혁을 바라보며 물었다.

"그럼 혹시 형이 조금 알려주실 수 있으세요?"

망설이던 정혁이 천천히 말을 이었다.

"글쎄, 솔직히 내가 누구를 가르칠 수 있는 수준은 아닌 것 같아서 조금 망설여지네. 수타면 같은 경우에는 나도 간신히 흉내만 내는 정도라서 말이야. 오히려 나한테 배워서 안 좋은 습관이 생겨나버리거나 하면 애먹는 건 결국에 너니까······. 차라리 남광민 셰프나 형대욱 셰프한테 개인적으로 부탁을 해 보는 게 어떻겠어?"

정혁의 말을 들은 경묵이 동조하듯 천천히 고개를 끄덕여보였다.

사실 자신이 남광민 셰프나 형대욱 셰프에게 말을 꺼내기만 한다면 큰 어려움 없이 제대로 된 가르침을 받을 수 있을 것 같기는 했다.

그러나 두 사람에게 막연히 알려달라는 부탁을 하기에는 조금 망설여지는 부분이 없지 않아 있었다.

다른 부분에서 망설여지는 것이 아니라, 두 사람에게 수타면을 배우려면 자신이 푸드 트럭을 비워야 한다.

하루 이틀이면 모를까 얼마가 걸릴지도 모르는 시간동안에 매일같이 푸드 트럭을 비워두고 정혁에게만 맡겨둘 수는 없는 것이었다.

세차게 고갯짓을 해보이며 생각을 선회시킨 경묵은 다시금 팬에 담긴 식재료들을 열심히 지지고 볶아대는데 집중했다.

그 때, 경묵을 찾아온 손님이 넓게 펼쳐져있는 테이블을 보고는 입을 크게 벌리고 웃어댔다.

멀찍이 서서 푸드 트럭을 바라보고 있는 손님에게 서은이 다가서며 말했다.

"손님, 죄송한데 현재 준비된 자리가 없어서요."

서은의 말을 들은 남자는 도리어 당당한 목소리로 답했다.

"아가씨, 우리 예약했어요. 8시에 두 명 한 번 확인해 보세요."

"네? 예약이요?"

"그래요, 예약."

먼저 경묵의 푸드트럭을 찾아온 손님은 최유훈과 이진우 였다.

시은은 그제야 경묵이 빼놓으리고 한 테이블이 생각났다.

"아아, 사장님 손님들이시구나. 죄송합니다. 제가 미처 떠올리지를 못해서요, 지금 바로 안내해드리도록 하겠습니다."

"풉, 사장? 그래, 사장이지. 임사장!"

사장이라는 말을 들은 최유훈이 배를 잡고 신나게 웃어 댔다.

호탕하게 웃어대는 소리가 얼마나 컸는지, 멀찍이 떨어진 트럭 주방 칸에서 조리에 여념이 없던 경묵마저도 최유훈이 도착했음을 알 수 있었다.

경묵이 두 사람을 바라보며 웃음을 지어보이자, 정혁이 넌지시 말했다.

"경묵아 하던 것만 마무리 짓고 잠깐 내려가서 손님들이랑 담소라도 나누고 올라와, 주방이야 혼자 보고 있을게. 주문도 거의 다 나갔고, 이 정도면 혼자 할 수 있어."

"그래도 돼요?"

"물론이지. 형의 내공을 뭐로 보고 이 자식이. 아무리 청출어람이라고 하더라도 너의 영원한 스승은 이 형님이라는 사실을 잊지 마라."

정혁이 장난기 가득 담긴 어투로 말해보이자 경묵이 밝게 웃어 보이며 답했다.

"알겠습니다, 사부님. 고마워요!"

⊕

이진우와 최유훈, 두 사람은 서은의 안내를 받아 주방 칸 옆쪽에 마련된 자리에 앉았다.

최유훈은 팔짱을 낀 채 손님들로 가득 찬 테이블을 한 번 쭉 훑어보았다.

평소에는 뺀질거리기에 여념이 없는 이우가 열심히 일하고 있는 모습을 보자 웃음이 새어나왔다.

"흐흐, 이야 장사 한 번 엄청 잘 되네. 발 딛을 틈이 없는데?"

이진우 역시 최유훈을 따라 테이블을 한 번씩 훑어보았다.

"그러게요? 진짜 맛이 있긴 한가 본데요?"

이진우의 물음에 최유훈이 익살스러운 말투로 답했다.

"그래, 그래. 내가 몇 번 먹어봐서 아는데 둘이 먹다가 하나 죽어도 모르는 맛이긴 하더라고. 더군다나 이우가 종업원인데 바쁘게 열심히 일할 수밖에 없을 정도로 바쁘다? 그럼 말 다한 거지."

그 때, 주방 칸에서 내려온 경묵이 두 사람이 앉은 자리에 다가서며 밝은 목소리로 말하자 두 사람이 경묵을 반갑게 맞아주었다.

"오셨어요? 두 분 다 정말 오랜만에 뵙네요."

"어, 경묵이!"

"경묵씨 오랜만이에요."

경묵이 해맑게 웃으며 뒤통수를 살짝 긁어보이자 최유훈이 다시 한 번 테이블을 둘러보고는 물었다.

"그런데 이렇게 바빠서야 잠깐 이야기 나눌 수 있겠나?"

"아 예, 문제없습니다. 우선 식사부터 하시는 게 어떠십니까? 두 분 식사 마치실 때쯤이면 영업이 끝날 시간이라 부담 없이 앉아있을 수 있을 것 같아서요."

최유훈은 그냥 짬뽕을, 이진우는 까르보나라 짬뽕을 주문했다.

혹시 둘 중 하나가 시키지 않을까 싶어서 까르보나라 짬뽕 소스를 딱 1인분 남겨둔 터였다.

경묵이 다시금 주방 칸 위에 올라서서 조리를 시작하자 정혁이 되물었다.

"벌써 올라온 거야?"

"네, 두 분 식사 먼저 대접해드리고, 식사 마치시고 나면 내려가서 천천히 이야기 나누려고요. 어차피 곧 재료도 동날 것 같은데 영업 끝날 때 쯤 맘 편히 이야기 하죠 뭐."

정혁이 간이 냉장고를 열어 남은 재료를 한 번 확인하고는 대답했다.

"어라 정말이네. 오늘은 9시도 안 되서 영업 끝내겠는데? 그럼 마치고 오늘은 마감 신경쓰지 말고 이야기 나눠라. 오늘 마감은 형 혼자 할게."

"아니에요, 형 몫만 하시고 먼저 퇴근하세요. 나머지는 제가 할게요."

정혁은 손사래를 쳐 보이고는 말했다.

"야 아니야, 그냥 오늘 내가 다 하고 나중에 나도 급한 일 있을 때 영업 마치자마자 퇴근 시켜주면 되잖아."

"급한 일이요?"

경묵이 되묻자 정혁이 능청스러운 어투로 말을 이어 나갔다.

"그래, 인마. 뭐 잘 되가는 여성분이랑 데이트를 해야 한다거나……."

"그건 급한 일이 아니라 없을 일이죠."

경묵 역시 장난스러운 어투로 재치 있게 정혁의 말을 받아치자 이윽고 두 사람이 함께 웃기 시작했다.

두 사람 다 웃고 있었지만, 정혁은 이상하게도 왠지 슬퍼 보였다.

이윽고 경묵은 자신이 직접 조리한 짬뽕과 까르보나라 짬뽕을 들고 최유훈과 진우의 테이블 위에 선보였다.

"맛있게 드세요."

"와 이건 진짜 맛있겠는데요?"

두 사람이 떨리는 마음으로 젓가락을 집어 들었다.

그 때, 난데없이 테이블에 그림자가 진 탓에 최유훈이 뒤를 돌아보았다.

시선이야 뒤로 돌아갔다지만, 젓가락으로 집어든 짬뽕 면은 그대로였다.

인상이 험악한 민머리 사내가 허리춤에 양 손을 올려둔 채로 경묵을 쏘아보고 있었다.

"이 친구도 머리가 시원시원하네. 아는 친구야?"

최유훈이 익살스러운 말투로 경묵에게 물었을 때였다.

인상이 험악한 민머리 사내가 최유훈과 이진우의 테이블을 발로 걸어찼다.

챙-쿠당탕탕!

테이블이 바닥에 널브러지며 두 사람의 짬뽕이 바닥에 쏟아졌다.

이진우와 최유훈은 망연자실한 표정으로 바닥에 쏟아진 짬뽕을 바라보았다.

테이블을 걷어차버린 사내는 험악한 표정으로 경묵을 바라보며 말했다.

"아야, 팔자 좋다? 아무리 바빠도 연락을 안 받으면 쓰냐?"

이윽고 사내의 일행들이 뒤에서 우르르 나타나기 시작했다.

그리고 그 중앙에 선 북경각의 사장이 여유로운 표정으로 테이블을 한 번 훑어보며 말했다.

"이야, 장사 잘 되네.. 경묵이 잘 지냈냐?"

손님들의 시선이 갑작스레 나타난 여섯 명의 괴한과 북경각 사장에게로 집중되었다.

경묵이 한숨을 한 번 내쉬고는 머리칼을 쓸어올리며 북경각 사장에게 말했다.

"사장님, 알겠으니까 손님 들도 계시고 하니, 우선 뒤쪽에 가서 이야기 나눕시다."

사장이 입가에 비릿한 미소를 한 번 지어보이자 아까 사장에게 몇 만 원을 건네받은 사내가 앞으로 나섰다.

그리고는 최유훈이 앉아있는 의자 다리를 발로 툭툭 건드리며 말했다.

"어이, 형씨. 밥은 내일 와서 드시고 좀 비켜봐. 우리 형님 다리 아프시다."

바닥에 쏟아진 짬뽕을 넋 놓고 바라보던 최유훈이 사내에게 고개를 돌렸다.

사내가 손을 들어 보이며 때릴 듯 위협을 가하며 다시 한 번 외쳤다.

"이 새끼가? 비키라는 말 안 들려?"

최유훈은 사내들을 쏘아보며 나지막이 말했다.

"너희들 지금 짬뽕 값 내고 가면 봐준다."

"뭐라는 거야?"

"까지막 기회야. 짬뽕 값 계산하고 가면 봐준다고 했어."

사내들은 물론이고 북경각 사장까지 가세하여 가소롭다는 듯 웃음을 지어보었다.

그리고 그 때, 최유훈이 의자를 박차고 일어섰다.

자리에서 일어선 최유훈이 사내에게 얼굴을 바짝 들이밀고는 눈을 부릅떴다.

사내는 최유훈의 얼굴을 가까이서 보다보니 얼굴 생겨먹은 꼬락서니로 미루어보나 말하는 본새로 미루어보나 평범한 배나온 40대 아저씨는 아닐 것 같다는 생각이 들었다.

꿀꺽-

사내는 입 안에 잔뜩 고인 침을 삼켜내고 최유훈의 한쪽 어깨를 살짝 밀치며 물었다.

"뭐야? 불만 있어?"

그래봤자 아저씨다.

아무리 힘이 좋고 주먹깨나 쓴다고 해도, 소매 걷어붙인 채 눈 부라리고 있는 아저씨일 뿐이라고 자신을 위로하며 용기를 내며 뱉은 말이었다.

사내의 뒤에 있던 심부름센터 직원들도 우르르 몰려와 공포분위기를 형성하는데 일조하기 시작했다.

"이런 씨발, 뭘 봐? 눈 안 깔아? 안 깔아?"

"영업 끝났으니까, 들어들 가보쇼."

저마다 입에 담배를 한 개비씩 꼬나물고는 손님들의 테이블을 발로 걷어차며 욕지거리를 한두 마디씩 내뱉으며 바닥에 침을 뱉어댔다.

"대체 왜 그러세요!"

"끼야아아아아악!"

불과 몇 분 전까지만 하더라도 평화롭기 그지없던 홀이 금세 아수라장이 되었다.

쿠당탕탕- 쾅!

곳곳에서 테이블이 바닥에 엎어지며 요란한 소리를 내보였고, 사색이 된 손님들이 스멀스멀 자리를 뜨기 시작했음에도 불구하고 사내들은 연신 돌아다니며 테이블을 엎어버리고 접시를 바닥에 세차게 던지는 행위를 멈추지 않았다.

"오늘 장사 접었다니까, 후딱 집에 들 들어가쇼."

"귓구멍 막혔어? 오늘 장사 끝났다니까?"

사람들은 먼발치에서 핸드폰 카메라에 현재 상황을 담아내거나, 경찰에 신고를 해주는 것 외에는 할 수 있는 일이 없는 상황이었다.

점점 상황이 마치 강남 역 인근의 노점 철거 현장과 유사하게 펼쳐지고 있었다.

한 발치 물러서서 이 모습을 카메라에 담고 있는 시민들과 처참하게 박살나고 있는 노점.

최유훈과 눈을 마주보고 서있던 사내가 아수라장이 되어버린 장 내를 한 번 둘러보고는 조소 섞인 웃음을 지어보이며 말했다.

"아저씨, 이제 상황 파악이 좀 돼? 조용히 집 가면 없던 일로 해줄 테니까, 눈 그만 부라리고 얼른 가쇼."

최유훈은 숨을 한 번 내쉰 후에 연신 지끈거리는 이마를 한 손으로 짚어보였다.

그리고는 작은 소리로 이진우를 불렀는데, 입으로는 이진우를 부르는 와중에도 시선은 사내에게 고정되어 있었다.

"야, 진우야."

이진우는 최유훈의 생각을 읽어내기라도 한 것인지, 상투적인 어투로 말을 이어나가기 시작했다.

"길드원이 연류 되어 있으니 길드 측에 해명할 명분은

충분하고, 피해 상황에 대한 증거도 제법 확보된 것 같고, 우선 제가 곧장 경찰 측에 권한 위임신청 할 테니까 팀장님은 힘 조절 잘 하셔야 돼요. 누구하나 불구 되거나 하면 골머리 아파지는 거 아시죠? 수습하는 사람 생각도 해주셔야 해요."

이진우가 말을 마치자, 최유훈의 태도가 갑작스레 급격히 바뀐 듯 보였다.

"알았다, 자식아."

비장한 표정으로 한 걸음 더 남자에게 다가서는 최유훈의 모습은 마치 큐 사인이 떨어지자 연기에 몰입하는 배우의 모습과 흡사했다.

상황이 심상치 않게 돌아가는 것을 직감한 심부름센터 직원이 뒷걸음질을 치며 최유훈과 이진우에게 소리쳤다.

"이, 이 자식들이 대체 뭐라는 거야? 무슨 개소리를 하는 거야?"

"무슨 영문으로 찾아와서 깽판 친 건지는 모르겠는데, 니들 오늘 날 잘못 잡았다."

그게 남자가 정신을 잃기 직전 들은 마지막 말이었다.

"억-!"

그 말을 끝으로 곧장 득달같이 거리를 좁히며 달려든 최유훈이 남자의 복부에 가볍게 주먹을 찔러 넣은 것이었다.

육안으로 보기에 그렇게 빠른 속도로 날아든 주먹이 아니었기에 별 위력이 없는 것처럼 보였지만 그 안에 실린 묵직한 힘은 확실히 남달랐다.

천천히 주먹을 거두어들이자 남자가 최유훈을 향해 힘없이 고꾸라졌다.

최유훈은 정신을 잃고 자신에게 기대듯 쓰러진 남자를 옆으로 살짝 밀쳐내고는, 상황을 분석하듯 심부름센터 직원들의 움직임을 유심히 관찰하기 시작했다.

사실 하다 못해서 동네 양아치 수준의 유대감만 되었더라도 자신의 주먹이 지금은 바닥에 쓰러진 녀석의 배때기에 꽂힌 순간 다른 녀석들이 득달같이 달려들었어야 한다.

그럼에도 불구하고 쭈뼛거리며 서 있는 꼬락서니를 토대로 하여, 허울 좋고 인상 하나는 끝내주게 더러운 이 녀석들이 동네 양아치에도 못 미치는 수준이라는 것을 간파해낸 것이다.

최유훈은 이들이 끽해봐야 용역사무실이나 심부름센터 직원 정도라고 판단했다.

이윽고 최유훈은 북경각 사장을 손가락으로 가리키며 말했다.

"어이, 거기. 당신이 사주한 거지?"

최유훈은 그에게 시선을 고정해둔 채로 눈썹을 연신 꿈틀거리며 천천히 다가서기 시작했다.

뒷걸음질을 치기 시작한 사장이 심부름센터 직원들에게 다급한 목소리로 외쳤다.

"야! 니, 니들 뭐해? 얼른 처리해!"

그러나 애석하게도 심부름센터 직원들은 딱 돈을 받은 만큼만 움직인다.

북경각 사장이 걸어둔 코딱지만 한 푼돈을 가지고 폭력 사주라니, 정말이지 어림 반 푼어치도 없는 소리였다.

그래도 일단 받은 금액만큼은 일을 해주어야 하지 않겠는가?

어쩔 수 없이 최유훈을 둘러싸고 서기야 섰는데, 정말이지 이러지도 저러지도 못하는 상황인지라 주춤 거리는 것 외에는 할 수 있는 것이 아무것도 없었다.

"야, 거기 삼류인생들. 비킬래? 맞을래?"

최유훈의 입에서 이들의 자존심을 난도질하는 말이 튀어나온 탓에 일순 주변 공기가 급격히 싸늘해지는 것이 느껴졌다.

아니나 다를까 최유훈을 둘러싸고 있던 다섯 명 중 가장 배포가 좋아 보이는 것은 물론, 가장 덩치도 좋아 보이는 녀석이 인상을 잔뜩 구긴 채 앞으로 나서며 소매를 걷어붙였다.

"거, 형씨. 방금 뭐라고 했소? 삼류인생이라 했소?"

"좋은 말로 할 때 비켜라, 저기 너희 고객님이랑 조금 진지하게 나눌 이야기가 있거든."

두 사람의 눈빛이 허공에서 부딪히기도 잠시, 앞으로 몇 걸음 나선 덩치가 바닥에 걸쭉한 가래침을 한 번 뱉어 보이고는 북경각 사장에게로 시선을 옮긴 채 사색이 된 그의 얼굴에 손가락질을 해보이며 한 마디를 툭 내뱉었다.

"거, 참. 형씨도 운 좋은 줄 아쇼. 이건 형씨가 치를 계산에 없는 거니까."

얼굴이 하얗게 질린 사장이 형씨라는 말에 기분나빠할 새도 없었다.

잔뜩 너스레를 떨며 말을 마친 덩치가 곧장 주먹을 내지르려는 듯 어깨를 크게 움직여 팔을 뒤로 빼보였다.

덩치의 주먹은 마치 잔뜩 당겼다가 놓은 고무줄처럼 빠른 속도로 최유훈의 얼굴을 향해 날아들었다.

갑작스레 날아든 주먹에도 당황하는 기색 없이 가볍게 피해보인 최유훈은 잽싸게 바닥에 떨어진 숟가락 하나를 집어 들어 오른손에 꽉 쥐었다.

덩치는 최유훈을 향해 성큼성큼 다가서며 조소 섞인 목소리로 말을 이어나갔다.

"아재, 소싯적엔 주먹깨나 쓴 것 같던데 감을 조금 잃으셨나 봐? 연장 챙겨 들려면 제대로 된 걸 챙겨야 하지 않겠어?"

최유훈은 아랑곳하지 않고 숟가락으로 자신의 손바닥을 몇 번 두들겨 보이고는 짐짓 섬뜩해 보일 정도로 진한 웃음을 지어보였다.

"장인은 연장 탓 안 한다."

"이런, 미친놈이!"

다시금 날아들기 시작한 덩치의 주먹세례를 몸을 살짝 트는 것만으로 가볍게 피하던 최유훈이 이윽고 꽉 쥐고 있던 숟가락으로 덩치의 종아리를 세차게 후려쳤다.

찰싹-

숟가락과 종아리가 맞닿던 순간, 듣기만 해도 얼얼해지는 것 같은 소리가 크게 울려 퍼졌다.

소리만 놓고 듣는다면 마치 채찍으로 때린 것인가 싶을 만큼 영롱한 소리가 들려왔다.

확실한 건 듣는 사람도 경악할 만큼 끔찍한 소리라는 것.

"끄아아아아악!"

방심하고 있다가 숟가락에 얻어맞은 덩치가 그대로 고꾸라져서는 한 손으로 자신의 종아리를 어루만지며 고통을 호소하듯 비명을 내지르기 시작했다.

이윽고 두려움이 잔뜩 서린 표정으로 몇 발자국 떨어진 자리에 선 채 자신을 내려다보는 최유훈을 몇 번 훑었다.

최유훈은 다시금 자신의 손바닥을 숟가락으로 가볍게 두드리며 덩치를 향해 천천히 다가가기 시작했다.

　덩치는 육중한 몸으로 꿈틀대듯 바닥을 기며 앉은 채로 뒷걸음을 치기 시작했다.

　손에 잡히는 것이라면 다 던져대며 할 수 있는 선에서 가장 빠른 속도로 도망치고 있었다.

　널브러진 의자며 접시며 할 것 없이 다 집어던지던 남자가 다급한 목소리로 최유훈에게 말하기 시작했다.

　"이런 씨발, 진짜. 각성자야? 각성자지?"

　절대, 평범한 일반인이 낼 수 있는 힘이 아니었다.

　숟가락으로 한 대 맞고 왜 이렇게 호들갑이냐고 생각할 수도 있겠지만, 정말이지 종아리 살이 다 터진 것 같은 극악의 고통이었다.

　심지어 맞는 순간에는 잠깐이었지만 요단강이 눈앞에 아른거리는 듯 착각까지 들 정도였다.

　각성자라는 말에 다른 심부름센터 직원들도 연신 뒷걸음질을 치기 시작했다.

　"너 이 새끼 각성자가 일반인한테 손대면 진짜 좆 되는 거 알아 몰라?"

　최유훈은 어깨를 한 번 들썩여보이고는 되물었다.

　"아무렴 내가 그걸 모를까?"

　최유훈이 당당한 데에는 이유가 있었다.

특수 등급 각성자의 경우 긴급한 상황에서 공권력의 권한 일부를 위임받을 수 있었다.

사실상 어떠한 폭력을 저지르더라도 '진압 과정에서 생명에 위협을 느꼈다' 는 말로 합리화시킬 수 있는 문제라는 것이었다.

"그니까, 잘 생각해 봐. 이, 일단 진정해. 줄게. 준다고! 씨발! 짜, 짬뽕 값이고 뭐고 물어내라는 거 다 물어낼 테니까 제발!"

몇 걸음 더 다가선 최유훈이 손에 쥐고 있던 숟가락을 더욱 꽉 쥐어보였다.

숟가락 손잡이를 말아 움켜 쥔 그의 손이 부르르 떨리는 것을 본 덩치가 눈을 질끈 감았다.

덩치는 자신의 가랑이 사이에 질척질척한 축축함이 맴도는 것을 감지하고 나서야, 다시금 천천히 눈을 떴다.

이윽고 덩치가 다시금 눈을 떴을 때, 최유훈은 이미 덩치를 지나쳐 성큼성큼 걸음을 옮기고 있었다.

최유훈은 북경각 사장을 바라보며 물었다.

"감당할 수 있겠어? 내가 보기에 당신은 여기서 곱게 돌아가도 절대 무사할 것 같지는 않은데."

그 말을 들은 북경각 사장이 심부름센터 직원들을 한 번씩 둘러보았다.

눈빛에 담긴 원망만 하더라도 충분히 자신이 지금 어떤

상황에 처한 것인지를 알 수 있었다.

당장 눈앞에 있는 최유훈이야 그렇다 치고, 사지 멀쩡하게 돌아간다 한들 보복을 피할 수 있을 것 같다는 생각은 들지 않았다.

손은 물론, 다리까지 부들부들 떨리고 온 몸이 식은땀으로 흥건해졌다.

경묵 말고 다른 각성자가 있으리라고는 예상하지 못한 것이 패착이었다.

이윽고 사장 앞에 선 최유훈이 손바닥을 들이밀어 보이며 밀했다.

"자, 내놔."

"예……?"

최유훈이 자신의 고른 치열을 자랑이라도 하듯 이를 다 드러내 보이며 시원하게 웃어 보이며 말을 이어나갔다.

"돈 내 놓으라고, 변상해야 할 것 아냐?"

순간 어지러움을 느낀 북경각 사장이 '미어캣'처럼 빠르게 주변을 살피기 시작했다.

뒤에는 강물이 자신을 비웃듯 넘실거리고 있었고, 앞으로는 원망의 눈초리로 자신을 바라보는 심부름센터 직원들에 최유훈까지.

말 그대로 '사면초가'였다.

이 상황에 쐐기라도 박는 것인지 공용주차장 쪽으로 진입하는 경찰차들의 우렁찬 사이렌 소리까지 들려오기 시작했다.

❀

민경분식의 홀 한쪽에 놓인 TV화면 속, 아리따운 아나운서가 카메라 렌즈에서 시선을 옮기지 않은 채로 또박또박 말을 이어나가기 시작했다.

"요즘 화제가 되고 있는 갖가지 오디션 프로그램. 그 중에서도 단연 화제는 한 가게의 오너이자 주방장 일명 '오너셰프' 들이 대거 출연하여 경합을 벌이는 '오너셰프 코리아' 인데요, 방영 전부터 이목을 끌던 오너셰프 코리아가 배출한 오디션 스타, 참가자 천재 요리사 임경묵 군이 장안의 화제입니다. 그런데, 조금은 가슴 아픈 소식입니다. 임경묵 군이 여태껏 자신의 고용주였던 김씨의 지속적인 협박에 시달린 것으로 알려져 안타까움을 자아내고 있는데요, 자세한 이야기, 윤주희 기자에게 들어보겠습니다."

칙-

경묵이 리모콘을 들어 TV 전원을 꺼 보였다.

생각보다 일이 커져버렸지만, 경묵으로선 어찌 손 써볼

도리가 없었다.

여러 사람들의 진술이 맞물리면서 수몰되었던 진실이 조금 모습을 드러내고 만 것이다.

놀라운 사실은 이번 녹화분이 방영되는 동시에 인터넷이 경묵과 사장 김 씨의 이야기로 뜨겁게 달구어졌다는 것이다.

마치 한 번에 터트리기 위해 그 전까지는 누군가가 억누르고 있었던 것이 아닌가 싶을 정도로 잠잠했던 이전의 분위기를 고려해본다면 신기한 일이 아닐 수 없었다.

"이거 아무래도 일이 너무 커진 것 같네요."

"그런 것 같기는 한데, 그래도 쌤통이지 뭐. 좋은 게 좋은 거잖아."

정혁이 무미건조한 투로 대답하며 캔에 담긴 맥주를 한 모금 들이켰다.

경묵 역시 접시 안에 가득 든 땅콩을 하나 집어 들어서는 오물오물 씹어대기 시작했다.

사실 인간적인 부분을 논하며 따지고 들어온다면 조금 할 말이 없지만, 일 만 놓고 본다면 생각보다 순조롭게 풀리고 있었다.

다름이 아니라 그렇게 한바탕 소동이 벌어지고 나서 얼마 지나지 않아 사모가 합의를 목적으로 경묵을 찾아 온 것이다.

결국 경묵이 합의 조건으로 제시한 것은 북경각의 임차인 자격을 양도해주는 것이었다.

쉽게 말하자면 '북경각'을 넘기라는 말이었다.

법적 처분 강도를 짐작해본다면 조금 불합리한 요구라고 생각될 수도 있었으나, 지금 사장이 올라서 있는 단두대는 법의 단두대가 아니었다.

사장은 지금 직접적 피해자인 경묵의 도움 없이는 쉽게 벗어날 수 없는 대중들의 십자가에 매달려 있었다.

그렇다보니 사실상 북경각은 속칭 '네티즌 수사대'의 과열된 수사 열기 탓에 이미 영업 불가 상태나 다름이 없었다.

결국 경묵은 사장과 사모에게 권리금과 시설비 명목으로 소정의 금액을 지급하고 임차인 자격을 양도 받기로 했다.

이렇게 합의를 끝내는 것은 물론, 그 대가로 탄원서를 제출해주고, 공식석상에서 개인적입 합의를 봤다는 의사를 표해주겠다고 약속해 준 것이다.

사장의 변호인 측도 일이 이렇게 진행된다면 아마 법적인 처벌은 면할 수 있을 것이고 고작해야 집행유예와 벌금형 정도가 고작일 것 같다는 말을 넌지시 흘려주었다.

결국 경묵이 표면적으로 이득을 본 사항은 아무것도 없었지만, 이로서 생각보다 더 쉽게 북경각을 손에 거머쥐게 된 것이다.

더군다나 그 날 최유훈과 이진우가 가게를 찾았던 데는 더욱 놀라운 이유가 숨어있었다.

바로 아트리온 길드 측에서 길드 건물 1층에 위치한 식당가의 점포 한 곳을 무상으로 임대해주겠다는 의견을 표하기 위해 대표로 방문한 것 이었다.

실상 아트리온 길드 건물의 식당가가 길드 간부들 소유이거나 간부의 친인척들 소유라는 말은 전에 한 번 들었던 바 있지만, 이렇게 무상으로 지급되는 경우에 대에서는 들어본 경험이 전무했다.

물론 부가적인 조건이 달려있기는 했다.

바로 아트리온 길드 소속의 팀 중, 평균 등급이 상급 각성자 이상인 팀의 레이드에 한해서 정해진 식사량만큼의 버프 음식을 판매하라는 것이 아트리온 측에서 제시한 조건이었다.

그러나 사실상 '상급 각성자' 이상으로 꾸려진 팀만 하더라도 생각보다 제법 수가 된다.

당장 결정하기에는 조금 힘든 문제이다 보니 결정을 유보하는 것으로 마무리 지었었다.

경묵은 지금 하고 두 점포 사이에서 어느 곳이 좋을까가 아니라, 과연 두 점포를 동시다발적으로 운영하더라도 제대로 할 수 있을까에 대해서 고민하고 있었다.

곰곰이 생각해본다면 현재 '경묵푸드컴퍼니'의 성장

곡선이 거의 수직상승에 가까울 만큼 어마어마한 성장률을 기록하고 있었다.

그러나 그에 반해 인력이 턱없이 부족하다.

일을 도맡아 해주는 이들 없이 경묵이 혼자 발 벗고 나서서 뛰어다니고 있는 실정이다 보니 당연히 이런 걱정이 들 수밖에 없는 것이다.

아트리온 길드의 제안 같은 경우에는 언제든 다시 이야기를 나눌 수 있는 사항이다 보니 조금 더 신중하게 생각을 해봐야겠다고 마음먹었다.

우선 지금으로서 가장 시급한 것은 '오너셰프 코리아'를 성공적으로 마무리 짓는 것과 인력충원이었다.

골똘히 생각에 잠겨있던 경묵이 자신의 맥주 캔을 손에 쥐고 한 번 흔들어보이자, 정혁이 자신의 캔을 살짝 맞대었다가 떼며 정적을 깼다.

"그래서 북경각 공사는 언제부터 시작할 건데?"

"일단은 간판만 먼저 바꿔서 달고, 조금 천천히 진행을 하는 게 맞을 것 같아요."

정혁이 동조하듯 고개를 세차게 끄덕여 보이며 대답했다.

"하긴, 네가 요즘 정신이 없기는 하지."

"그래도 북경각이 저희 손에 다시 돌아오기는 했네요."

"야, 돌아오기는 무슨, 언제 한 번이라도 거기가 우리 가게였냐? 사장 거였지."

입가에 미소를 한 번 지어보인 경묵이 넌지시 대답했다.

"사장이라니요, 형! 이제 동네 아저씨죠."

경묵의 장난기 가득 담긴 대답에 정혁이 박장대소를 해 보이고는 다시금 맥주를 들이마시기 시작했다.

우선, 북경각을 손에 거머쥐었으니 이제 우선적으로 남은 목표는 '오너셰프 코리아'의 우승이었다.

⊕

'오너셰프 코리아'는 이제 제법 리얼리티 서바이벌 프로그램다운 면모를 갖춰가기 시작했다.

다름이 아니라 다음 경연의 주제를 개별적인 연락을 통해서 통보해주지 않고 촬영을 통해 전달해 주기 시작한 것이다.

이른 아침, F&F 사옥내의 스튜디오에서 간단한 촬영이 진행되고 있었다.

경묵을 비롯한 다른 참가자들 모두가 잠이 덜 깬 듯 보이는 모습으로 자신의 자리를 지키고 앉아 억지스러운 웃음을 지어보이고 있었다.

다음 경연 주제를 통보하고 심사방식을 설명하기 위함과 동시에, 부수적으로 예능 프로그램처럼 심사위원들과 이런 저런 이야기를 나누는 시간을 갖기 위한 촬영이었다.

아기자기한 소품들이 잔뜩 놓인 촬영장 중앙에 놓인 연단, 그리고 그 위에 선 박성주가 마이크에 연신 침을 튀겨대며 말을 이어나가기 시작했다.

"이번 경연의 주제는 6000원짜리 메뉴 입니다!"

디저트여도 상관이 없고, 메인 요리여도 상관이 없으니 6000원에 판매가 가능한 음식을 만들어 보라는 것이 이번 경연의 대 주제였다.

"선보인 음식이 6000원이라는 가격에 적합한 가를 중점적으로 평가하며, 그 안에서 맛과 상품성 외형적인 모습을 비롯한 여러 가지 평가를 동시에 진행하도록 하겠습니다."

경묵은 박성주의 말에 귀를 기울이는 한 편, 자신을 연신 찍어대는 카메라를 의식하며 마치 엄청난 고민이라도 하고 있는 것처럼 심각한 표정을 지어보이고 있었다.

이윽고 말을 마친 박상주가 한쪽 손에 쥐고 있던 진행 용지의 끝 모서리로 경묵을 가리키며 경묵에게 물었다.

"임경묵 참가자는 혹시 생각하신 메뉴가 있으십니까?"

경묵은 가히 엄청나게 인위적인 미소를 지어보이며 대답했다.

"아, 구체적으로는 정하지 못했고 '어떤 재료를 활용해야겠다.' 정도에 대해서는 대략적으로 정해진 것 같습니다."

"재료인지에 대해서는 말씀해 주실 수 없으시겠습니까?"

"네, 아직은 밝힐 수 없을 것 같습니다."

앵글에 잡히지 않는 자리에서 처음 보는 촬영 스탭이 무어라 수신호를 보내자 방청석에서 애교스러운 야유가 들려왔다.

경묵은 카메라를 바라보며 눈웃음을 지어보이는 것으로 능숙하게 상황을 종결시켰다.

날이 가면 갈수록 방송 촬영에 대한 재능이 돋보이고 있었다.

경묵의 차례 이후로 다른 참가자들에게도 한 번씩 똑같은 질문이 돌아갔다.

그 후로는 심사위원들이 평소에 느꼈던 부족함이나 강점에 대해서 한 번씩 꼬집듯 말해주기도 하였고, 사소한 농담을 나누기도 했다.

이윽고 최근 세간을 떠들썩하게 했던 경묵과 김 사장간의 일이 다시금 화두에 올랐다.

"어, 그런데 임경묵 참가자가 최근에 불미스러운 일을 겪음으로 인해서 화제가 되었었는데요, 염치불구하고 그 부분에 대해서 조금 질문을 드릴까 합니다. 혹시 당시의 심정이나 진행상황에 대해서 조금 들어볼 수 있을까요?"

박성주가 조심스레 묻자, 경묵은 이 때가 기회라는 듯 살짝 웃음을 지어보이며 말을 이어나가기 시작했다.

"어……. 우선 솔직히 말씀드리자면 당시 심경은 정말 힘들었습니다. 또한, 결과에 대해서 먼저 말씀드리자면 이제 개인적인 합의까지 마친 상태입니다. 많은 분들이 관심을 가져 주신 덕분에 제가 이렇게 이겨낼 수 있었습니다. 정말 감사합니다."

경묵이 갑작스러운 질문에도 전혀 당황하지 않고 침착하게 대답을 마치자, 박성주 역시 노련한 진행자답게 상황을 잘 주도해나가기 시작했다.

"아~ 이 부분에 대해서는 이번 방송에서 처음으로 언급하신 것 같은데, 아닌가요?"

"예, 맞습니다. 아직까지 공개적인 석상에서 개인적인 심경이나, 어떻게 진행되고 있는지에 대해서는 밝힌 바가 없습니다."

박성주는 사람 좋은 미소를 지어보이며 고개를 끄덕여 보이고는 명쾌한 목소리로 말을 이어나가기 시작했다.

"임경묵 참가자 역시 꿋꿋하게 잘 이겨내셨군요. 잘 마무리 되셨다니 정말 다행입니다."

인터뷰를 끝으로 시시콜콜한 말 몇 마디가 더 오고갔지만 중요한 사안은 없었다.

이윽고, 촬영을 마친 경묵은 다른 참가자들 및 심사위

원들과 간단히 인사를 나누고 대기실에서 기다리고 있던 정혁과 함께 천천히 사옥 밖을 향해 걸음을 옮기기 시작했다.

"어, 야 촬영 다 끝난 거야?"

"네, 형. 그냥 스튜디오 안에서 기다리지 왜 밖에서 기다리셨어요."

"거, 괜히 안에 들어가 있으면 어디 숨이나 마음 편하게 쉬겠냐?"

두 사람이 몇 걸음 옮기지도 않았을 때, 느지막이 촬영 스튜디오 안에서 걸어 나오던 남광민셰프가 경묵을 불러 세우며 물었다.

"뭐야~ 오늘도 바로 들어가는 거야? 바쁜가봐?"

"아, 예. 이번에 새로 인수하게 된 가게 때문에 정신이 없어서요."

매번 촬영을 마치면 개인적인 시간을 갖고 싶어 하는 남광민 셰프의 제안을 바쁜 일정을 핑계로 번번이 거절하다 보니 이제는 되려 경묵이 미안해지는 입장이었다.

멋쩍은 듯 웃으며 뒤통수를 긁어보이자 남광민셰프가 경묵의 어깨를 가볍게 두드려주며 물었다.

"그래? 열심이네? 개업식 때 초대할 거지?"

"와 주시면 저희야 영광이죠."

"그래, 그래. 알았어. 부르기나 해."

그러던 중 광민의 시선이 일순 정혁에게 머물렀다.

정혁은 광민과 눈이 마주치자 고개를 살짝 숙여 인사를 해보였고, 광민 역시 미소로 화답해 주었다.

정혁을 잠시 유심히 바라보던 광민의 입이 꿈틀대며 무어라 말을 꺼내기 직전, 뒤 쪽에서 촬영 스탭 하나가 다급한 목소리로 광민을 찾기 시작했다.

"남셰프님! 남셰프님!"

광민은 애타게 자신을 불러대는 스탭의 목소리에 반응하듯 뒤를 한 번 돌아본 후 곧장 경묵의 양 손을 한 번 꼭 쥐어주며 말했다.

"어, 일단 가봐야겠다. 조심히 들어가고 다음에는 밥 한 끼 같이 하자! 어려운 거 아니잖아?"

"시간 꼭 비워보겠습니다."

"자식, 알았어. 들어가 봐."

그 말을 끝으로 급한 걸음으로 자신을 부른 촬영 스탭을 향해 달려가던 남광민은 연신 의아하다는 듯 고개를 기웃거렸다.

'누구였지?'

F&F 사옥을 빠져나온 두 사람은 곧장 간판 제작 업체에 들러 간판 제작의뢰를 맡긴 후 북경각을 향해 트럭을 몰기 시작했다.

다름 아닌 내부 인테리어 변경 공사의 견적을 한 번 내보기 위함이었는데, 업체 측에서 나오기 전에 미리 문을 열어 두려는 것이었다.

계약서를 작성했던 날에도 가게를 둘러 보지는 못했으니, 정말이지 근 몇 달 만에 북경각으로 향하고 있는 것이었다.

정혁 역시 기분이 많이 좋은 것인지 조수석에서 연신 고개를 까딱거리며 콧 노래를 흥얼거리고 있었다.

이윽고 트럭이 북경각이 있는 골목 어귀에 들어서자, 마치 누군가 방망이질이라도 하는 것인지 경묵의 가슴이 세차게 뛰어대기 시작했다.

"형, 어때요? 떨리지 않아요?"

경묵이 격양된 목소리로 묻자, 정혁이 대답대신 고개를 끄덕여보였다.

이윽고 경묵의 푸드 트럭이 북경각 문 앞에 그대로 멈춰 서자, 안전벨트를 푼 두 사람이 용수철처럼 트럭 밖으로 뛰어나갔다.

정혁은 문에 바짝 붙어 양 손을 눈가에 괜 채로 안을 살피는 데 여념이 없었고, 경묵은 곧장 지급받은 보안카드를 단말기에 가져다 대는 것으로 가게 보안을 해제했다.

"형, 일단 외관은 어떻게 된 게 정말 변한 게 한군데도 없네요."

"그렇지, 이럴 때 보면 정말 변하는 게 사람밖에 없다 싶다."

이윽고 경묵이 천천히 북경각의 문을 열기 시작했다.

그 때, 정혁이 흥얼거리고 있는 콧노래의 노랫말이 잔잔히 들려오기 시작했다.

"You must Come Back Home~"

20. 그런데, 너 혹시 나 기억안나?

각성!

북경각

각성!

20. 그런데, 너 혹시 나 기억안나?

북경각

MODERN FANTASY STORY

이윽고 북경각의 문이 열리고 두 사람이 천천히 안으로 들어서기 시작했다.

사실 묵은 먼지 같은 게 가게 안에 들어서는 햇빛에 비추어 보였으면 괜스레 더 운치 있게 느껴졌겠지만, 최근까지 영업을 하던 업장이라 거기까지는 조금 무리가 있었다.

문이 열리자, 진한 미소를 잔뜩 머금은 경묵이 떨리는 마음으로 먼저 가게 안에 한 걸음을 내딛었다.

어쩌면 다시는 걸음하지 못할 지도 모르겠다고 예상한 곳에 이렇게 마음 편히 들어서게 될 줄이야 정말이지 생각지도 못했었다.

고요하기 그지없는 북경각 안에 잔잔한 경묵의 목소리
가 울려 퍼지기 시작했다.

"잘 있었냐?"

가게가 대답을 해줄리 만무했지만, 경묵은 마치 대답을
기다리기라도 하는 것처럼 천천히 고개를 돌려 가게 안
이곳저곳을 살펴보았다.

촌스러운 내부 장식이며, 가게를 없어 보이게끔 만드는
소품 배치, 상단 턱마다 자욱하게 쌓여있는 먼지까지 정
말이지 변한 곳이라곤 하나도 없이 그대로였다.

TV가 놓인 선반 위를 검지로 한 번 쓸어낸 경묵은 심지
어 손에 잔뜩 묻은 먼지마저 그윽한 눈빛으로 바라보며
웃음을 지어보였다.

그리고는 천천히 주방 쪽으로 걸음을 옮기기 시작했다.

주방에 가까워지면 가까워질수록 익숙한 기름 쩐 내가
점점 더 진해지고 있었다.

코 끝을 간질이는 비릿하고 매스꺼운 냄새에 절로 웃음
이 났다.

그런 경묵을 바라보던 정혁은 못마땅하다는 듯 팔짱을
낀 채 멈춰 서서는 물었다.

"또 바로 주방부터 들어가 보냐? 질리지도 않아?"

"그럼요, 자고로 예전부터 북경각 명물 하면 주방이지
않겠습니까?"

잔뜩 너스레를 떨며 다시금 발을 떼기 시작하자 정혁은 어깨를 한 번 들썩여 보이고는 마치 제 가게라도 되는 양 익숙하게 냉장고를 열어 캔 음료를 하나 꺼내들었다.

경묵은 아랑곳하지 않고 주방으로 이어지는 턱 위에 올라서 주방 안에 한 발을 내딛었다.

"후아……."

때가 잔뜩 탄 흰색 타일 바닥의 가칠가칠하고 미끄러운 감촉이며, 은연중에 계속해서 후각을 괴롭히는 기름 찐내며 심지어는 경묵이 사용하던 이빨 빠진 낡은 중화 칼마저 칼 걸이에 그내로 꽂혀 있다.

그렇게 기억 속 모습 그대로인 주방 안을 유심히 살피다 보니, 갑작스레 복받쳐 오르는 감정 탓에 눈가가 파르르 떨리고, 목이 간질간질 거리는 것이 느껴졌다.

마치 이 모든 것들이 경묵이 돌아오기만을 간절히 기다리기라도 했던 것처럼 느껴졌다.

이윽고 경묵은 입가에 미소를 머금은 채로 칼 걸이에 꽂힌 낡은 중화 칼을 꺼내들어 무뎌진 칼날을 슬쩍 매만졌다.

정혁은 주방에서 홀로 음식을 내주는 선반 앞에 서서는 연신 경묵을 바라보고 있었다.

어린아이처럼 신이 나있는 경묵의 모습을 보고 있자니, 좀처럼 흐뭇한 웃음을 감추려야 감출 수가 없었다.

"그렇게 좋냐? 사실 입점만 놓고 본다면 훨씬 좋은 자리에도 얼마든지 할 수 있었잖아."

정혁의 말 역시 틀린 말은 아니었다.

먼저 입점 제의를 해왔던 아트리온 길드 건물의 식당가와 비교해보더라도, 북경각은 동네 골목에 위치한 협소한 중국집 중에 하나일 뿐이니까.

물론, 북경각 자체가 이익을 위한 투자가 아니었다지만 어떻게 보면 지금 상황에서 북경각을 인수받은 것은 손해로 작용할 수도 있는 부분이 충분히 있었다.

바쁜 일정 탓에 당장 영업을 재개하는 데에도 무리가 있었고, 경묵이 지불한 시설비나 권리금에 비해 저조한 매출 표만 하더라도 그렇다.

더군다나 부수적으로 들어갈 리모델링 비용까지 셈하여 본다면 그 사실이 더욱 분명해진다.

경묵은 대답대신 천천히 주방 안을 한 번 더 둘러본 후에 나긋한 목소리로 대답했다.

"그럼요, 여기가 제 꿈의 시작점인 걸요?"

"꿈의 시작이라……."

정혁이 경묵이 한 말을 그대로 나지막이 읊조리자, 경묵은 주방 선반에 팔을 짚은 채 호기로운 목소리로 말을 이어나가기 시작했다.

"혹시 그거 아세요, 형?"

"어떤 거?"

"요즘 전국 어디를 가도 있는 고기 집중에 '서초구 갈매기' 라는 프렌차이즈 브랜드를 아세요?"

정혁은 제법 흥미진진한 이야기가 나올 것 같다는 짐작이 들어 밝은 표정으로 고개를 끄덕여 보이며 대답했다.

"물론 알다마다. 우리 집 앞에도 하나 있는데."

서초구 갈매기는 모르는 게 이상할 만큼 전국 여러 곳에 수백 개의 매장이 입점해있는 유명한 프렌차이즈 브랜드였다.

"거기가 사실은 인천에 있던 테이블 8개짜리 작은 삼겹살 집 이었다고 하더라고요."

"갈매기 살 전문점이 원래는 삼겹살 집 이었다고? 그리고 그렇게 작은 규모로 시작했었단 말이야?"

정혁이 놀라 되묻자 경묵은 밝은 표정으로 고개를 끄덕여 보이고는 말했다.

"서초구 갈매기가 지금 이룩해낸 결과를 놓고 본다면 믿을 수 없는 사실이지만, 놀랍게도 그렇다더라고요. 그리고 저는 항상 그런 생각으로 여기서 일을 했었거든요. 여기라고해서, 그러니까 '북경각' 이라고 해서 서초구 갈매기처럼 되지 말라는 법은 없다는 생각으로."

정혁의 표정이 사뭇 심각해졌다.

곰곰이 생각해 볼 것도 없이, 김 사장 밑에서 주방 직원으로 일하던 때의 경묵은 항상 남들보다 일찍 나와서 남들보다 늦은 시간에 퇴근을 하곤 했다.

시키지 않은 일도 도맡아서 하곤 했었고, 남들이 하기 싫어하는 일이라면 너스레를 떨며 자신이 직접 해버리곤 했었다.

마치 자신이 사장인 양 누구보다 열심히 일을 하던 경묵의 모습이 아른거렸다.

괜스레 멋쩍어진 정혁이 이렇다 할 대답도 하지 못하고 우물쭈물 거리자 경묵이 다시금 말을 이어나가기 시작했다.

"그리고 그 사실은 지금도 변함이 없어요. 과정이 어쨌든 여기는 저한테 선물 같은 곳이라고 생각해요⋯⋯. 물론, 더 노력해야겠지만 그래도 이제 맛 하나 만큼은 정말 자신이 있으니까 저는 어떻게든 여기를 최고의 중국집으로 만들어볼 거예요. 그러니까⋯⋯."

경묵은 손에 쥐고 있던 낡은 중화 칼을 다시금 칼 걸이 안에 꽂아 넣으며 다소 진지한 목소리로 정혁에게 물었다.

"도와주실 거죠?"

괜스레 낯이 간지러워진 정혁은 마시던 음료수 캔을 선반에 내려놓으며 인위적인 무던한 목소리로 답했다.

"물론이지."

문 너머에서 불어오는 바람에 출입문에 달린 풍경이 넘실거리고 있었고, 유입된 바람 안에는 따뜻한 봄 햇살의 온도가 적당량 섞여있었다. 겨울에 이곳을 떠났었고, 봄이 되어 되찾았다.

마치 죽어버린 듯 고요한 북경각 안에 따뜻한 기운이 천천히 유입되고 있었다.

불 꺼진 가게 안.

회색빛을 잔뜩 머금고 있는 고요한 북경각 안에 두 사람의 희망의 색이 덧입혀지고 있었다.

참 화사하기 그지없는 봄 날임이 분명했다.

그 시각, 고속버스 터미널 안에 버스 한 대가 들어서기 시작했다.

빈자리가 널찍하게 남아있는 고속버스 안, 흰 머리가 희끗희끗한 노인이 혼자서 두 자리를 차지하고 앉아 창밖을 내다보고 있었다.

오너셰프 코리아의 심사위원 '형대욱'의 스승이자 다복정의 전(前) 사장인 '전병우'였다.

옷차림은 한없이 가벼웠고, 그가 차고 있던 목줄 끝에는 핸드폰이 매달려 있었다.

그의 목에 매달린 허름한 핸드폰의 외형은 마치 전화번호 앞자리가 010이 아닐지도 모른다는 생각이 들 정도였고, 미간에 움푹 파인 주름은 어림짐작만으로 꼬장꼬장한 성격일 것 같다는 생각이 들 정도로 깊었다.

손은 어찌나 투박하고 두터운지, 노인의 힘들었던 젊은 날을 대변해주는 듯 했다.

이윽고 전병우의 목에 매달린 핸드폰이 구슬픈 트로트 가락을 노래하기 시작했다.

크게 울려 퍼지는 노랫소리가 버스 안 사람들의 이목을 끌었지만, 전병우는 아랑곳하지 않고 느릿느릿한 손짓으로 곱게 접혀있던 폴더 폰을 열어 귀에 가져다 댔다.

"어, 여보세요."

수화기 너머에서 형대욱의 다급한 목소리가 들려오기 시작했다.

"뭐에요, 사부? 진짜 서울로 올라온 거예요?"

형대욱이 다급한 데에는 그럴만한 이유가 있었다.

어떻게든 경묵을 데려오겠다고 큰소리를 떵떵 쳐놓은 것에 반하여, 아직까지 이렇다하게 개인적으로 사담 한 번 나누어 본 적이 없었으니 조바심이 날 수밖에 없었다.

형대욱이 다급하거나 말거나 터미널에 들어선 버스는 제 자리에 멈춰서며 굉음을 한 번 내보였다.

노인은 호탕한 웃음을 지어보이며 주름이 자글자글한 목에 부채질을 하며 능구렁이 같은 목소리로 대답했다.

"그래, 이 놈아. 네 놈이 감감무소식이니 내가 직접 와야지 어쩌겠냐."

"아직 촬영 끝나지도 않았는데 강원도 산골까지 어떻게 데려간답니까?"

"그래, 그래서 내가 왔잖냐?"

형대욱이 길게 한숨을 쉬어보인 후에 천천히 말을 이어나가기 시작했다.

"알았으니까, 지금 모시러 갈게요. 어디신데요?"

"됐다, 이 놈아! 내가 알아서 찾아가마."

단호한 목소리로 대답을 마친 전병우는 곧장 핸드폰 폴더를 덮어버리고는 배터리를 분리하여 입고 있던 모시옷의 주머니 안에 쏙 넣어버렸다.

형대욱의 성격을 잘 알고 있는 탓 이었다.

콧물 찔찔거리던 것이 엊그제 같은데, 요즘 들어서는 도리어 자신을 물가에 내놓은 어린아이 걱정하는 것 마냥 걱정해대고 있었다.

이윽고 여유 가득한 걸음으로 천천히 버스에서 내려서기 시작했다.

분명히 수 년 만에 밟아보는 서울 땅이었지만, 강원도 오지와 별반 다를 것은 없었다.

다만 오랜만에 이렇게 사람들이 많은 곳에 걸음을 한 것이다 보니 감회가 새롭기는 했다.

"에구구……. 어디 보자……."

사실, 전병우가 갑작스레 서울 행을 결심한 데는 이유가 있었다.

전병우의 집에는 TV가 없는 탓에, 오너셰프 코리아를 시청하려면 걸어서 20분 거리에 있는 마을회관으로 걸음해야만 했다.

십 수 년 전, 다복정의 셔터를 굳게 내려둔 후로는 요리와 담쌓은 듯 지내던 그가 그렇게 까지 하면서 방송을 챙겨보았던 것은 오너셰프 코리아에 흥미가 있어서도 아니었고, 형대욱을 보기 위함은 더더욱 아니었다.

오로지 하얀 짬뽕, 즉 경묵을 보기 위함이었다.

쟁쟁한 심사위원들 틈에서도 기가 죽은 모습 한 번 보일 줄 모르는 호기로운 녀석의 태도를 보며 진심어린 웃음을 지어보였던 것이 한두 번이 아니었다.

그러던 중 전병우가 서울 행을 결심하게 만든 결정적인 요인은 며칠 전 방송된 지난 방송분에서 경묵이 했었던 말 한 마디였다.

'사실 제가 수타면을 만들 줄 모르거든요.'

이윽고, 가벼운 걸음으로 터미널 안으로 들어선 전병우가 세차게 고갯짓을 해보이며 혀를 세게 찼다.

"쯧, 어디 수타 하나 제대로 칠 줄 모르는 게 중식을 한다고 테레비에 나오기는 테레비에 나와?"

입에서 나온 쓴 소리와는 다르게, 전병우의 표정에는 기대 어린 웃음이 잔뜩 서려있었다.

터미널 안을 자유롭게 쏘다니는 봄바람에 그가 입은 모시옷이 신명나게 나풀거렸다.

사람들로 북적거리는 터미널 안을 둘러보던 전병우가 미소를 머금은 채 속으로 되뇌었다.

'범이 살쾡이 발톱을 달고 있으면 쓰나? 못 쓰지."

자신의 집 쇼파에 앉은 형대욱은 인상을 잔뜩 찡그린 채 핸드폰 액정만 들여다보고 있었다.

'전원이 꺼져있어 삐 소리 후 소리 샘으로 연결됩니다……'

손에 쥔 핸드폰에서는 연신 똑같은 안내 멘트만 반복되고 있었지만, 전혀 아랑곳하지 않은 채 꾸준히 발신 버튼을 눌러대고 있었다.

이윽고 형대욱이 핸드폰을 널찍하게 남은 옆자리에 던져버리고는 신음을 흘리며 쇼파 등받이에 몸을 편히 기대었다.

"아, 정말……. 이 양반 때문에 진짜 돌아버리겠네……."

몸이 편찮은 스승 전병우가 다짜고짜 버스에 올라타서 서울로 향하고 있음을 알린 탓이었다.

더군다나 이제는 아예 핸드폰 전원을 꺼버린 채 연락을 피하고 있었다.

이미 자포자기 상태인 형대욱은 쇼파에 기댄 채 고개를 옆으로 돌려 창밖을 내다보았다.

형대욱의 집은 여의도에 위치한 60평짜리 고급 오피스텔, '코리안 팰리스'였다.

그리고 그의 집 코리안 팰리스는 방송에도 수차례 소개된 고급 오피스텔다운 위용을 뽐내고 있었다.

넓게 트인 창문 아래로 한강이 한 눈에 내려다 보였고, 고급스러운 대리석으로 이루어진 바닥, 집안 곳곳에는 스크랩된 신문 기사와 대회에서 입상한 덕분에 받아낼 수 있었던 온갖 상패와 트로피들이 진열되어 있었다.

이 모든 것이 뼈를 깎는 노력의 산물이었지만, 그와 동시에 전병우의 도움 없이는 이루지 못했을 결과물들이기에 더욱 더 스승에 대한 애착이 강했다.

전병우는 부모 없이 자란 형대욱에게 부모 노릇까지 해주었고, 정말이지 말 그대로 대욱을 '키워냈다' 해도 과언이 아닌 인물이었다.

가끔 전병우를 보고 있노라면 입 언저리에 아버지라는 말이 맴돌았지만, 한 평생 입에 담아내 본적이 없어서인 지 쉽사리 나오지는 않았다.

거액을 지불하고 구입해낸 '마정석'을 통해 전병우의 병세를 호전시킨 게 이미 수차례였다.

마정석의 힘에도 한계가 있는 것 뿐 아니라, 전병우의 병세가 워낙 심각했던 터라 더 이상 마정석의 힘으로 병 세를 늦추거나 호전시킬 수도 없는 실정이었다.

이런 생각들을 하다보면 착잡해지는 것이 당연지사이 겠지만, 아무리 굳세게 마음을 먹는다 한들 속이 무너질 듯 흔들리는 것은 물론 쓰리디 쓰리게만 느껴졌다.

다시금 억겁의 슬픔을 삼켜낸 형대욱이 자리를 털고 일 어서며 탄식 섞인 말을 뱉어냈다.

"하……. 아버지, 제발 좀 건강하게만 삽시다."

전병우는 터미널을 빠져나오자마자 길게 늘어선 택시 들 앞에 섰다. 이윽고 맨 앞 열에 서있던 택시에 오르며 무던한 목소리로 말했다.

"기사양반, 거 코리안팰리스로 좀 갑시다."

"코리안팰리스요?"

코리안팰리스라는 말을 들은 택시기사가 룸미러로 전병우의 행색을 한 번 살폈다.

이윽고 입가에 피식하고 웃음을 지어보이며 천천히 엑셀을 밟으며 넌지시 되물었다.

"그 근처에 볼일 보러 가십니까?"

"아니, 못난 제자 얼굴좀 보러 갑니다."

전병우의 입에서 의외의 대답이 나오자, 택시 기사는 앞을 향하고 있던 시선을 다시금 룸미러로 돌린 후 행색을 한 번 더 살피고는 놀란 목소리로 되물었다.

"선생님 제자분이 거기에 살아요? 코리안팰리스에?"

넋 놓은 채 창밖을 바라보던 전병우는 무던하게 고개를 끄덕여 보이고는 대답했다.

"그래요. 거기 삽니다."

"허허, 대단하십니다. 출세한 제자를 두셨네요."

출세라는 말을 들은 전병우의 입가에 미소가 떠올랐다.

'출세라…… 그래, 고 놈 출세했지.'

중국집에 딸린 다락방에서 먹고 자던 천애고아 놈이 남들 다 부러워하는 널찍한 집에 사니 출세라면 출세라고 할 수도 있겠다 싶어서였다.

다시금 창밖으로 시선을 돌린 전병우는 형대욱의 앞이었다면 절대 하지 못할 덕담을 넌지시 흘려보았다.

"허허, 출세라면 출세겠습니다. 그 놈이 멍청해도 제 해야 할 일은 열심히 하던 놈입니다."

택시는 한참을 달린 후에야 '코리안 팰리스' 앞에 멈춰 섰다.

요금을 계산하기에 앞서 전병우가 핸드폰 배터리를 다시 끼운 후에 전원을 켜 보았다.

"제자 놈이 기어 나와서 요금 치러 줄 테니, 잠시만 기다리쇼."

밝은 표정으로 고개를 끄덕어보인 택시기사는 콧노래를 부르며 라디오를 켜 보았다.

라디오에서조차 진행자와 초대된 패널들이 장안의 화제인 '오너셰프 코리아'에 대한 이야기를 나누고 있었다.

"선생님도 혹시 이 TV프로그램 아십니까? 이것 때문에 참 요즘 난리인데 말입니다. 저도 이거 할 시간되면 한적한 데에 차 세워두고 네비게이션으로 보곤 하거든요. 여기 나오는 젊은 친구 하나 있는데 저는 괜스레 젊은 친구한테 참 마음이 가더라고요."

형대욱한테 전화를 걸던 전병우가 날카로운 눈빛으로 기사를 바라보며 넌지시 되물었다.

"젊은 친구? 임경묵?"

"오, 선생님도 보십니까? 정말 남녀노소 다 보는 프로 그램이긴 한가 봅니다."

전병우는 입가에 미소를 한 번 지어보인 후 귓가에 대고 있던 휴대폰에 대뜸 말을 해대기 시작했다.

"지금 도착했으니까 1층으로 좀 내려와라. 택시 요금 좀 내줘야 쓰겠다. 그래, 이놈아! 그럼 이 몸으로 버스 노약좌석 앉아서 와야겠냐? 기사님 기다리시니까 얼른 내려와라."

이번에도 제 할말을 마치자 마자 폴더를 딱 소리가 나게끔 세게 접어보인 전병우가 다시금 천천히 입을 떼기 시작했다.

"허허허, 임경묵. 고 놈 아주 물건이지."

"역시 그렇죠? 보니까 사람 됨됨이도 괜찮은 것 같더라고요. 제 아들놈이 이제 중학생인데 요즘 이 프로그램 때문에 요리사가 되겠다고 아주 난리도 아닙니다."

택시기사와 한참동안 이야기를 나누던 전병우가 밝게 웃어 보인 후에 택시기사에게 넌지시 물었다.

"거 그럼, 혹시 심사위원 중에서는 누가 제일 좋습니까?"

"글쎄요, 워낙 쟁쟁한 양반들이 앉아있으니 우열을 가리기가 힘들자면 굳이 마음가는 사람을 꼽자면 아무래도……."

그 때, 누군가가 조수석 창문을 두드렸다.

똑똑−

곧장 조수석으로 시선을 돌린 택시기사의 눈이 급격하게 커지기 시작했다.

그는 조수석 창문 앞에 선 형대욱을 바라보며 점점 기어들어가는 목소리로 천천히 말을 이었다.

"형대욱 셰프가 아닐까요……."

형대욱은 택시 요금을 치러주는 것은 물론이고, 택시기사 아들 몫의 사인까지 해주었다.

집에 들어서자마자 거실 중앙에 놓인 푹신푹신한 쇼파에 드러눕듯 안착한 전병우는, 아랫입술을 삐쭉 내민 채 이죽거리는 투로 말했다.

"네 놈이 뭐 대단한 놈이라고 사인까지 받는 대냐?"

"그러게 말입니다. 그런데 제가 만약에 집에 없었으면 어쩌려고 말도 없이 이렇게 불쑥 찾아오십니까?"

전병우는 한 차례 웃음을 지어보인 후에 가벼운 목소리로 대답했다.

"있었으니 된 것 아니냐?"

형대욱은 컵에 물을 따라내며 빈정거리는 투로 답했다.

"아, 것 참. 역시 대책 없는 걸로는 정말 알아주십니다. 냉수 한 잔 하시고 속좀 차리십시오."

"그래 어지간히 고맙네, 방송은 어째 할 만한 것 같나?"

"예, 오늘 아침에 다음 경연 주제도 정해졌습니다."

형대욱이 건네 준 물을 벌컥벌컥 들이마시던 전병우가 입가에 바짝 대고 있던 컵을 거두어들이며 되물었다.

"그래? 뭔데?"

"6000원짜리 메뉴요."

그 말을 들은 전병우가 한참동안 호탕한 웃음을 지어보이며 익살스럽기 그지없는 투로 빈정대듯 답했다.

"거 참, 뚝딱 만들면 6000원짜리 밥이지 그걸 문제라고 내놓은 거야?"

"어디 예전하고 지금하고 물가가 같은 줄 아십니까? 아마 골머리 좀 썩을 겁니다. 가격도 가격인데 맛을 내야 하니까 말입니다."

어깨를 한 번 들썩여 보이며 반문한 형대욱이 전병우의 옆 자리에 걸터앉으며 말을 이어나가기 시작했다.

"아시다시피 원가의 3배 내지 4배 정도의 가격으로 메뉴 가격을 책정해야 하지 않습니까? 잘 생각해보면 이번에는 1500원 내지 2000원씩 쥐어주면서 경쟁시키는 것이나 다름 없는 것 아니겠어요?"

고개를 한 번 끄덕여보인 전병우가 넌지시 되물었다.

"그래서 임경묵이 그 놈은 뭐 좀 정한 것 같고?"

"아니요, 임경묵 뿐만 아니라 다른 참가자들도 전부 아직 갈피도 못 잡은 것 같더라고요."

전병우는 다시금 물을 들이키려는 듯 손에 쥔 컵을 들어올리며 넌지시 말했다.

"허허, 다들 아직 멀었네."

"그럼 전지전능한 스승님께서는 뭐 뾰족한 수라도 있으십니까?"

"물론이지, 이 놈아. 듣자마자 딱 떠오르더라."

이윽고 형대욱이 호기심 가득한 눈으로 전병우를 바라보며 되물었다.

"뭔데요?"

"얘끼! 이 놈아!"

전병우는 다소 부담스러운 기대의 눈빛으로 자신을 바라보는 형대욱에게 컵을 들이밀며 물을 뿌리는 시늉을 한번 해보이고는 자리에서 일어섰다.

"뭔데요, 말씀 좀 해 주십시오."

"됐고, 임경묵 그놈 한다는 가게가 어디에 있냐?"

형대욱은 전병우가 손에 쥐고 있던 물 컵을 빼앗아 들며 되물었다.

"알아서 뭐하시게요? 직접 가보기라도 하시려고요?"

165

이윽고 집 안 곳곳을 살펴보던 전병우가 천덕꾸러기 같
은 미소를 지어보인 후에 나긋나긋한 목소리로 천천히 대
답했다.

"그래, 한 번 가봐야겠다. 도움도 줄 겸, 어느 정도 하는
놈인지 알아볼 겸 해서 말이다."

✦

진즉 영업을 마친 경묵의 푸드 트럭이 어김없이 한강
공용주차장에 서 있었다.

마치 영업이 끝났음을 알리기라도 하는 듯 주방 칸의 날
개는 덮여 있었고, 달랑 하나 펴져있는 테이블에 정혁과 경
묵이 마주앉아 심각한 표정으로 대화를 이어가고 있었다.

다름 아니라, 경연에서 선보일 메뉴를 선별하기 위함이
었다.

"쉬운 것 같으면서도 어려운 주제네."

"순이익 뿐 아니라 맛이나 외형적인 멋스러움까지 고루
평가를 한다고 하더라고요."

말을 마친 경묵은 심각한 표정으로 넘실거리는 한강 물
을 힐끔힐끔 쳐다보며 연신 손톱을 씹어대고 있었다.

고민에 빠졌을 때면 저도 모르게 툭 튀어나오는 습관이
었다.

사색에 잠긴 것은 정혁 역시 마찬가지였다.

팔짱을 낀 채 아랫입술을 질근질근 씹어대던 정혁이 갑작스레 자신의 머리를 마구 헝클어뜨리며 말했다.

"아, 정말 떠오르는 건 많은데 명확한 게 하나가 없네."

"그러니까 말이에요. 주제 자체가 너무 포괄적이어서 그런 것 같아요. 피곤해 죽겠는데 오늘은 이만 정리하고 들어갈까요? 아침부터 너무 강행했더니 지치네요."

정혁이 고개를 끄덕이며 말했다.

"그래, 피곤할 만도 하지. 얼른 접고 들어가자."

말을 마친 정혁이 자리에서 일어나던 도중 갑작스레 멈춰 섰다.

그리고는 인상을 잔뜩 찡그린 채 경묵 너머의 허공을 응시하자 경묵 역시 고개를 뒤로 돌려 정혁의 시선이 향하는 곳을 쫓았다.

이윽고 경묵의 시선이 뒤 쪽에 닿았을 때, 허름한 차림새의 노인이 검은 봉지를 든 채 제 자리에 서서 두 사람을 바라보고 있음을 확인할 수 있었다.

돌돌 말려있는 검은 봉지를 신주단지라도 모시듯 꽉 쥐고 있는 노인은 계속해서 거리를 좁혀왔다.

말이 들릴 만큼 거리가 가까워지고 나서야 정혁이 다소 상투적인 말투로 노인에게 말했다.

"어르신, 죄송합니다만 영업이 끝났습니다."

노인은 바짝 마른 입술에 침을 몇 번 묻혀보이고는 구슬픈 목소리로 말을 이었다.

"저, 배가 너무 고픕니다. 어떻게 안 되겠습니까?"

경묵은 표정 없는 얼굴로 노인을 바라보기만 할 뿐, 아무런 말없이 제 자리에 앉아 노인을 뚫어져라 바라보고 있었다.

경묵의 눈에 가장 먼저 들어온 것은 대단히 투박해 보이는 손 이었다.

큼지막한 손에는 화상자국이 얼룩덜룩하게 나 있었다.

이윽고 정혁이 자리에서 일어서며 웃음을 지어보이며 다시금 입을 뗐다.

"어르신, 정말 죄송합니다만 오늘 준비한 재료도 다 떨어졌을 뿐더러 영업도……."

"배가 너무 고픈데, 실은 가진 돈도 없습니다."

노인이 말을 가로채며 다소 허무맹랑한 소리를 입에 담아내자, 정혁의 표정이 점차 냉랭하게 변하기 시작했다.

경묵과 정혁이 아무런 말도 잇지 못하자 노인이 손에 쥔 봉투를 열어 보이며 다시금 말을 이어 나가기 시작했다.

노인이 손에 쥐고 있던 봉투 안의 내용물이 서서히 모습을 드러내기 시작했다.

우습게도 노인의 봉투 안에 담겨있던 것은 실금이 잔뜩

가있는 두부 한 모였다.

"지금 가진 거라곤 이 두부 한 모 밖에 없는데, 이 두부로 아무 요리나 해주시면 안 되겠습니까?"

"어르신······."

다시금 정혁이 타이르는 것 같은 말투로 입을 떼자, 이번에는 경묵이 자리에서 일어서며 말을 가로챘다.

"예, 알겠습니다. 여기 편히 앉으셔서 기다리시겠습니까?"

경묵의 입에서 의외의 답이 나오자 정혁이 놀라 눈을 크게 떠 보였다.

연이어 경묵은 노인이 들고 있던 두부가 담긴 봉지를 받아들고는 운전석으로 가 트럭 주방 칸의 날개를 열어보였다.

금새 요리할 준비를 시작한 경묵의 뒷모습을 바라보던 노인 아니, 전병우가 경묵의 등에 대고 뜬금없이 물었다.

"젊은이, 내 정말 고맙소. 그런데 혹시 어떤 연유로 내게 이런 호의를 베풀어주는지 여쭈어도 되겠소?"

노인의 물음을 들은 정혁이 인상을 찡그려보였다.

그렇게 간곡하게 해달라고 해서 해준다는데, 뜬금없는 질문을 던져대니 화가 안 날래야 안 날 수가 없었던 것이다.

갑작스런 물음에 다시금 뒤 돌아선 경묵이 웃음을 한 번 지어 보이고는 부드러운 목소리로 말했다.

"배가 고픈 사람은 모두 제 손님입니다."

이윽고 전병우의 입가에 미소가 떠올랐다.

대답 대신 고개를 한 번 숙여 보인 전병우가 경묵이 앉아있던 자리를 꿰차고 앉자, 못마땅한 표정을 지어보이던 정혁이 짜증 섞인 발걸음으로 경묵의 뒤를 쫓기 시작했다.

그런 두 사람의 뒷모습을 그윽한 눈빛으로 바라보던 전병우는 새어나오려는 웃음을 최대한 억누르며 속으로 되뇌였다.

'합격이다.'

이로서 경묵은 수타면의 전설이자 다복정의 전(前) 사장인 전병우의 제자가 되기 위한 첫 번째 관문은 넘어서게 된 것이다.

전병우는 편한 자세로 앉아 제법 멀찍이 떨어진 경묵과 정혁에게서 시선을 거두지 않고 있었다.

정혁은 불만 가득한 표정을 지은 채 종종걸음으로 경묵에게 다가서서는 물었다.

"야, 갑자기 뭐야? 그렇게 피곤하다고 울상이더니 갑자기……."

이윽고 경묵이 입가에 비릿한 미소를 지어보이자 정혁

이 말을 멈추었다.

꿀꺽-

다소 비장해 보이는 경묵의 시선탓에 정혁이 침을 한 번 삼켜냈다.

총기가 잔뜩 어린 두 눈은 확신으로 가득 찬 듯 맹렬히 이글거리고 있었다.

이윽고 손에 두부가 든 봉투를 쥐고 있는 경묵이 천천히 입을 뗐다.

"형, 뭔가 이상하지 않아요?"

❋

경묵의 말을 들은 정혁이 의아하다는 듯 물었다.

"대체 뭐가 이상하다는 거야?"

이윽고 정혁은 다시 한 번 게슴츠레하게 뜬 눈으로 노인을 한 번 훑어본 후에야 고개를 끄덕여 보이고는 천천히 말을 이어나갔다.

"그래, 그래. 이상하기는 하다. 무슨 주막에 찾아온 나그네도 아니고, 삭막한 2015년에 두부 한 모 들고 와서 이걸로 요리 좀 해달라니……. 암, 이상하고말고. 어디로 보더라도 제정신은 아닌 것 같네. 이거 분위기로 봐서는 물컵에 나뭇잎이라도 띄워줘야 하는 거 아닌가 싶다."

정혁이 익살스러운 말투로 쏘아붙이듯 말하자, 경묵이 너털웃음을 지어보이고는 답했다.

"혹시 저 할아버지 손등이랑 팔뚝 못 보셨어요?"

"손등하고 팔뚝? 아니, 못 봤는데?"

"음…… 저 할아버지. 그냥 평범한 할아버지는 아닌 것 같더라고요."

이윽고, 정혁이 고개를 조금 더 바싹 들이밀며 물었다.

"그게 무슨 소리야?"

"다름이 아니라, 손등하고 팔뚝에 화상흉터가 셀 수 없이 많더라고요. 얼핏 보기에도 무공훈장 같던데요?"

무공훈장이라는 말을 들은 정혁의 표정이 사뭇 진지해졌다.

"무공훈장이라……? 저 노인네가?"

경묵이 말한 무공훈장이란 진짜 무공을 세워 수여받은 훈장을 일컫는 것이 아니라, 요리사들 사이에서는 '주방 안에서 자연히 얻은 흉터나 화상자국'을 일컫는 단어이다.

그러니 그 훈장이 많다는 것은 당연히 경력을 이야기하는 것이기도 했다.

물론 그다지 정확성이 없어 보이는 것도 사실이지만, 척 보면 척이라는 말이 있지 않던가?

결국 노인이 팔뚝에 모아둔 화상 흉터가 어찌 보면 특급 요리사의 증표로서 쓰일 수도 있는 노릇이었다.

다만 이제 그 여부를 확실히 하게 되는 것은 노인의 복장이라 할 수 있는데, 나풀거리는 모시옷이 아니라 조리복을 입고 있었다면 아마도 더욱 쉽게 납득할 수 있을 것이리라.

정혁이 고개를 끄덕여보이자, 경묵은 다시금 말을 덧붙이기 시작했다.

"거기다가 이 두부 일화, 들어본 적 있지 않아요?"

"뭐?"

"언제더라, 전에 형 집에서 같이 맥주 마시던 날에 F&F채널에서 같이 봤잖아요."

연신 의아해하는 것뿐인 정혁과는 달리, 말을 이어나가는 경묵의 얼굴에는 확신이 가득 들어서 있었다.

"지금 이 상황 완전히 마파두부의 유래잖아요."

"어라, 그러고 보니까?"

"그렇죠? 맞죠?"

그제야 정혁의 얼굴에도 밝은 웃음이 떠오르기 시작했다.

일전에 함께 F&F채널을 시청하다가 우연히 접하게 된 많고 많은 마파두부의 유래 중 하나와 유사한 상황이었다.

마파두부가 유난히 유래가 많은 음식이라지만, 그 중 가장 힘이 실리고 있는 유래를 꼽자면 단연 이 이야기를 꼽을 것이다.

⊛

1874년 중국 서남부의 사천성 성도 북문 근처에는 식당들이 즐비했다고 한다.

그 많고 많은 식당 중 얼굴에 곰보자국이 즐비한 여인이 운영하는 식당이 있었다고 한다.

식당을 찾는 사람들의 대부분이 짐꾼들이었고, 그 중에는 유채기름을 판매하는 짐꾼들도 있었다고 한다.

그 중 안면이 있던 한 상인이 두부와 유채기름을 건네며 이렇게 말했다고 한다.

'죄송하지만 지금은 돈이 없어 요리를 시킬 수 없지만, 배가 너무 고픕니다. 혹시 유채기름으로 두부를 좀 지져주실 수 없으십니까?'

마음씨가 좋기로 소문난 이 여인은 그 자리에서 혀가 얼얼할 정도로 맵고 뜨겁고, 부드러운 두부 요리를 그 자리에서 선보였다고 한다.

그 후 이 두부요리가 사람들 사이에서 인기를 모으기 시작했고, 중국말로 곰보를 뜻하는 '마' 라는 글자를 따서

이 두부요리를 마파두부라 부르게 되었다는 설 이었다.

결국 다복정의 전 사장이자 형대욱의 스승인 전병우가 건넨 시험은 두 가지 소양 중 하나만 갖추더라도 통과할 수 있는 시험이었다.

첫 번째는 인간적인 면모를 겸비한 것인가?

두 번째는 요리에 대한 어느 정도의 지식을 갖추고 있는가?

운 좋게도 경묵은 이 두 가지 사항 모두에 해당되는 인물이었다.

아마 마파두부의 유래를 몰랐더라면, 혹은 노인의 투박한 손과 팔뚝에 잔뜩 새겨진 무공훈장을 보지 못했더라면, 조금 더 살갑게 더 좋은 요리를 내놓았을 것이다.

"네 말 듣고 보니까 저 노인네가 정말 평범한 노인네는 아닌 것 같다."

말을 마친 정혁이 음식을 기다리는 전병우를 곁눈질로 바라보았을 때, 전병우는 다리를 꼰 채 한껏 거만한 자세로 앉아있었다.

그저 말을 듣고 나서 드는 기분 탓 일수도 있겠지만, 그 자세에서는 말로 형언할 수는 없지만 위압감이 느껴지는 것 같기도 했다.

경묵은 전병우가 내준 시험에 사력을 다하여 응할 생각으로 인벤토리에서 자신의 중화 팬을 꺼내들겠다고 마음먹자, 중화 팬 하나가 경묵의 앞에 생성되듯 나타났다.

연이어 입가에 미소를 잔뜩 머금은 채 능숙하게 팬 손잡이를 낚아채서는 화구 위에 올려두었다.

그리고는 주방 간이 냉장고에서 물과 컵을 꺼내어 선반 위에 건네며 주방 칸 아래에서 자신을 올려다보고 서있는 정혁에게 말했다.

"형, 우선 어르신께 물이라도 한 잔 가져다 드릴 수 있으세요?"

경묵은 정혁이 고개를 끄덕여 보이고 나서야 장난기 섞인 목소리로 한 마디를 덧붙였다.

"혹시나 해서 하는 말인데, 나뭇잎은 띄우지 마시고요."

물이 가득 든 컵을 손에 쥔 정혁이 점차 트럭에서 멀어지자 경묵은 조리대 도마 위에 실금이 가있는 두부를 먼저 올려두었다.

경묵이 첫 번째 시험을 제대로 통과해 보였으니, 이로서 두 번째 시험이 자동적으로 시작된 것 이었다.

즉, 맛에 대한 평가가 기다리고 있는 셈 이었다.

정체모를 노인이 도대체 어떤 속셈으로 접근하여 이런 시험을 낸 것인지는 알 도리가 없었지만 어쨌든 사력을 다하여 응해줄 생각이었다.

경묵은 우선, 능숙한 손길로 두부를 잘라내기 시작했다.

물기를 살짝 머금은 채 반듯하게 썰린 두부는, 그 절단 면이 손이 베일 것 같다는 착각이 들 정도로 날카로워 보일 반듯한 모양새를 뽐내고 있었다.

비록 표면에 실금이 가있어 육안으로 보기에 상태가 좋아보이지는 않던 두부였다지만, 경묵의 칼질을 거침으로서 정형화된 크기를 갖게 되자 괜스레 고급스러운 풍모를 과시하고 있는 듯 보일 지경이었다.

전병우는 게슴츠레하게 뜬 눈으로 주방 칸 안에서 연신 두부를 썰어내던 경묵을 주시하고 있었다.

이윽고 경묵이 몇 번 칼을 놀려보이자 그의 입가에도 웃음이 떠올랐다.

"이 놈 봐라? 제법이네?"

전에 방송을 통해서도 보았던 적이 있었지만, 경묵의 칼 다루는 솜씨 하나 만큼은 가히 일품이라고 할 수 있을 정도였다.

부드럽게 곡선을 그리듯 움직이는 칼질 자세에는 안정적임과 능숙함이 동시에 배어 있었다.

기본이 이렇게 탄탄하다 보니 다른 셰프들이 경묵을 제자로 삼고 싶어 하는 것도 이상한 노릇이 아니었다.

이윽고 정혁이 탁자 위에 물 컵을 내려놓자 전병우가 정혁을 올려다보며 물었다.

"이놈아."

"예?"

갑작스러운 부름에 놀란 정혁이 잠시 멈칫거리다가 조심스레 대답을 해 보이자, 전병우는 정혁이 내려둔 물 컵을 금세 비워내고는 천천히 말을 이었다.

"수 십 번도 아니고 수 백 번을 대접해주고, 이제야 한 번 얻어먹겠다는데 못마땅하냐?"

"그게 무슨 말씀이십니까, 어르신?"

마치 경묵과 구면인 듯, 그것도 자신이 경묵의 식사를 수 백번은 해결해주었다는 듯 말하는 노인 탓에 괜스레 상황이 더욱 더 의아해졌다.

정혁이 한껏 어리둥절하다는 표정을 지어보이자 전병우는 자신의 맞은 편 자리에 놓인 의자를 가리키며 말했다.

"너도 여기 앉아서 잠자코 기다려라. 음식 기다릴 때가 가장 무료한 법이야! 할 일 없으면 곁에 앉아서 말동무라도 해 주어야 할 것 아냐!"

정혁이 마지못해 맞은 편 자리에 앉자 전병우가 정혁에게 넌지시 물었다.

"네가 저 놈 스승이냐?"

"예? 예, 어떻게 본다면 그렇겠죠."

당황한 정혁이 횡설수설하며 대답을 해 보이자, 노인은 만족스럽다는 호탕한 웃음을 지어보이고는 말했다.

"허허, 저 녀석 기본을 보아하니 가르친 너도 보통 그릇은 아닌가 보다."

"그게 무슨 말씀이십니까?"

정혁은 크게 뜬 두 눈을 끔뻑이며 연신 전병우를 바라보았지만, 전병우는 대답할 생각이 추호도 없는 듯 다시금 고개를 돌려 주방 칸 위에 선 경묵을 하염없이 바라보기 시작했다.

꿀꺽-

이윽고 괜스레 밀려오는 긴장감에 침을 한 번 삼켜 보인 정혁 역시 노인의 시선을 쫓아 주방 칸 위에 올라서있는 경묵을 유심히 바라보기 시작했다.

두부 손질을 금세 마친 경묵은 이계들소 살 대신 탕수육용 등심을 꺼내 다지기 시작했다.

은연중 든 생각이었지만, 마파두부가 이번 경연의 주제인 '6000원 짜리 메뉴'에 적합한 요리인 것 같다는 생각이 들어서였다.

이계들소 살을 사용하게 되면 6000원이 아니라 6만원을 받아야 할지도 모르는 노릇이었다.

또한 이계들소 살을 사용하는 것이 맛에 대한 보증수표가 될 수도 있었지만, 노인의 심사기준에 어긋날지도 모른다는 우려를 한 탓이기도 했다.

경묵은 최대한 침착하게, 트집 잡힐 일을 만들지 않으며 꼼꼼하게 요리를 진행해 나가고 있었다.

두다다다닥—

경묵의 중화 칼이 굉음을 내며 우레와 같은 속도로 고기를 다져내기 시작하자, 전병우의 미간에 자리한 주름이 더욱 더 깊어졌다.

비록 경묵이 기본이 탄탄하고, 칼질 하나 만큼은 가히 최고라 할 만하다는 사실은 알고 있었지만 이 정도 일 것이라고는 짐작조차 하지 못한 터였다.

고기를 다져내는 칼 질 속도가 어찌나 빠른 것인지 경묵을 유심히 지켜보고 있던 두 사람이 경악을 금치 못할 정도였다.

고기를 다져내는 것이 아니라 의도적으로 이 소리를 흉내 내고자 하더라도 절대 흉내 내지 못할 것 같다는 생각이 들 정도였다.

이윽고 전병우는 엉거주춤한 자세로 일어서서는 경묵의 칼질을 지켜보고 있었다.

정혁이야 수차례 봐온 덕분에 조금이나마 면역이 생겼다지만, 처음 보는 입장으로서는 이런 반응이 당연하다고 느껴질 정도로 대단한 것임이 분명했다.

금세 다진 고기의 밑간까지 마친 경묵은, 곧장 널찍한 팬 안에 고추기름을 담아내고는 가열을 시작했다.

금세 온도가 올라간 기름이 매캐한 연기를 서서히 뱉어내며 불협화음을 내기 시작하자, 홍고추와 청고추 다진 마늘과 중국식 고추장이라 일컫는 '두반장' 그리고 마지막으로 다져서 밑간까지 해 둔 고기를 한꺼번에 달아오른 기름 안에 투척했다.

투척된 재료와 달아오른 기름이 맞닿는 순간, 하늘 높은 줄 모르고 높이 치솟은 불길에 잠시 자취를 감추었던 경묵이 불길이 시들해진 후에 다시금 모습을 드러냈다.

한 손에 쥔 국자와 팬의 반동을 이용해 능숙하게 볶아내기 시작하자, 안에 담긴 식재료가 공중에서 우아한 곡선을 그려내며 팬을 떠났다가 돌아오기를 수차례 반복했다.

이윽고 경묵은 미리 썰어둔 두부까지 넣고 국물을 더 졸여내는 것으로 '마파두부'의 요리를 마무리했다.

잘 익은 고기의 향과 코를 찌르는 매콤한 향이 어우러져 드넓게 퍼져나가기 시작했고, 전병우는 완성된 마파두부를 접시에 담아내는 경묵을 바라보며 연신 웃음을 지어 보이고 있었다.

"허허, 이거 아주 물건이야! 물건이야! 물건! 잘 컸어! 아주 잘 컸어!"

보통 깐깐한 것처럼 보이지 않던 전병우가 손뼉까지 쳐가며 기뻐하자 정혁도 괜스레 웃음이 났다.

이윽고 주방 칸 아래로 내려온 경묵이 열을 잔뜩 품은 채 김을 모락모락 뿜어대는 마파두부를 들고 다가와서는 테이블 위에 내려두었다.

붉은 빛을 내는 마파두부가 잔뜩 머금은 열을 어쩌지 못한 채 보들보들한 살결을 눈에 띄지 않을 정도로 옅게 떨어 보이고 있었다.

매콤한 향은 코끝을 찌르고 있었고, [형형색색 조리]의 효과 덕분에 머금고 있는 색이 너무도 아름답게만 느껴져 연신 바라보는 이의 허기를 자극했다.

더군다나 [매혹적 플레이팅]의 효과 또한 톡톡히 한 몫을 하고 있었다.

왠만한 고급 중식당에서 주문한 마파두부보다 몇 곱절은 더 고급스러워 보였기 때문이었다.

"맛있게 드십시오, 어르신."

접시를 내려놓은 경묵이 옆에 서서 말하자 전병우가 비장한 표정으로 숟가락을 들어 보이며 입 안에 고인 침을 한 번 삼켜냈다.

우선 전병우는 국물의 농도를 점검하듯 수저로 마파두부의 국물을 들었다가 흘려내 보았다.

끈끈한 듯 끈끈하지 않은 듯 부드럽게 흘러내리는 국물을 바라보던 전병우가 고개를 들어 경묵을 바라보고는 물었다.

"물 전분으로 농도를 맞춘건 아닌 것 같은데?"

"농도를 따로 맞추지는 않았습니다."

전병우 역시 경묵이 마파두부를 조리하는 과정을 지켜

보았기에 알 수 있었다.

전분으로 농도를 맞추지 않았다는 것은 허언이 아니었다.

그렇다면 양념장과 익혀내는 시간만으로 농도를 맞추어냈다는 것인데, 이 방법으로 농도를 맞추는 것은 웬만한 감각의 소유자가 아니라면 간을 더욱 강하게 만든다.

본래 간이 세고 매콤한 향을 잔뜩 풍겨대는 것이 사천요리의 상징적 풍미라지만, 먹는 이로서 거부감이 들 정도로 음식의 간이 세지고 즐길 수 있는 정도를 넘어선 얼얼한 매콤함을 품게 된다.

반신반의한 듯 고개를 갸웃거리던 전병우가 몽글몽글한 두부를 한 움큼 떠서는 유심히 바라보기를 잠깐, 천천히 수저를 입 근처로 가져다대기 시작했다.

이윽고 수저를 입 안에 넣은 순간, 다시 한 번 놀라움을 금치 못했다.

간에 대해서 걱정했던 자신이 우스워질 정도로 정교한 맛을 내고 있었다.

마치 수많은 시행착오를 거쳐 완성된 레시피대로 정확히 계량하여 기계적으로 조리해낸 듯 완벽한 맛.

여지껏 맛 본 마파두부중 가히 최고라 할 수 있었다.

쾅-!

전병우가 테이블을 손바닥으로 세게 내리쳐 보이고는 호탕하게 웃어대기 시작했다.

내려친 힘이 어찌나 셌던 것인지 그 여파로 인하여 상이 흔들려 접시가 크게 진동하고 마파두부가 담긴 접시가 신명나게 춤을 춰대고 있었다.

맞은편에 앉아있던 정혁이 크게 놀라 흔들리는 테이블을 다급하게 잡아 멈춰 세웠다.

그리고 나서도 한참동안 웃음을 멈추지 않던 전병우가 눈가에 맺힌 눈물을 투박한 손으로 한 번 훔쳐내고는 말했다.

"푸하하하하하하! 네 놈이 범의 새끼인줄로 알고 있었더니 하는 꼬라지를 보니 범이 아니라 이무기구나."

"예?"

크게 당황한 듯 보이는 경묵이 겸연쩍은 듯 되묻자, 전병우가 호쾌한 목소리로 말을 이어나가기 시작했다.

"이무기야, 이무기. 네 놈은 이무기야. 범 새끼는 자라나면 범이 되지만 이무기가 자라면 무엇이 되는지 아느냐?"

경묵은 겸연쩍은 듯 뒤통수를 벅벅 긁어대다가 미소를 지어보이며 답했다.

"용이 되지 않습니까?"

전병우는 경묵이 만든 마파두부를 다시 한 술 떠서는

입 안에 넣고 우물우물 씹어대기 시작했다.

정말이지 한 평생 동안 맛본 마파두부 중 가히 최고의 맛이라 칭할만한 맛이었다.

이윽고 입 안 가득 넣은 마파두부를 삼켜낸 전병우가 보인적 없던 진지한 목소리로 물었다.

"그래서, 네 놈은 어찌 용이 되고 싶기는 한 것이냐?"

범상치 않은 노인인줄은 알겠다만, 다짜고짜 용이 되고 싶냐는 물음을 던지니 황당한 것은 어찌할 수 없는 노릇이었다.

경묵은 어깨를 한 번 들썩여보이고는 호기로운 목소리로 답했다.

"제가 이무기라면 용을 꿈꾸는 것이 이상한 노릇은 아니겠지요."

경묵의 당당한 대답에 전병우는 다시 한 번 호탕한 웃음을 터트렸다.

전병우는 어디서든 기죽을 줄 모르는 이런 모습이 참으로 마음에 들었다.

핏대가 오를 정도로 웃어대던 전병우가 붉어진 얼굴을 연신 끄덕여 보이고는 말했다.

"그럼 내가 네 놈을 용으로 만들어주마."

"예?"

"용이 되고 싶다며? 내가 용이 될 수 있게 해주겠다니까? 승천까지는 도울 수 없을지 몰라도 네 놈 비늘 하나정 도는 다른 놈들 안부러울 정도로 삐까뻔쩍하게 만들어주 마."

경묵은 자신에 찬 노인의 말에 웃음을 한 번 지어보이 고는 답했다.

"제 자질은 보여드렸습니다만, 어르신께서 제 비늘을 달아주시고 광내주실 수 있다는 사실은 어찌 증명하시겠 습니까?"

정곡을 찌르는 말이기도 하였고 기분 나쁠법한 말이기 도 하였으나, 노인은 연신 웃음기를 잃지 않은 채 그 물음 에 대답하는 대신 차분한 목소리로 물었다.

"그런데 너, 혹시 나 기억 안나?"

전병우의 갑작스런 물음에 어안이 벙벙해진 경묵이 주 름이 자글자글한 낯을 뚫어져라 쳐다보았다.

아무리 기억을 더듬어도 떠오르지 않는 얼굴이었다.

그러던 중, 전병우가 다시금 조심스레 입을 뗐다.

"그럼 내가 질문 하나 해도 되겠나?"

"예, 그러시지요."

"혹시 다복정은 기억하나?"

다복정이라는 말을 들은 경묵의 동공이 세차게 흔들렸 다.

경묵의 추억 속에 잠겨있던 이름이 아니던가?

그 때 맛본 짜장의 맛을 흉내 내고자 어찌나 다분한 노력을 해왔던가?

형대욱의 얼굴을 코앞에서 그렇게 봐왔음에도 다복정을 떠올리지 못하던 마당에 주름이 자글자글해졌음은 물론이오, 흰머리가 머리통을 뒤집어버린 사장의 얼굴을 떠올리지 못하는 것은 당연지사였다.

다복정이라는 말을 들음과 동시에 마치 연못에 돌 하나가 던져져 잠식된 흙먼지가 피어오르듯 기억이 떠오르기 시작했다.

다복정 출입문에 달려있던 풍경이며, 이런 날의 경묵이 다복정으로 걸음 하던 때에 쐬었던 바람이며, 다복정 특유의 향과, 음식의 맛까지.

경묵의 기억 속에 가라앉아있던 모든 향수들이 다시금 대가리를 배꼼 내민 것이다.

이윽고 경묵이 목이 멘 소리로 천천히 입을 떼기 시작했다.

"어……어……. 설마……?"

"고 놈, 이제야 기억이 난 것이냐?"

이윽고 한 쪽 무릎을 세게 땅에 부딪히며 무너지듯 주저앉은 경묵이 양 손으로 전병우의 손을 매만지며 조심스레 물었다.

"사장님? 맞죠? 다복정 사장님 맞죠?"

"그래, 이 놈아! 도대체 왜 갑자기 발길을 끊은 것이냐? 말도 없이."

사장의 물음과 동시에 갑작스레 가슴 속에서 무언가가 부글부글 끓어오르는 것이 느껴졌다.

끓어오르는 것이 무엇인가 살펴보니 슬픔이었고, 동시에 기쁨이었다.

마치 접시 위에 놓인 마파두부처럼 몽글몽글한 슬픔이 가슴속에서 봉우리를 트는 꽃처럼 세차게 피어오르기 시작했고, 그와 동시에 꼭 마파두부처럼 따뜻하고 삼켜내려 들면 녹아날 것 같은 기쁨이 끓어오르고 있었다.

주저앉은 채 어루만지고 있는 사장의 손은 거칠거칠했다.

주름진 손 안에는 세월이 담겨있었고, 시간이 담겨있고, 지난 시간 그가 만든 음식을 맛보았던 이들의 추억이 담겨있었다.

어쩌면 지금 내려다보고 있는 깊은 주름 중 하나는 자신의 몫이었으리라.

그래서 그의 손이 더욱 더 따뜻하게만 느껴졌다.

경묵은 눈물이 그렁그렁 맺힌 눈으로 사장을 올려다보았다.

"어르신, 정말 보고 싶었습니다."

"어이구, 사내놈이 낯 뜨거운 소리를 잘도 하는구나."

경묵은 자신의 눈 끝에 맺힌 눈물이 뺨을 따라 흐르자, 고개를 숙여보였다.

작게 흐느끼는 경묵의 어깨가 연신 들썩였다.

묵묵히 두 사람의 재회를 바라보던 정혁의 입가에도 옅은 미소가 떠올랐다.

이윽고 경묵의 어깨를 토닥여주기 시작한 전병우가 어울리지 않는 다정다감한 어투로 천천히 입을 뗐다.

"힘들었지? 수고했다. 잘 컸다. 아주 잘 컸어."

지난 세월이 묻어나는 그의 노쇠한 목소리 역시 엷게 진동하고 있었다.

달빛을 머금어 한층 밝은 빛을 뽐내고 선 한강 물이 마치 두 사람의 재회를 축하하기라도 하는 것인지 바람에 더욱 세차게 흔들려대고 있었다.

추억 속에 가려져 있던 기연이 모습을 드러낸 순간이었다.

❀

기계가 아닌 손을 이용하여 면을 늘이고 줄이는 과정을 반복하여 탄력을 극도로 끌어올리는 방법으로 제조하는 '수타면.'

그런 수타면의 종류에는 여러 종류가 있다.

가장 보편적이고 일반적으로 접할 수 있는 기존의 수타면, 기존의 수타면보다 조금 더 얇은 굵기로 뽑아내는 기스면, 그리고 '용수면'이라는 이름의 면이 있다.

바늘구멍을 통과할 수 있을 정도로 얇은 모습이 마치 용의 수염과 같다고 붙여진 이름이다.

십 수 년 전, 국내에서 유일무이하게 용수면을 만들 수 있던 중식 요리사가 한 명 있었다.

이 용수면으로 이름을 날렸던 중식 요리사는 잘 되던 중식당을 한 순간에 정리하고, 자취를 감추었다.

'이제 다 귀찮다. 동네에서 작게 배달집이나 운영하면서 조용히 지내련다.'

가게를 처분하던 날, 그가 그의 밑에서 일하던 요리사들에게 남겼던 마지막 말이었다.

그 후로 수 년간 수많은 요리사들이 용수면을 전수받기 위해 그의 자취를 뒤쫓았지만, 좀처럼 찾아낼 수도 없었거니와 찾아서 그와 마주하게 되더라도 좀처럼 그의 마음을 돌릴 수 없었다.

시간은 그 시절로 부터는 얼마 멀지 않지만, 지금으로 부터는 아득하기만 한 과거로 거슬러 올라간다.

간판 불이 꺼지고 문이 굳게 닫힌 다복정 안에 두 명의 사내가 남아있었다.

"아니, 대체 왜 그러십니까? 잘 되던 가게는 왜 뒤엎고, 아니 무슨 선생님께서 도인이라도 되시는 줄 아십니까? 기껏 하신다는 게 이런 협소한 가게입니까?"

"그래 이 놈아, 이제 여기서 근근히 밥벌이나 하면서 신선놀음 하며 지내련다."

뻐끔뻐끔 담배를 피워대던 전병우가 재떨이에 담배를 비벼 끄며 무뚝뚝하게 답하자, 앞에 앉은 사내가 답답하다는 듯 가슴을 쳐댔다.

"선생님께서는 책임감을 가지셔야합니다!"

사내가 간절히 울부짖듯 말을 뱉어내자 노인이 탁자를 손으로 내려치며 답했다.

"무슨 책임감! 책임질 자신이 없어서 가족도 안 만들고 이 나이 먹도록 혼자 지내고 있는데 대뜸 한다는 소리가 책임감을 가지라는 소리냐?"

"선생님께서 이렇게 떠나면 용수면은 어떻게 한답니까?"

전병우는 연신 간절한 표정을 짓고 있는 사내가 무안해질 정도로 호탕한 웃음을 지어보였다.

"야, 이 놈아! 용수면의 대가 끊어지기라도 할까봐 나를 찾아온 것이더냐?"

대화가 마음처럼 풀리지 않자 사내의 언성이 자꾸만 높아지고 있었다.

"어디 그 뿐입니까? 갑자기 그렇게 자취를 감추면 어떻게 하십니까? 선생님만 믿고 따르던 다른 요리사들은 어떻게 하시고요!"

전병우는 도리어 사내에게 큰 소리로 호통을 치며 되물었다.

"내가 언제 니들보고 나 따르라고 말 한 마디라도 한 적이 있었냐? 아니면 한 번 살갑게 대하기를 했느냐?"

구구절절 옳은 말인 지라 무어라 반박할 말이 없어 아랫입술을 자근자근 씹어대고 있었다.

살갑게 대하기는 커녕 일부로 거리를 두듯 행동해왔던 그를 따른 것은 자신을 포함한 다른 요리사들의 의지일 뿐이었다.

이마에 맺힌 식은땀이 흘러내리는 것이 느껴졌고, 손바닥은 이미 땀으로 젖어 질퍽질퍽 하였다.

체념하듯 한숨을 한 번 내쉰 사내가 전병우에게 되물었다.

"그래서, '용수면'은 어찌하실 겁니까?"

"글쎄다, 내 관 뚜껑 문 닫히기 전에 마음에 드는 놈 하나는 나타나지 않겠냐?"

"이런 곳에 숨어서 어찌 그런 제자를 기다리십니까?"

노인은 시선을 돌려 다복정의 주방 옆에 딸린 다락방을 바라보며 슬며시 웃음을 지어보이며 말했다.

"아니야, 벌써 찾아낸 것 같구나. 그러니 걱정 말거라."

사내는 만약 전병우의 입에서 지금과 다른 대답이 나왔더라면 바짓가랑이라도 붙잡고 그럼 용수면을 만드는 비법을 내게 전수해달라고 간절히 빌어볼 생각이었지만 금세 생각을 고쳐먹었다.

다름 아니라 어느새 주름이 자글자글해진 대선배의 입가에 서린 웃음이 너무도 행복해보였기 때문이었다.

'그래 그간 고생 많으셨지. 암, 고생하셨지.'

누군지는 몰라도, 전병우의 선택을 받아 용수면을 전수받고 있다면 아마 대단한 요리사일 것이라고 어림짐작만한 채로, 입가에 씁쓸한 미소를 지어보인 채 고개를 끄덕여 보였다.

"다행입니다. 이만 일어나보겠습니다."

"그래, 종종 찾아와서 술이나 좀 따라줘라. 외로운 건 어쩔 수가 없네."

그리고 전병우가 미소를 머금은 채 바라보고 있던 굳게 문 닫힌 다락방 안.

협소한 방 한편에는 초등학생 정도로 밖에는 보이지 않는 남자 아이가 잠들어있었다.

행복한 꿈을 꾸고 있는 것인지 곤히 잠든 아이의 입가에 미소가 서려있었다.

그로부터 수년 뒤, 중국 상해의 로얄 하이아트 호텔의 넓직한 연회장에서 '제 1회 세계 중식명장대회'의 시상식이 진행되고 있었다.

역대 중식 대회 중 가장 큰 규모로 치러진 대회였기 때문에 세간의 관심이 쏠려있었다.

숨죽인 듯 고요한 연회장 안, 들어서있는 모두가 떨리는 마음으로 시상을 기다리고 있었다.

이윽고 사회자가 쩌렁쩌렁한 목소리로 영예의 1등을 거머쥘 참가자의 이름을 호명하자, 연회장 안에 우레와 같은 박수소리와 함께 기자들의 카메라 셔터 소리가 울려퍼지기 시작했다.

그리고 한국인 참가자 중 하나가 자리에서 벌떡 일어서 앞에 놓인 시상대를 향해 성큼성큼 걸어가기 시작했다.

기자들의 카메라 렌즈는 모두 그에게 집중되었고, 그는 입가에 미소를 잔뜩 머금은 채 계속해서 걸음을 옮기고 있었다.

참가자 중 최연소의 나이를 자랑하는 한국인 참가자가 선보인 요리는 '용수면'이었다.

시상대 중에서도 가장 높은 중앙, 1등의 자리에 올라선 한국인 참가자가 진행요원들에게 순금으로 제작된 트로피를 건네 받고는 기쁨의 눈물을 흘렸다.

마이크를 건네 받은 한국인 참가자는 눈물을 흘리며

이렇게 말했다.

"저는 한국의 중식당, '다복정'의 대표로서 참가한 형대욱이라고 합니다. 저는 이 모든 영광을 저의 아버지이자 스승님인 '전병우 셰프'에게 돌립니다. 정말 감사합니다."

카메라 세례를 받으며 연신 눈물을 훔쳐내는 그 앞에 선 기자들이 통역을 통해 그가 한 말을 번역받아 급히 적어나가고 있었다.

이렇다 할 이력 하나 없던 '스타셰프 형대욱'의 화려한 첫 데뷔 무대였다.

떡잎부터 남다르다는 말을 이럴 때가 아니라면 대체 언제 쓰겠는가?

그의 첫 데뷔 무대는 중국 요리의 본토인 중국에서 개최된 '제1회 세계 중식명장대회'였다.

그리고 그 광경을 연회장에 놓인 테이블에 앉아 박수를 치던 전병우는 입가에 진한 미소를 지은 채 나지막이 말했다.

"자식이, 낯 뜨겁게 내가 무슨 셰프야. 울긴 또 왜 울어. 폼 떨어지게."

그리고는 눈가에 맺힌 눈물을 재빠르게 한 번 훔쳐낸 후에, 테이블 위에 놓인 와인 잔을 맥주잔 들 듯 들어서는 안에 담긴 와인을 한 번에 입 안으로 털어 넣었다.

그 날 이후, 전병우는 다복정의 문을 굳게 걸어 잠그는 것만으로는 부족하다여긴 것인지, 셔터를 바닥까지 내린 후 자물쇠까지 걸어 잠갔다.

그 영광스럽기 짝이 없는 날은, 국내에서 이름을 날리던 '용수면'의 대가 전병우가 강원도 오지 산골에 숨어들어감으로서 아예 자취를 감춘 날이기도 했다.

⊛

전병우와 이런저런 대화를 나누던 중 선반에 진열된 트로피를 보며 과거를 회상하던 형대욱이 이내 입가에 미소를 지어보였다.

첫 대회에서 처음으로 받은 트로피여서 그런 것인지, 어느 트로피들보다도 더욱 더 애착이 갔다.

이내 형대욱이 몸을 돌려 쇼파에 앉은 전병우를 바라보며 물었다.

"아니 그래서, 그 아이는 어쩐답니까? 어찌 용이 되겠답니까?"

"그래."

"손수 비늘 하나하나 윤기 나게 닦아주기라도 하실 요량입니까?"

전병우는 만족스럽다는 듯 입가에 진한 미소를 머금은

채로 답했다.

"그래, 비늘에서 광이 좀 나는 것 같다 싶으면 수염까지 달아 줄 생각이다."

"그 땐 정말 날아다니겠군요. 그런데 어찌 괜찮으시겠습니까?"

스승의 말에 고개를 한 번 끄덕여 보인 형대욱이 걱정스럽다는 듯 되물었다.

간만에 이렇게 즐거워하시는 모습을 보고 있자니 덩달아 마음이 편해지고 기분이 좋아졌지만, 한 편으로는 스승의 건강상태 덕에 걱정이 앞섰다.

"쯧쯧, 그렇게 겪어보고도 아직 나를 모르냐?"

혀를 몇 번 차보인 전병우는 이내 입가에 그윽한 미소를 지어보이며 말을 이어나갔다.

"그놈 훨훨 나는 꼴 보기 전에는 관 짝에 드러누울 생각 추호도 없다, 이놈아!"

노쇠한 목소리에 담겨있는 확신 덕분에 괜스레 믿음이 갈 지경이었다.

이내 형대욱 역시 스승을 따라 그윽한 미소를 지어보였다.

하려던 슬픈 말은 삼켜내고 가슴에만 맴돌게끔 냅두었다.

'그 아이가 날 때까지만 살 생각이시라면 차라리 그 아

이가 늦게 날아올랐으면 좋겠습니다.'

형대욱은 시선을 돌려 창밖을 내다보는 동시에 유리창에 비친 자신의 모습을 바라보았다.

그렇게 자신을 바라보는 동시에, 어느샌가 노인이라는 칭호가 너무도 잘어울린다 싶게끔 변해버린 스승의 모습을 바라보았다.

경묵, 참으로 신비한 아이였다. 죽어가는 노인에게도 생명을 불어넣는 신비한 아이.

21. 용이 되어 훨훨 날아올라라

MODERN FANTASY STORY

각성!
북경각

각정!

21. 용이 되어 훨훨 날아올라라

북경각

MODERN FANTASY STORY

*

　제목 : 진짜 경쟁은 이제부터, 상금 10억은 과연 누구의
손에?

　(서울=뉴스예능) 윤주희 기자 : 최후의 5인, 본격적인
경연 시작.

　선풍적인 인기를 끌고 있는 요리 서바이벌 프로그램
'오너셰프 코리아'의 지난 방영분에서 살아남은 최후의 5
인의 본격적인 경연이 시작되었다. 주최측은 이번 3차 경
연에서 부터는 단순히 요리사로서의 기본적인 자질로 꼽
히는 음식의 맛뿐만이 아닌 음식의 상품성과 실용성 등,
오너로서의 자질까지 포괄적으로 검토하겠다는 의사를

밝혔던 바 있었다. 그러한 예고에 걸맞게 이번 경연의 주
제는 '6000원 짜리 메뉴'로 선정되었다. 어제 저녁 방영
된 방송분에서는 참가자 임경묵(22)과 김지훈(47)의 조리
과정 및 요리에 대한 심사평만이 공개되었다. 세간의 주
목을 받던 참가자 임경묵(22)은 첫 선두주자로서 자신의
주 전공분야인 중식 메뉴 중 '마파두부 밥'을 선보였고,
김지훈(47)은 '청양고추 파스타'를 선보였다. 참가자 임
경묵의 조리과정을 지켜보던 심사위원 '형대욱 셰프'는
본토 마파두부의 얼얼한 맛을 좌우하는 '초피'를 넣지 않
은 전형적인 '한국식 마파두부'라는 혹평을 하기도 하였
다. 그로 인해 잠시 주춤하는 듯 보이던 임경묵(22) 참가
자는 끝끝내 성공적으로 조리를 마친 후 마파두부 밥을
선보였고, 다른 심사위원들로부터 한국식으로 조리하였
기에 더욱 더 친숙하게 다가오는 것 같다는 호평을 얻어
냄으로서 위기를 극복해내는 모습을 보였다. 외국인 심사
위원 '가든 램지'와 재미교포인 '앨런 킴' 셰프 역시 본토
요리사들이 조리해낸 마파두부보다 오히려 거부감을 덜
느꼈다는 호평을 해 보였다. 또한 상품성 면에 있어서도
크게 호평을 받는 등 꾸준히 선전을 이어나가는 모습을
보였다. 이 날 방송분을 접한 누리꾼들은 '오늘 저녁은 마
파두부다.', '우리가 중국집에서 먹던 마파두부가 한국식
이었구나.', '맛만 있으면 됐지. 임경묵은 지금처럼 실력

으로 밀고 나가라. 되도 않는 유학파들은 물론 화교들보다도 나은 것 같더라.' 등의 반응을 보였다. 그에 반해 참가자 김지훈(47)은 냉랭하기 짝이 없는 평을 받았다. 가든램지는 '이 파스타는 당연히 6000원 짜리 메뉴가 아니다. 도리어 음식을 맛 본 손님에게 6000원을 배상해야 할 것 같은 맛'이라는 의견을 밝히는 등 독설을 아끼지 않았고……

　　*

경묵은 트럭에 기대듯 선 채 핸드폰 액정을 바라보며 실실 웃어대다가 엄지손가락으로 '뒤로 가기' 버튼을 눌렀다.

다른 뜻 없이 자신이 지난 경연에서 받은 평이 정말 만족스럽기 그지없었기 때문이었다.

녹화분이 방영되기 전부터 푸드 트럭 메뉴판에는 보란 듯이 마파두부가 새로이 생겨났고, 선풍적인 인기를 끌고 있었다.

그렇기에 경묵이 이번 경연에서 마파두부를 선보이리라는 사실을 어렴풋이 짐작하고 있던 누리꾼들도 간간히 살펴볼 수 있었다.

메뉴로 차용을 한 것은 정말이지 신의 한 수나 다름없었다.

마파두부를 새로운 메뉴로 선보인 덕분에 영업과 동시

에 마파두부의 맛을 더욱 더 견고히 할 수 있었고, 그 덕분에 더욱 더 완성적인 음식을 선보일 수 있었던 것 이었다.

그 날 녹화에서는 다섯 명 모두가 심사를 받았지만 오롯이 경묵과 참가자 김지훈, 두 명의 촬영분만 방영이 된 셈이었다.

이로서 방영 비축분이 확립된 한 주간, 전에 없던 휴식 기간이 주어졌지만 경묵은 마음 놓고 햇빛보육원에 봉사활동을 나갔고 늘상 하던 푸드트럭의 영업을 이어나간 것은 물론, 여러 업체와 북경각의 인테리어 변경에 대해 논하는 등 여전히 바쁜 나날을 보내고 있었다.

그리고 위와 같은 바쁜 일정 덕분에 아직까지는 전병우에게 따로 가르침을 받는 시간을 가질 엄두조차 내지 못하고 있었다.

그리고 오늘은 전병우와 재회의 날 이후 처음으로 개인적인 만남을 갖기로 약조한 날이었다.

영업을 마치는 대로 북경각 앞으로 달려온 경묵은, 대충 주차해둔 트럭 앞에 서서 자신과 관련된 뉴스 기사들을 살펴보며 전병우를 기다리고 있었다.

모시러 가겠다는 경묵의 말을 한사코 거절하던 전병우는 약속시간이 되기 딱 1분 전, 모습을 나타냈다.

"닝기리, 요즘은 걷기만 해도 숨이 차네."

"그래서 모시러 간다고 하지 않았습니까?"

"됐다, 이놈아. 문이나 열어라."

경묵이 마음에 드는 것은 드는 것이라지만, 인색하기 그지없는 전병우의 본래 성격은 어디에 가는 것이 아니었다.

경묵은 고개를 내저어 보이고는 앞장서 북경각 안으로 걸음을 옮겼다.

탁 타닥—

스위치를 올리는 소리와 함께 수명이 다해가는 형광등이 맹렬히 반짝거렸다.

연신 번쩍이던 형광등은 한참이 지나서야 제 정신을 차린 듯 제 역할을 하기 시작했다.

"이 놈아, 공사고 나발이고 전구부터 갈아라."

뒷짐을 진 채 가게 안으로 들어서던 전병우가 이죽거리는 투로 경묵에게 말했다.

전병우는 가게 안을 연신 두리번거리기 시작했다.

북경각은 경묵에게 들은 것에 비하면 썩 나쁘지 않은 상태였는데, 사실상 당장 영업을 재개하더라도 무리가 없어 보일 정도였다.

"스승님, 우선 당분간은 여기서 교습을 해주시면 될 것 같습니다."

경묵은 북경각의 내부 공사를 잠정적으로 늦추기로 마음먹은 상태였다.

그도 그럴 것이 여러 업체에 의뢰를 한 후 견적을 내 본 결과 짐작한 액수보다 훨씬 큰 금액이 들 것 같다는 진단을 받은 것이 첫 번째 사유였고, 경묵이 트럭 위에 딸린 주방 칸에서 교습을 해달라고 말할 만큼의 철면피는 못 되는 것이 두 번째 사유였다.

전병우는 마치 북경각이 제 가게라도 되는 양 TV앞에 놓인 테이블에 자리를 잡고 앉더니, 담배를 한 가치 꺼내 물고는 불을 붙였다.

"스승님, 이제 모든 음식점 및 주점 심지어 카페마저도 실내 금연인 거 모르십니까?"

"이 놈 봐라?"

말이야 이렇게 했다지만, 경묵은 금세 재떨이를 전병우의 앞에 들이밀고는 맞은 편 자리에 앉은 채 밝은 웃음을 한 번 지어보였다.

이윽고 담배만 뻐끔뻐끔 피워대던 전병우가 사뭇 진지한 표정을 한 번 지어보이며 경묵에게 말했다.

"예전에는 개나 소나 다 수타면이었어. 수타 칠 줄 모르면 면장은 커녕 주방에서는 사람 취급도 못 받는 거였어. 그릇돌이라고 했지, 그릇돌이. 설거지나 주구장창 하는 거야. 그런데 왜 요즘 수타면을 보기가 이렇게 힘든지 알아?"

"아니요, 잘 모르겠습니다."

전병우는 재떨이에 재를 한 번 털어보이고는 말했다.

"첫 째는 인건비다. 수타면 칠 줄 알고 팬 조금 돌릴 줄 알면 어디 가서 굶어죽지는 않는다는 말이 있을 정도였으니까, 그 때만 하더라도 어지간해서는 잘 알려주려고 하지도 않았고 배운 놈들은 다 제 잘난 맛에 비싼 월급 불러대며 사장들 등골 빼먹으려 안달이었지."

치직—

전병우가 다시금 담배를 한 모금 빨아들이자, 손에 쥔 담배가 맹렬하게 타들어가며 타는 소리를 냈다.

"그럼, 두 번째는 무엇입니까?"

입가에 진한 웃음을 한 번 지어보인 전병우가 다시금 말을 이어나가기 시작했다.

"두 번째는 이제 대부분의 중국집들이 배달을 중점적으로 하게 된 데에 있는 거지. 수타면의 장점을 꼽아보자면 손으로 직접 늘이고 줄이는 과정을 반복하기 때문에 면의 탄력을 극도로 끌어올릴 수 있다는 거지. 쉽게 말해서 수타면은 기계면보다 촘촘한 숨구멍이 나 있어서 배달에 적합하지 않아."

추상적인 설명에 경묵이 의아하다는 듯 되물어보였다.

"예? 그게 무슨 말씀이십니까?"

"그러니까, 조금 더 국물이나 장을 쉽게 머금게 된다 이

거야. 그 말인즉슨 바로 내놓아서 먹기에는 한 없이 좋은 맛일지 모르지만 배달이라는 과정을 거치게 됨으로서 오히려 맛에 해가 될 수 있다는 거지. 간단하게 하면 면발이 쉽게 분다는 거야."

경묵이 그제야 이해했다는 듯 고개를 한 번 끄덕여보이자 재떨이에 담배를 비벼꺼보인 전병우가 말을 이어나가기 시작했다.

"더군다나 잘 생각을 해 봐. 내가 다복정을 하던 때만 하더라도 대부분의 중국집이 '제면기'를 썼었지. 요즘에는 더 한 기계도 있다며? 풍문에 의하면 아예 자판기처럼 누르는 대로 면을 뽑아주는 기계부터 시작해서 별별 기계들이 다 있다더구나. 효율성이 떨어지는 거지. 언제 떠날지 모르는 사람을 비싼 값 줘가며 쓰는 것 보다 적어도 배신은 안하는 기계 하나 사두는 게 나은 일일지도 모르니까."

반박의 여지가 없는 말이었다.

요즘은 흔치 않은 일이라지만, 예전만 하더라도 주방장이나 면장 급 되는, 가게의 맛을 좌우하는 거물급 주방직원들의 월급인상요구를 거절하게 되면 버젓이 다음 날 가게를 떠나버리곤 하는 일이 비일비재 했었다고 한다.

대체인력을 구하기가 쉽지 않다는 당시 중국집 주방의

특성상, 사장들은 울며 겨자 먹기로 그런 월급인상 요구에 일일이 응해주어야만 하거나 마치 상전 모시듯 어르고 달래며 목구멍에 비싼 술, 좋은 음식을 흘려 넣어주거나 보너스 명목으로 뒷돈을 찔러주는 일도 흔히 있었다고 한다.

"제면 기계는 배신해봤자 고장이니까 그런 거야. 술 안 따라주고 뒷돈 안 찔러줘도 기술자만 부르면 마음 돌릴 수가 있어. 잘 생각해보면 수타면이 효율이 떨어지는 거거든. 한 그릇에 5000원짜리 음식 만들겠다고 10분씩 면을 주무르면 손해라고 '계산'을 한 거야. 그러니까 너는 잘 생각해야 한다."

계산이라는 단어에 유독 힘이 실려있음을 자연스레 느낄 수 있었다.

잠시 말을 멈추었던 전병우가 다시금 입가에 짙은 미소를 지어보인 후에 말을 이어나갔다.

"장사꾼이 될 건지 요리사가 될 건지 말이야."

전병우의 말을 들은 경묵의 가슴이 괜스레 두근대기 시작했다.

장사꾼과 요리사. 돈을 많이 벌고 싶은 마음이 없다면 거짓이겠지만 항상 해오던 고민은 '어떻게 하면 돈을 더 많이 벌 수 있을까'가 아니라 '어떻게 하면 더 좋은 맛을 낼 수 있을까'였다.

"그야, 저는 당연히 요리사가 되고 싶습니다."

경묵이 확신에 가득 찬 어투로 말하자, 전병우는 밝은 미소를 지어보이며 고개를 끄덕여보이고는 말을 이어나갔다.

"물론 그렇다고 해서 수타면을 사용하지 않는 중국집 사장들을 모두 한량 장사꾼취급 하는 것은 아니다. 그들의 영업 방식에는 확실히 기계 면을 쓰는 것이 훨씬 더 효율적이니까. 그러니 그들도 여건상 어쩔 수 없다는 말을 하는 거겠지. 다만 이렇게 생각을 해 보아야 한다."

흥미진진한 이야기가 이어지자, 경묵은 숨죽인 채로 전병우를 바라보고 있었다.

어찌나 몸을 앞으로 당긴 것인지 의자 끝에 걸쳐진 엉덩이가 떨어질 듯 떨어지지 않으며 위태위태해 보이는 광경을 그려내고 있었다.

"적어도 너 스스로를 요리사라고 생각한다면, 효율성을 논하고 계산을 할 것이 아니라 맛에 대해 더욱 더 고려해야 하는 게 옳다는 이야기를 하는 게다. 만약 네 놈 수타면이 기계면에 비해서 맛에 대한 우위를 확실히 점할 수 있다는 가정 하에 생각해봐라, 수타면이 배달에 걸맞지 않는 제면 방식이라면 배달영업을 포기하면 되는 것 아니겠냐? 많고 많은 중국집 중에 네 놈 업장 하나가 배달 안한다고 해도 달라질 건 하나도 없어, 어차피 세 걸음에 하나씩 있는 게 배달 집 아니냐?"

경묵이 고개를 끄덕이며 답했다.

"옳습니다."

비록 무던한 목소리였지만, 많은 깨달음을 얻은 듯 눈에는 총기가 어려 있었다.

가지런히 무릎 위에 올려둔 두 주먹에는 힘이 꽉 들어가 있었다.

"내 한 평생 사는 동안 노력이 배신했다는 말은 한 번도 들어본 적이 없다. 더군다나 네 놈은 재능도 있어. 확신한다. 열심히 알려줄테니 네 놈도 시력을 다해서 한 자라도 더 배워 봐."

이윽고 전병우는 의자에서 몸을 일으키며 말을 덧붙였다.

"수타면을 제대로 배우려면 4년이 걸린다는 말이 있다."

4년이라는 말에 경묵이 놀라 되물었다.

"예? 4년이나 걸린다고요?"

4년이라, 참으로 아득한 시간이었다. 곰곰이 생각해 보면, 경묵이 요리 경력도 아직 4년이 되려면 한참 모잘랐다. 전병우는 놀라 되물은 경묵이 도리어 무안해질만큼 당연하다는 듯 답했다.

"그래, 계절이 변하고 습도와 온도가 달라짐에 따라서 반죽의 묽기와 농도를 다르게 해야 하거든."

그 말을 들은 경묵이 다소 단호한 어투로 답해보였다.

"4년은 안됩니다. 어떻게든 4주 안에 다 배워낼 테니 알려만 주십시오."

허무맹랑하고 시건방지게 들릴 수도 있는 위험한 발언이었다.

그럼에도 불구하고 전병우는 오히려 더욱 더 즐거워하고 있었다.

저도 모르게 어쩌면 경묵이 정말 4주 안에 해낼 수 있을지도 모르겠다는 생각을 하고 있었던 것이다.

이미 눈앞에 선 젊은이는 남들이 십 수년에 걸쳐도 하지 못할 일들을 고작 3년 만에 이루지 않았던가?

더군다나 배움이라고는 동네 어귀의 중국집에서 일을 한 것이 전부였다고 하니 놀라운 사실이 아닐 수 없었다.

가르치는 사람이 즐거워질 만큼, 가능성이 열려있는 아이였다.

시기와 질투가 많은 스승이 아니라 자신을 만난 것이 다행이라고 여겨졌다.

전병우는 호탕하게 웃음을 한 번 지어보이고는 말했다.

"허허, 그래. 어디 한 번 해 보거라."

이윽고 전병우가 양 소매를 걷어 올려 보이자 늘어진 감이 없잖아 있는 피부가 드러났다.

두꺼운 팔뚝에는 화상자국이 셀 수 없이 많을 만큼 새겨져 있었고, 갈라지고 튼 피부 아래 숨어있는 잔 근육들이 그가 겪은 노고의 시간들을 증명하듯 자리 잡고 있었다.

"가자, 백문이 불여일견. 수타면부터 네 놈한테 달아줄 수염까지. 우선은 직접 한 번씩 보여주마."

주방을 향해 성큼성큼 걸어가는 전병우의 뒷모습을 넋 놓고 바라보던 경묵이 뒤늦게 의자를 박차고 일어나 뒤따르기 시작했다.

"네!"

앞서 걷던 전병우의 입가에 짙은 웃음이 떠올랐다.

'4주라……'

사실상, 4주 안에 흉내를 내는 것만 하더라도 대단한 것이었다.

뛰어난 두각을 보임은 물론, 어린 날부터 일상 자체가 요리로 다져진 덕분에 감각이 극대화 되어있던 첫 제자 형대욱조차 모든 수타 비급을 전수 받는데 꼬박 3년이라는 시간을 쏟아 부었다.

그런데도 불구하고 경묵이 말하는 허무맹랑한 시간 4주가 이상할 만큼이나 현실성 있게 느껴졌다.

전병우는 고작 2M 거리도 되지 않는 주방으로 향하는 걸음을 자꾸만 재촉했다.

어서 가르치고 싶었다. 자신이 한 평생에 걸쳐 이뤄놓은 모든 것들을 저 아이에게 담아내고 싶은 욕심이 끓어오르는 것이 느껴졌다.

지극히 오랜만에 주방 안으로 들어선 전병우는 간만에 주방 내음을 잔뜩 만끽하기 시작했다.

은연중 맴돌며 코끝을 간질이는 기름의 향이 그의 향수를 잔뜩 자극했다.

"오랜만이구만."

주방 안에서 만큼은 날아다니던 그의 현역 시절, 전병우가 버릇처럼 하던 말이 하나 있었다.

'요리란 자전거 타기와 같다.'

이 의미심장한 말은, 두 가지 의미를 내포한 말이었다.

하나는 계속해서 페달을 밟지 않으면 더 이상 앞으로 나아갈 수 없는 것은 물론, 여차하면 제 자리에 고꾸라지는 수가 있다.

두 번째는 자전거 타기와 같이 몸이 기억한다는 뜻이었다.

오랜 시간이 지난 후 알고 있는 모든 레시피를 상세히 설명하라고 하면 제대로 설명하지 못할지도 모른다.

그러나 식재료를 보는 것만으로도 그 식재료가 쓰이는 조리법이 불현 듯 떠오르곤 한다거나 계량을 함에 있어서

한 번 다져놓은 감각이 쇠퇴하거나 하지는 않는다는 뜻
이었다.

전병우는 반죽에 앞서 반죽 물을 준비하기 시작했다.

이윽고 전병우는 평범한 수돗물을 대야에 담아냄에 앞
서, 수도꼭지를 돌려 흐르는 물에 손끝을 가져다 댄 후에
감각이 기억하는 물의 온도를 쫓기 시작했다.

반댓 손은 연신 꼭지를 돌려대며 물의 온도를 조정하고
있었다.

"찾았다."

지그시 눈을 감은 채 손 끝에 맞닿는 물의 온도를 감각
만으로 측정하던 전병우가 이윽고 눈을 뜨며 밝게 웃어보
였다.

흘러나온 수돗물의 온도가 봄에 사용할 반죽 물 온도와
딱 맞아떨어진 것을 확인한 순간, 대야에 수돗물을 담아
내기 시작했다.

무슨 말인가 하면, 수타면은 봄, 여름, 가을, 겨울에 사
용하는 반죽물의 온도가 다 다르다.

물론 온도계를 사용하여 정확한 온도를 측정하거나 하
지는 않는다.

오로지 손끝의 감각에 의지하여 온도를 정확히 하는 것
일 뿐이니, 수타면이야말로 진정한 감각의 미학인 셈 이
었다.

그 다음은 일사천리였다.

정말 말 그대로 보여주기 위한 의도뿐인 것인지 전병우
는 이렇다 할 설명 없이 밀가루와 소금을 적당히 섞어 반
죽을 해나가기 시작했고, 완성된 반죽의 숙성을 건너뛰고
곧장 냉소다를 섞어보였다.

이 '냉소다'는 면의 쫄깃함과 탄력을 배가시켜주며, 면
의 색을 먹음직스러운 노란 빛으로 만들어주는 핵심재료
이기도 하다.

전병우가 밀가루를 손끝으로 가리키며 경묵에게 말했
다.

"여기까지가 반죽이다. 보기에는 간단해보일지 모르지
만 섬세함과 정확함을 요구하지. 대략적으로 말하자면
봄, 여름, 가을, 겨울 사용하는 물의 온도가 제각각인 것
은 물론이고 온도가 조금만 엇나가더라도 맛이 크게 흔들
린다."

꿀꺽-

긴장한 듯 딱딱한 표정의 경묵이 침을 삼켜내는 소리가
고요한 주방 안에 울려 퍼졌다.

어려울 것이라 예상은 했지만 정말이지 쉽지 않을 것
같다는 생각이 들었다.

그런 경묵의 표정을 한 번 살핀 전병우가 조소 섞인 웃
음을 지어보이며 말했다.

"내가 식당 주방 안에서만 보낸 시간이 아마 네 놈이 여태껏 산 시간과 맞먹을 텐데……. 그 긴 시간동안 온도계를 사용하거나 기구를 이용해서 면 반죽을 하던 놈은 본 적이 없다. 말 그대로 감각이야, 감각."

잔뜩 움츠러든 모습이 귀여운 탓에 살짝 겁을 주려는 의도였지만, 육체강화를 통해 감각만큼은 이미 평범한 사람의 수준을 한참 넘어선 경묵은 감각이라는 말에서 되려 자신감을 되찾은 듯 보였다.

"감각 하나 만큼은 정말 누구보다 자신 있습니다."

경묵의 패기 넘치는 대답이 다시금 전병우의 호쾌한 웃음을 자아냈다.

핏대를 잔뜩 세우고 호탕하게 웃어재끼던 전병우가 눈가에 고인 눈물을 한 번 훔쳐내고는 넌지시 말했다.

"배우는 것도 시원시원하게 잘 배울지는 모르겠다만, 대답 하나 만큼은 아주 시원시원 하구만. 마음에 들어."

그는 밀가루를 조리대 위에 잔뜩 흩뿌려대며 다시금 말을 이어나갔다.

"자, 여기까지가 수타면의 첫 번째 반죽이다. 그럼 이제 두 번째가 무엇이냐 하면 면을 뽑아내는 단계다."

"여기까지가 고작 첫 번째 단계란 말입니까? 혹시 몇 번째 단계까지 있습니까?"

"세 번째 단계까지 있다."

"그럼 세 번째 단계는 무엇입니까? 두 번째 단계가 면 뽑기이면, 세 번째는 면 삶기입니까?"

경묵이 계속해서 능동적으로 배우고자 하는 모습을 보이자 전병우는 피식하고 웃음을 한 번 지어보인 후에 말했다.

"아서라, 이 놈! 성질 급하기는……. 그래 이 놈아. 세 번째 단계가 면 삶기다."

"어느 단계가 가장 어렵습니까?"

"어느 단계가 가장 어렵기는, 이 놈아! 모든 단계가 똑같이 어렵고 중요하다."

뻔하다 싶은 대답이었지만, 정설이었다.

모든 단계 하나하나가 중요하고 난이도 있기 때문에 수타 기술이 희소성을 잃지 않을 수 있었던 것이다.

심지어 요즘은 수타를 가르쳐주는 학원까지 생겨난 실정이다.

방법이야 조금 변질이 되었다지만, 어쨌든 수타 기술 하나로 어떻게든 밥벌이는 할 수 있다는 말은 현대까지도 통용되는 사실인 셈 이었다.

"자 그럼 이제 두 번째 단계를 보여주마."

그 말을 끝으로 다시금 전병우의 손이 분주하게 움직이기 시작했다.

적당량 반죽을 떼어낸 전병우가 손을 이용해 반죽을 세게 짓눌러 펼치고, 한쪽 끝을 들어 올려 되 덮기를 반복했다.

길게 늘어난 반죽의 끈기를 고르게 맞추어나가기 위한 행동이었다.

그 다음은, 굵기를 맞추어 보일 차례였다.

전병우는 늘어난 반죽의 양 끝을 손에 쥐고는 부드럽게, 하지만 빠른 속도로 들어 올려 보였다.

놀랍게도 들어 올려진 기다란 반죽의 중앙부는 마치 누군가가 튕기기라도 한 것처럼 허공으로 높게 튀어 올랐다가 바닥으로 축 늘어졌다.

전병우는 양 팔을 최대한 넓게 벌려 허공에서 반죽의 길이를 늘이고 줄이기를 반복했다.

늘어난 반죽을 밀가루가 흩뿌려진 조리대 위에 메치고, 한 번 배배 꼰 후에 다시금 들어 올려 허공에서 반죽의 길이를 늘려댔다.

앙 다문 입으로 미루어 보건데 어지간히 심혈을 기울이고 있는 듯 보였다.

반죽은 다시금 아름다운 곡선을 그리며 허공에 튀어 올랐다가 떨어졌고, 반죽의 중앙 부분이 아래로 천천히 하강하던 그 순간 반죽의 양 끝을 쥔 양 손에 움직임을 살짝 주는 것만으로 반죽을 꼬아 보이기 시작했다.

놀랍게도 반죽이 살아있기라도 한 것처럼 우아하게 몸을 비틀며 꽈배기 모양을 만들어 보였다.

단 한 번도 끊어짐이 없던 연결동작은 절로 보는 이의 입이 쩍 벌어질 만큼 부드러웠다.

이야말로 그가 이뤄낸 경험의 산물이었고, 지난 요리 인생의 결과물이었다.

최대한 늘려낸 반죽은 시작부터 끝 부분 까지 고른 굵기를 갖고 있었다.

"자, 이제 가락을 낼 차례다."

경묵은 전병우의 손길 하나, 하나를 더욱 유심히 관찰하기 시작했다.

숨을 한 번 내몰아 쉰 후 다시금 반죽에 손을 가져다대자, 눈앞에서 놀라운 일이 생겨났다.

육체강화를 통해 발달된 시력이 아니었다면 무슨 일이 일어나는 것인지도 모를 속도로 기다랗기만 하던 반죽이 면 가락의 모양을 찾아가기 시작했다.

두 가락의 반죽이 네 가락으로, 네 가락이던 반죽이 여덟 가락으로 늘어나기 시작했는데, 그 속도가 평범한 동체시력으로는 손이 어떻게 움직이는지를 절대 쫓을 수 없을 정도로 빨랐다.

이윽고 그저 기다랗던 반죽덩어리가 순식간에 짜장이나 짬뽕 면으로 적합한 굵기의 면발가락이 되었다.

전병우가 금세 만들어낸 이 면발 가락은 놀랍게도 마치 기계로 뽑아낸 듯 처음부터 끝까지 매끄럽게 이어지고 있었다.

"이게 반죽을 128가락으로 낸 것이다. 이 정도 굵기가 짜장 혹은 짬뽕 면으로 사용하기에 적당하고, 여기서 2번을 더 가락을 내면 흔히들 말하는 '기스면'의 굵기가 되는 것이다."

놀람을 감추지 못한 채로 연신 면발을 훑어보고 섰던 경묵이 되물었다. 말을 하는 와중에도 시선은 면발을 떠날 줄을 몰랐다.

"그럼 스승님께서 말씀하시는 용수면은 대체 무엇입니까……?"

전병우가 대답 대신 재빠르게 두 번 더 꼬아 가락을 내보이자 평범한 짜장이나 짬뽕의 면발보다 가느다란 면발이 되었다.

길게 늘어선 가느다란 면발을 위에서 아래로 아무리 훑어보아도 시선이 걸리는 곳 없이 막힘없이 떨어졌다.

"이게 기스면이다. 그리고 여기서……."

전병우는 그 자리에서 다시금 이미 충분히 얇은 기스면 굵기의 면발을 세 번을 더 꼬아 내보였다.

전병우가 꼬아내면 꼬아낼수록, 면발의 굵기가 가느다래지는 것이 명백하게 보였다.

무아지경에 빠진 듯 가락을 내는 그의 표정에는 웃음기가 가득했다.

무려 십 수 년 만에 만들어내 보이는 것이었음에도 불구하고 막힘이 없었다.

머리가 아니라 몸이 기억하는 대로 절로 움직이는 손과 어깨 탓에 입가에 절로 웃음이 지어진 것이었다.

이윽고 조리대 위에 말로만 듣던 전설 급의 면발, 용수면이 모습을 드러냈다.

눈앞에 나타난 용수면을 바라보던 경묵의 동공이 세차게 흔들렸다.

"와…….대체 어떻게 이렇게 얇은 면발이 끊어지지 않고……."

찾아온 감정은 단연 놀람뿐만이 아니었다. 누군가 세차게 방망이질이라도 하는 것인지 가슴이 연신 두근거리고 있었다.

정말 내가 이런 면발을 만들 수 있을까? 하는 의구심 따위가 아니라 이미 이런 면발을 만들어내고 있는 자신을 상상하고 있던 것이다.

상상하는 것만으로도 차마 말로 형언 할 수 없는 희열을 느끼고 있었다. '수타'의 최고 경지. 용수면은 척 보기에도 국수 가락과 견주어 보았을 때도 비교가 되지 않을 만큼 얇아보였다. 정말이지 괜히 지어진 이름이 아니었다. 진정으로 용의 수염처럼 가느다랗고 길게 늘어선 면은, 보면 볼수록 경묵의 호기심을 자아냈다.

'대체 어떤 촉감을 지녔고, 대체 어떤 식감을 지닌 것일까……? 저 면으로 어떤 맛을 낼 수 있을까……?'

꿀꺽-

보는 것만으로도, 입 안이 텁텁해지고 정신이 아찔해졌다.

경묵은 본능적으로 조리대 위에 놓인 용수면을 향해 천천히 손을 뻗어 보았다.

그리고는 면발의 결을 따라 위에서 아래로 천천히 쓸어내리듯 매만지며 촉감을 만끽했다.

마치 갓난아이의 살결을 매만지는 듯 보드라운 느낌에 온 몸에 전율이 일었다.

전병우는 연신 감탄을 금치 못하는 경묵을 바라보며 의기양양한 목소리로 말했다.

"이게 내가 너에게 달아주려는 용의 수염이다."

"정말 환상적입니다……. 보는 것만으로도……."

그 때였다. 전에 한 번 본적있던 상태 창이 경묵의 눈앞에 나타났다.

[퀘스트가 발생하였습니다.]

[본 퀘스트는 한 번 거절시, 발생 조건이 충족되더라도 수락이 불가합니다.]

[수락하시겠습니까?]

[Y/N]

아니 적어도 무슨 내용인지는 추상적으로 나마 알려주고나서, 보상이 뭔지도 알려주면서 꼬드겨야지, 난데없이 나타나서는 할래? 말래? 이번에 안하면 다시는 못하는데! 하고 엄포를 놓는 꼴이라니.

어이가 없었지만, 한편으로는 다른 생각이 들었다.

용수면 때문에 기분이 들떠서 제대로 된 판단을 내리지 못하고 있는 것일지도 모르겠지만, 문득 그런 생각이 들었다.

'패널티가 짙은 퀘스트라면 굳이 재수락이 불가능하다는 조건이 붙어있을 이유가 있나⋯?'

전병우는 허공을 바라보며 넋을 놓고 서있는 경묵을 바라보며 물었다.

"뭐야, 왜 그러냐?"

"예? 아⋯⋯."

경묵이 허둥지둥 대자, 전병우가 너털웃음을 지으며 말했다.

"이 자식, 이거 용수면 한 번 보더니 완전히 맛이 가버렸네. 어때? 할 수 있겠냐?"

"물론입니다. 어떻게든 해내겠습니다."

경묵이 전병우의 말에 대답을 함과 동시에 눈앞에 있던 모든 상태 창들이 사라지고 새로운 상태창이 나타났다.

[퀘스트를 수락하셨습니다.]

[퀘스트 창을 열어 진행상태를 확인하실 수 있습니다.]

"어…. 어……? 뭐야?!"

갑작스레 눈앞에 나타난 상태 창 탓에 어안이 벙벙해진 경묵이 소리를 빽 지르자 전병우가 다시금 호쾌하게 웃음을 지어보이며 말했다.

"허허, 이놈아! 정신 좀 차려라! 맛도 보기 전에 이렇게 넋을 놓으면 쓰나?"

"아? 예? 예……. 그렇지요. 맛은 봐야지요……."

그래, 확인이라도 한 번 해보자. 일단은 난이도라도 한 번 살펴보고, 어떤 매력적인 보상이 기다리고 있는 지 한 번 확인이라도 해보고 성질 부려도 늦지 않잖아?

가까스로 자신을 추스린 경묵이 속으로 작게 읊조렸다.

'퀘스트.'

⚙

속으로 읊조리기가 무섭게 눈앞에 새로운 퀘스트 창이 나타났다.

'퀘스트라는 게 원래 이렇게 난데없이 나타나곤 하는 건가?'

난데없이 나타난 것은 물론이고, 얼떨결에 수락까지 해 버렸다.

짐작해 보건데 스승에게 하려던 말 탓에 오작동을 한 듯하였고, 그 결과 강제로 퀘스트를 떠안게 된 듯 보였다.

만약 제대로 이행하지 못하거나 완수하지 못했을 때, 막중한 패널티가 존재한다고 하더라도 따질 사람도 없고 무를 수도 없는 일이니 우선 내용을 살펴보는 것이 급선무였다.

*

[퀘스트 내용]

스승의 은혜: 1/3 (연계 퀘스트)

발동 조건1. 강화사 직업군이어야 합니다. – 충족

발동 조건2. 계약된 정령이 있어야 합니다. – 충족

발동 조건3. 생명이 다해가는 전수자와 조우해야 합니다. – 충족

발동 조건4. 전수받을 비기에 대해 보거나, 듣거나, 만져보는 등 직접적인 경험을 해 보아야 합니다. – 충족

본 퀘스트는 총 3단계로 나누어진 '연계퀘스트' 입니다.

단계 별 조건을 달성하면 다음 단계로 자동진행 되며, 각 단계의 조건을 충족 시 개별적인 보상이 지급됩니다.

우선, 가장 눈에 띄는 점은 남은 시간이 점점 줄어들고 있다는 점 이었다.

1시간 59분 51초, 50초, 49초…… 경묵은 지속적으로 줄어들고 있는 시간 탓에 엄청난 압박감을 느껴볼 수 있었다.

눈앞에 나타난 창을 다 읽어 보인 경묵의 표정은 심히 일그러져 있었다.

제한시간이라는 변수 덕분에 심리적인 압박을 크게 느낀 탓도 있었지만, 가장 큰 문제는 다름 아닌 맨 마지막에 명시되어있던 주의 사항.

다름 아닌, '강력한 실패 페널티가 존재한다.' 는 구절 이었다.

현재 사고가 너무 부정적인 것인지, 아니면 최대한 본질에 접근하여 생각하고 있는 것인지는 모르지만, 어쨌든 지금 느끼고 있는 불안감을 완전히 떨치는 것은 불가능해 보였다.

물론, 실패 하였을 때, [실패하셨습니다, 안타깝습니다!] 라거나 하는 실없는 말 따위가 나온 후 화기애애한 위로 문구 몇 마디를 더 본 후에 상황이 대충 마무리 될 거라고는 예상도 하지 않았다.

그렇게 어느 정도 패널티에 대해서만큼은 감안하고 있던 바였는데, 강력한 페널티라니.

걱정이 앞설 수밖에 없는 노릇이었다.

그도 그럴 것이 일전에 육체강화를 겪는 과정만 하더라도 패널티에 대해 운운하는 상태 창이 모습을 드러내거나 한 적은 없었지 않은가?

눈이 가는 곳이야 많았다.

연계 퀘스트니 어쩌니 하는 구절부터 시작해서, 특수등급 퀘스트라는 점도 경묵의 호기심을 자극했고, 무수히 많은 퀘스트의 발동조건을 우연만으로 다 충족시킨 것도 제법 신기한 노릇이었다.

더군다나 각각 다른 보상이 주어진다니 성공하고 나면 많은 발전을 거둘 것 같다는 생각도 든다지만…….

아무리 생각해도 완료조건이 상당히 터무니없었다.

두 달도 아니고, 이 주도 아니고, 이틀도 아니고, 두 시간이라니?

제기랄, 두 시간 만에 수타면을 배울 수 있으면 개나 소나 중국집에서 밀가루 반죽이나 때리고 늘리고 있게?

두 시간 만에 배울 수 있는 거였으면 진즉에 배워뒀겠지, 왜 지금 이 고생을 사서하고 있겠냐고.

이윽고 경묵은 고개를 한 번 저어보이고는 잡생각을 모두 떨쳐냈다.

우선 지금은 1초, 1초가 아쉬운 시국이니만큼 빠르게 행동으로 옮겨야 했다.

지금 경묵은 당장 눈앞에 봉착한 난관을 헤쳐 나가기 위해 단 한 걸음이라도 더 발을 옮겨야 하는 상황이었다.

경묵이 다급함이 잔뜩 묻어나는 목소리로 전병우에게 물었다.

"스승님, 혹시 두 시간 안에 수타면을 배울 수 있을까요?"

"뭐? 이놈아?"

"용수면이나 기스면 말고 그냥 수타면 가락을 뽑아내는 것 까지 배우는 데에 두 시간으로 안 될까요?"

전병우는 경묵의 물음에 대답 대신 탄식을 한 번 해 보였다.

"허······."

말 그대로 그냥 어이가 없어서 저도 모르게 입 밖으로 새어 나온 탄식이었다.

아무리 알기를 우습게 알고 재능이 철철 넘쳐흐른다 한들, 수타면을 두 시간? 말도 안 되는 소리이다.

전병우의 미간에 자리 잡고 서 있던 주름이 한 층 더 깊고 진해졌다.

"에이, 쯧쯧······. 이놈아, 아무리 날고 기는 천재가 와도 두 시간은 안 된다."

흉내만 내는 단계에 이르는 데에도 최소 한 달이다.

이조차도 인심 넉넉하게 써서 한 달이지 손님상에 낼 수 있을 정도의 면을 뽑는 데에 걸리는 시간만 평균 몇 달이라는 시간이 걸리는데 고작 두 시간?

경묵의 앞뒤사정을 모르는 전병우는, 경묵의 이러한 거만해 보이는 태도에 실망감까지 느끼고 있었다.

'어림 반 푼 어치도 없는 소리. 재능을 맹신하고 우습게 보는 구나······.'

그럼에도 불구하고 경묵은 전병우가 처음 반죽 물을 담았던 대야와 비슷한 크기의 대야를 집어 들며 말을 이었다.

"스승님, 자초지종은 이후에 설명 해드릴테니 우선은 제가 하는 모습을 한 번 봐주실 수 있으시겠습니까?"

전병우는 게슴츠레 뜬 눈으로 경묵을 뚫어져라 바라보았다.

자초지종? 전병우로서는 경묵이 대체 무슨 사정이 있어서 이렇게 허세를 부리고 오만한 태도를 보이는 지 알 도리가 없었다.

더군다나 경묵이 이만큼이나 조급해 할 필요도 없었다.

자신의 병세에 대해서 알고 있는 것이라고는 눈곱만큼도 없는데다가, 만약 알고 있다고 치더라도 지금 자신이 앓고 있는 지병 탓에 오늘 내일 할 만큼 심각한 상황도 아니니까.

전병우 역시 산전수전 다 겪어보고 세상풍파에 지쳐 오지의 산골마을로 들어서지 않았던가?

없는 기운 빼가며 젊은이가 불어대는 객기 나팔 장단에 맞추어 춤을 춰주고 싶은 생각은 하나도 없었다.

그래서 더욱 더 큰 실망감을 느끼고 있었다.

두 사람의 눈빛이 허공에서 맞닿고, 잠시 동안 정적이 주방 안에 가득 들어찼다.

"믿어주십시오."

먼저 정적을 깬 것은 경묵이었다. 경묵이 다짜고짜 뱉어낸 앞뒤 다 잘린 말에 마음이 흔들렸다.

"아니, 그래. 알았다. 그런데 대체 가르쳐 준 게 없는데 어떻게 해보겠다는 게냐?"

"눈으로 보지 않았습니까?"

"한 번 본대로 흉내를 내보겠다는 게냐?"

이윽고 경묵이 더할 나위 없이 힘이 잔뜩 실린 진지한 목소리로 답했다.

"네, 저는 한 번 보거나 듣거나 맛보거나 한 것은 잘 잊지 않습니다."

"해 봐, 그럼."

경묵은 곧장 한 쪽 눈을 감은 채로 수도꼭지를 매만지기 시작했다.

손가락을 대서 흐르는 물의 온도를 재어보거나 하지도 않았을 뿐더러, 전병우가 어느 정도 기온과 습도에 따라 어떻게 물의 온도를 맞추어야 하는지에 대해 설명을 하기도 전이었다.

연신 수도 꼭지 레버를 매만지던 경묵이 곧장 대야에 물을 담아내기 시작했다.

"이 놈아, 내가 아까 한 말을 벌써 잊은 게냐? 수타면 반죽에서 중요한 것이 무어라 했느냐? 반죽 물의 온도라고 일러두지 않았더……."

"스승님, 반죽 물의 온도가 맞는지 한 번 확인해 보시겠습니까?"

경묵이 말을 가로채며 말해보았다.

이로서 전병우의 심기가 더욱 더 불편해졌고, 이마에

깊게 파인 주름이 더 깊어졌다.

얼굴 표정에 그가 지금 느끼고 있는 감정이 한 번에 다 나타났다.

전병우는 천천히 손가락을 경묵이 받은 반죽 물을 향해 옮기기 시작했다.

만약 물의 온도가 맞지 않는다면 당장 제자로 받아들이겠다는 말을 무르겠다고 마음을 먹은 후였다.

콕―

경묵이 받아낸 반죽 물에 손가락을 담근 전병우의 표정이 급격하게 변하기 시작했다.

불만과 불신이 점거하고 있던 그의 표정에 놀라움이 자리를 꿰차고 눌러앉았다.

'정확하다.'

경묵이 받아낸 반죽 물은, 방금 면을 뽑아내기 전에 자신이 맞춘 반죽 물의 온도와 딱 맞아 떨어졌다.

"대체…. 어떻게……?"

상황이 금세 주객전도가 되어버려 자신이 용수면 가락 내기를 선보였을 때, 경묵이 보였던 반응을 이번에는 자신이 보이고 있었다.

물의 온도를 눈으로 잴 수도 없는 노릇이거니와, 그렇다고 해서 온도를 측정하는 행동을 하지도 않았다.

"아까 스승님이 물을 받아내실 때와 같은 각도로 레버

를 돌렸습니다."

"뭐야?"

모든 마술이 트릭을 알게 되었을 때 허무한 것처럼, 경묵이 반죽 물을 받아낸 트릭 역시 알고 나니 허무하기 짝이 없었다.

'그렇다면 운인가?'

목욕물을 맞출 때에도 연신 좌우로 틀어대며 몇 번을 반복해서 조절해야하는 것이 수도꼭지 레버이다.

한 번 스윽 훑어본 후에 눈대중으로 본 수도꼭지 각도를 돌려 맞추어 온도를 정확히 한다?

만약 경묵의 말이 사실이라면 두 가지 가능성이 생긴다.

하나는 진정한 감각의 천재라는 가능성.

두 번째는 무지막지하게 운이 좋은 놈이라는 가능성.

아직까지 전병우는 후자에 힘을 싣고 있는 상태였다.

"운이 좋았군. 온도는 딱 맞아 떨어지는구나."

"감사합니다."

경묵은 고개를 한 번 숙여 보인 후에 곧장 밀가루포대를 들어올렸다.

이번에도 경묵은 전병우에게 배합에 대한 설명을 듣기도 전에 반죽 물이 담긴 대야에 밀가루를 쏟아 넣기 시작했는데, 포대에서 떨어져 내리는 밀가루의 양을 눈으로 일일이 확인하며 천천히, 그리고 살살 포대를 털어대고 있었다.

전병우 역시 이번에는 뒷짐을 지고 서서는 경묵을 유심히 바라볼 뿐, 아무런 말도 하지 않고 가만히 기다렸다.

'이걸로 반죽 물을 맞춘 것이 운이었는지, 감각이었는지가 판가름 나겠군.'

소금을 넣는 것 까지 잊지 않고 마친 경묵이 반죽을 양손을 이용해 주물러대기 시작했다.

이윽고 전병우가 다시금 경이로움이 섞인 탄식을 배어냈다.

"허……?"

그렇게 반죽을 주물러대기 시작한 경묵의 손길은 점점 더 부드러워지기 시작하더니, 이윽고 무아지경에 빠진 듯 우아해 보이기까지 했다.

동작 하나, 하나 모두 유심히 관찰했지만 군더더기가 하나도 없었고, 정말 놀랍게도 자신의 반죽 법을 그대로 흉내 내고 있었다.

'한 번 본 것으로 이정도까지 흉내를 낼 수 있다는 것이 말이나 되는 일인건가…?'

손가락으로 찔러보거나 살짝 떼어내어 주물러볼 필요도 없이 반죽의 물기와 점도가 알맞은 것이 전병우의 눈에 훤히 보였다.

그도 그럴 것이 경묵이 만들어낸 반죽은 자신이 여태껏 수도 없이 만들어왔던 반죽덩어리와 완벽히 일치했다.

눈앞에 선 이 아이, 천재였다. 아니, 천재라는 말로도 차마 형언할 수 없는 경지에 이르러 있는 아이였다.

순간 완전습득까지 사 년이라는 시간을 이야기했던 자신이 우스워져 웃음이 새어나올 지경이었으니, 이미 검증은 끝이 난 것이나 다름이 없었다.

애초에 오만함과 거만이 아니었다지만, 온갖 오만을 떨고 건방을 부려도 누구도 손가락질 할 수 없을 만큼이나 대단한 재능을 지니고 있는 아이였다.

정작 경묵은 그저 아무런 생각 없이 수타면을 만드는 과정에 완벽히 몰입해 있었고, 전병우의 손길을 그대로 떠올리느라 여념이 없었다.

먼저 그의 손의 움직임을 떠올렸고, 그 다음에 그의 팔근육이 움직이는 모습을 떠올려 어디에 힘을 두었는지를 짐작하고 그대로 움직였다.

이 정도만으로는 더 이상 추론이 불가능한 순간에 봉착하면 반죽이 반동하던 모습을 떠올리며 제면을 해나가기 시작했다.

조리대에 그래도 아직은 어색한 손길로 반죽을 매치기를 두 번. 그 때 다시금 눈앞에 상태창이 나타났다.

[스킬을 습득하셨습니다.]

[퀘스트를 완료하였습니다.]

[보상이 지급되었습니다.]

[연계퀘스트가 다음 단계로 자동 진행됩니다.]

'!'

스킬을 습득했다? 퀘스트를 완료했다고?

그 말인즉슨 전수과정을 마쳤다는 이야기인데, 그에 반해 경묵은 아직 반죽을 길게 늘이고 꼬아대기도 직전이었다.

그러니 갑작스럽게 나타난 상태 창에 경묵이 당황하는 것이 이상한 노릇은 아니었다.

늘이고 줄이기를 반복한 후에야, 그리고 꼬아댄 후 가락까지 내 보아야 수타면이 되는 것임은 물론, 그저 한 번 흉내를 내보는 것만으로는 어림도 없을 것이라 예상했다.

적어도 몇 번을 반복하고, 전병우의 지적을 받으며 조금씩 고쳐나가는 과정을 두 시간동안 반복하면 스킬을 습득할 수 있지 않을까 하는 막연한 기대에서 시작한 것이었는데 너무도 쉽게 마무리가 지어진 것이다.

'혹시 뒤에 이어질 과정들 역시 내 힘으로 해낼 수 있다는 것인가?'

눈앞에 어지럽게 나타난 상태 창을 한 손으로 벌레 쫓듯 쫓아내 보인 경묵은, 곧장 정신을 차린 후에 스킬 창을 열어 [수타면 제면]의 효과를 확인했다.

*

[수타면 제면]

말 그대로 수타면 제면, 적절한 굵기의 면발가락을 뽑아내는 기술

등급 : 일반

　*

효과를 한 번 훑어본 경묵은 여태껏 단 한 번도 보지 못했던 성의 없는 스킬 설명에 잠시 당황했다.

더군다나 잘 생각해보니 여태껏 요리와 관련된 행위가 이렇게 직접적으로 스킬로 나타난 것은 처음인 듯 했다.

요리와 관련된 지속효과 스킬들이야 많고 많았지만, 수타면 제면은 지속효과 스킬이 아닌 듯 했다.

그도 그럴 것이 지속효과스킬이라는 설명도 없을뿐더러, 눈앞에 놓인 반죽덩어리를 아무리 쏘아보아도 좀처럼 어떻게 해야 하는지 떠오른다거나 하지도 않았다.

'그 말인즉슨 사용스킬이라는 이야기인데, 배웠으면 써먹어 봐야지.'

조리대 위로 매쳐둔 반죽을 양 손으로 조심스레 들어올린 경묵이 마음속으로 '수타면 제면'을 작게 되뇌었을 때, 다시금 놀라운 상황이 펼쳐지기 시작했다.

몸이, 그리고 손이 멋대로 움직이기 시작했다.

갑작스레 움직임에 속도가 붙기 시작했고, 들어올린 반죽을 멋대로 허공에서 늘이고 줄여대기 시작했다.

빠른 속도로 제면을 해나가는 경묵의 동작 하나, 하나가 전부 다 정밀했고 섬세했다.

물론 지금 펼치고 있는 행동이 자의가 아닌 탓에 경묵의 얼굴에도 당황한 기색이 역력하게 떠오르기 시작했다.

물론 놀란 것은 단연 경묵만이 아니었다.

완벽한 움직임으로 묘기에 가까운 제면 동작을 펼쳐 보이는 경묵을 바라보던 전병우익 입이 찢어진 듯 크게 벌어졌다.

"허…….4주도 긴 시간이었구나…….."

⊛

[수타면 제면]은 다른 스킬들과는 전혀 다른 느낌이었다.

스킬을 사용함과 동시에 몸이 갑자기 저절로 움직이기 시작했고, 그 움직임은 분명히 자의가 아닌 움직임이었다.

그러나 그렇다고 해서 경묵의 감각이 아닌 것은 또 아니었다.

제어하려고 마음먹고 움직임을 멈추려면 얼마든지 멈출 수 있을 것 같은 느낌이었음에도 불구하고 경묵은 단한 번도 움직임을 멈추려 들지 않았다.

반죽을 자유자재로 늘리고 줄이고 메쳐대는 몸의 움직임을 기억하려 애쓰고 있을 뿐이었다.

이윽고 기다랗게 늘어진 반죽이 조리대 위에 놓였고, 부드럽게 이어지는 경묵의 손길은 멎을 줄 모르고 곧장 다음 단계인 면발 가락내기를 시작했다.

누가 보더라도 지극히 자연스럽게 이어지는 부드러운 연결 동작에 전병우는 감탄을 금치 못하고 있었다.

기다랗게 늘어져 있던 반죽은 분주히 움직이는 손길에 맞추어 점점 가락의 수를 늘이고 있었다.

두 가락, 두 가락이 네 가락으로, 네 가락은 다시금 여덟 가락으로……. 그렇게 조리대 위에 놓인 기다란 반죽덩어리는 금세 제 모양을 찾아 면발의 모습이 되었다.

자신의 손이 제면을 완벽히 마치고 나서야 움직이는 것을 멈추자 경묵이 나지막이 읊조렸다.

"끝인가……."

말 그대로 기이한 경험을 마친 경묵은 어안이 벙벙한 듯 자신의 손을 바라보며 손을 쥐었다 폈다를 반복해 보았다.

온전히 돌아온 모든 감각들, 마치 잠시 꿈을 꾼 것인가 싶을 만큼 몽롱한 느낌이었다.

"허허, 단 한 번 본 것만으로 이렇게 따라했다는 건가?"

전병우가 턱을 쓸어내리며 조리대 가까이에 서서는 경묵이 뽑아낸 면발을 어루만져대기 시작했다.

그저 한 번 본 것만으로 이렇게까지 제면을 해낸다는 것 자체가 대단한 것이었지만 더욱 대단한 것은 제면을 해낸 속도와 면발의 매끄러움이었다.

채 몇 분도 되지 않을 시간 만에 뽑아낸 가늘고 기다란 면발 가락은 매끄럽기 그지없어 마치 기계로 뽑아낸 듯 보였고, 심지어 빛이 닿는 부분은 광을 내기까지 했다.

이윽고 면발을 만져대던 전병우가 갑자기 뒤로 휙 돌아서서는 의심 가득한 눈초리로 경묵을 바라보며 날카로운 목소리로 되물었다.

"네 놈 혹시 원래 제면을 할 줄 알고 있었던 것 아니냐?"

"예? 그게 무슨……. 아닙니다, 그랬더라면 지난 경연에서 수타면을 선보였겠지요."

사실상 경묵이 공연히 이런 거짓말을 칠 리가 없다는 것이야 전병우도 알고 있었지만, '수타'라는 것이 한 번 보는 것만으로 완벽히 따라 하기는커녕 흉내조차 낼 수 없는 기술이었기에 이런 의심을 품는다는 것이 그리 이상한 상황은 아니었다.

난이도가 현저하게 높은 기술이다 보니, 어쩌면 흉내만 얼추 내는 정도에서 그쳤더라면 오히려 박수갈채를 받았을 지도 모르겠다.

그러나 한 번 보고 완벽하게 해냈으니 이런 의심을 받는 게 당연한 실정인 것이다.

모르긴 모르더라도 상식적으로 생각해본다면 도무지 이해할 수 없는 상황이 분명했다.

한 번 보고 흉내를 냈다는 것도 믿기지 않지만 3년 내내 밥만 먹고 수타면만 주구장창 만들어댔다고 해도 평범한 사람이라면 오르지 못할 경지에 있었다.

경묵이 지닌 것은 상식의 범주를 벗어난 재능이었다.

지금 직접 행한 자신도 믿기지가 않는데, 남은 오죽하겠는가?

경묵은 기분나빠하는 대신 진심어린 눈빛으로 바라보며 살짝 웃음을 지어보였다.

"그래, 그래. 네 놈이 공연히 그런 거짓말을 칠 리는 없다지만……."

떨리는 목소리로 말을 이어나가던 전병우는 끝내 뒷말을 삼켜냈다.

짐짓 눈앞에 선 아이가 무서워질 지경이어서, 온 몸에 소름이 일었다.

만약 이 아이의 경력이 더욱 더 쌓이고 경험이 늘어난 다면 어떤 결과를 만들어 낼 것인가?

그 때, 경묵이 입을 뗐다.

"아, 스승님. 저 잠시 화장실 좀 다녀오겠습니다."

"화장실? 다녀와라."

허락이 떨어지기가 무섭게 주방 밖으로 나서서는 빠른 걸음으로 가게 안에 딸린 화장실을 향해 걷기 시작했다.

딱히 볼일이 급하거나 하였던 것은 아니고, 단지 퀘스트 창을 확인하며 생각을 정리할 시간과 집중할 수 있는 조용한 장소가 필요했던 것뿐이었다.

경묵은 화장실 안에 들어서자마자 뚜껑이 덮혀 있는 변기 위에 털썩 앉으며 눈앞에 다시금 퀘스트 창을 떠올려 보았다.

'퀘스트'

*

[퀘스트 내용]

스승의 은혜: 2/3 (연계 퀘스트)

발동 조건1. 강화사 직업군이어야 합니다. – 충족

발동 조건2. 계약된 정령이 있어야 합니다. – 충족

발동 조건3. 생명이 다해가는 전수자와 조우해야 합니다. - 충족

발동 조건4. 전수받을 비기에 대해 보거나, 듣거나, 만져보는 등 직접적인 경험을 해 보아야 합니다. - 충족

발동 조건5. 첫 번째 연계 퀘스트를 완료해야 합니다.

본 퀘스트는 총 3단계로 나누어진 '연계퀘스트' 입니다.

단계 별 조건을 달성하면 다음 단계로 자동진행 되며, 각 단계의 조건을 충족 시 개별적인 보상이 지급됩니다.

*제한시간(2시간)이 지나기 전에 전수자의 비술 '용수면 제면' 스킬을 습득하여야 합니다.

'용수면 제면' 스킬은 전수과정 이행 시 자동적으로 스킬 화 됩니다.

남은 시간 : 1시간 54분 11초

난이도 등급 ; 특수

퀘스트 유형 : 비술 습득

보상 : 3000GEM, 마정석 3개, 상급 강화석 3개

※ 주의! 강력한 실패 페널티가 존재합니다!

*

떠오른 상태 창을 바라본 경묵이 양 손을 얼굴로 감싼 채 헛웃음을 흘렸다.

"하……."

난이도가 오를 거면 그래도 조금은 형평성 있게 올라야 할 것 아니냐고?

다짜고짜 수타면을 익히라고는 두 시간을 주더니, 이번에는 용수면을 익힐 시간으로 두 시간을 주겠다고?

굳이 설명을 해보자면 튜토리얼에서 고블린을 잡고 다음 단계로 넘어갔더니 갑작스레 최종 보스가 등장한 것 같은 느낌이었다.

난데없이 나타난 거대한 벽 앞에 서서 올려다보며 침만 연신 꿀꺽꿀꺽 삼켜대고 있는 것 같은 느낌.

이내 경묵은 양 손으로 자신의 머리칼을 잔뜩 헝클어트리고는 다시금 천천히 생각을 정리해나가기 시작했다.

적어도 지금은 자괴감에 젖어있을 때가 아니라, 어떻게 헤쳐 나가야 할지를 고민해보아야 할 때다.

눈앞에 나타난 퀘스트 창에 기재되어있는 빌어먹을 제한시간은 계속해서 1초, 1초씩 줄어들어가고 있었으니 말이다.

사실 잘 생각을 해본다면 어쨌든 완벽에 가까운 수준의 [수타면 제면]을 비교적 손쉽게 습득할 수 있었던 것 만 미루어보더라도 해도 제법 좋은 기회인 것 같다는 생각이 들기도 했다.

제면 방법은 물론이고 3000GEM까지 보상으로 받지 않았던가?

어쨌든 선택지가 없는 상황이었으니, 최대한 긍정적으로 부딪혀보는 수밖에 없었다.

비록 이번 퀘스트가 갑작스레 떠안게 된 시한폭탄이라지만 좋은 기회인 것만큼은 명백한 사실이었으니 말이다.

더군다나 이번 퀘스트의 보상 품목으로 기재되어있는 물품들도 제법 경묵의 구미를 당기게끔 만들고 있었다.

손가락 한 마디만한 크기의 조각도 천만 원이 넘는 고가에 거래되는 마정석이 무려 세 개에, 여태껏 한 번 본 적도 없는 상급강화석과 3000GEM. 도합 6000GEM이면, 자신이 각성 이래로 사용한 GEM을 훨씬 뛰어남을 것 같다는 생각이 들었다.

사실 첫 번째 퀘스트를 상태 창에서 확인했을 때, 그러니까 수타면을 두 시간 안에 익히라는 요구를 받았을 때에도 지금처럼 안 될 것 같다는 생각만 연신 하지 않았던가?

더군다나 퀘스트 내용을 훑어보니 그저 제면 스킬의 이름이 '수타면'에서 '용수면'으로 바뀌었을 뿐, 그 밖에는 아무런 변화도 찾아볼 수 없었다.

경묵은 그런 점을 토대로 하여 혹시 수타면을 익혔던 것과 같은 방식으로 시도를 하다보면 익힐 수 있게 된다는 것이 아닐까 하는 추측을 하고 있었다.

물론 용수면과 수타면 중 어떤 것이 더 어렵냐고 물어

보면 당연히 십중팔구는 용수면이 더 어렵다고 말을 할 것이다.

어쨌든 수타면 제면을 할 줄 알아야 용수면 제면도 할 수 있는 것이 사실이니까.

앉은 자리에서 애꿎은 엄지손톱만 잘근잘근 씹어대던 경묵이 이윽고 입가에 미소를 지었다.

굳이 용수면이라는 이름에 움츠러들어있을 필요는 없다는 생각을 하기 시작한 것 이었다.

잘 생각해보면 어렸을 때 주먹 좀 깨나 쓴다고 소문좀 나있고 이름 좀 날리던 덩치 큰 녀석들이 막상 맞붙어보면 속빈강정인 경우가 태반이었다.

더군다나 남들은 몇 년에 걸쳐서 배운다던 수타면도 이렇게 빠른 시간 안에 해내었는데, '용수면' 이라 해서 해내지 못하리란 법은 없지 않은가?

이윽고 경묵은 용수면이라는 거창한 이름에 움츠러들어 시도도 해보기 전에 실패했을 때의 패널티에 대해 고민하는 것은 이르다고 단정지었다.

경묵은 그제야 힘차게 자리를 박차고 일어나서는 힘차게 화장실 문을 열어 젖혔다.

비록 본의 아니게 시작을 했다고는 하지만 어쨌든 1시간 50분 남짓 남은 시간 안에 [용수면 제면] 스킬을 익혀야만 한다.

이윽고 경묵은 힘찬 손길로 눈앞을 맴돌던 퀘스트 진행
안내 창을 치워버리고는 주방을 향해 성큼성큼 걸음을 옮
기기 시작했다.

경묵의 손에 걸린 가느다란 면발들이 스르르 흘러내리
듯 끊어졌다.

"아!"

될 듯 안 되는 용수면 탓에 답답한 것인지 경묵이 소리
를 지르며 주먹으로 자신의 가슴을 세게 두드려 보이자
곁에 아예 의자를 두고 앉은 전병우가 이죽거리는 투로
말했다.

"야, 이 놈아! 그렇게 두드려대면 반죽이 겁이라도 먹어
서 더 잘 될 줄 알고?"

"아니, 자꾸 될 듯 말 듯 하다가 안 되니까 그렇죠."

대답을 마친 경묵이 손 위에서 끊어져 늘어진 면 가락
을 다시 한 움큼 집어 들어 제 손으로 꾹꾹 누르며 뭉쳐내
기 시작했다.

"하루 만에 이정도 하고 있는 것도 용한 게다. 급하기는
뭐가 그리 급하다고 말이야……."

방금 전병우가 한 말은 일체 허언이 아니라 진심이었다.

경묵의 발전 속도는 가히 엄청나다고 할 수 있을 정도
로 대단했는데, 불과 두 시간 남짓한 시간 만에 자신의
'용수면'을 거의 칠할 정도 이상 흉내내보이고 있었다.

재능뿐만 아니라 욕심까지 넘치는 아이였다.

'대욱이가 용수면을 배우는 데에 얼마나 걸렸더라……'

1년이었나? 아닌가? 2년? 정확히 셈해보려니 기억이 잘 나지 않지만 여하튼 얼추 비슷한 시간이 걸렸던 것 같다.

사실 대욱이 배움을 얻어내는데 걸렸던 시간도 놀라운 수준이었다.

주방 옆에 딸린 다락방에서 자라며 요리에 관해서 만큼은 처음부터 자신에게 정밀한 교육을 받아왔으니 자연스레 재능이 생긴 아이이기도 했었고, 용수면을 전수받던 당시에 대욱은 이미 십 년 이상의 경력자이기도 했었다.

경력도 경력이라지만 거두절미하고 실력만 놓고 보았을 때, 수타면 하나 만큼은 완벽하게 해낼 수 있는 단계에 이르러 있었다.

기본이 탄탄하게 받쳐주다 보니 그렇게 빠르게 배울 수 있었던 것이지, 어디 막돼먹은 곳에서 십오 년이건 이십 년이건 경력을 쌓고 온 요리사였다면 대욱이보다 빠른 속도로 해내지는 못했을 것이라고 확신하고 있었다.

그런데 눈앞에 펼쳐진 광경은 놀라울 다름이었다.

경묵의 손짓은 한 번, 한 번 새로이 반죽을 주무를 때마다 점점 발전하고 있는 것이 눈에 보일 정도로 일취월장하고 있었고, 스스로도 그걸 알고 있는 듯 주무르는 손길이 지치는 기색 없이 점점 더 신명나게 움직이고 있었다.

경묵은 무려 거의 두 시간이 되는 시간 동안 잠시라도 숨 돌릴 새 한 번 없이, 계속해서 반죽부터 제면까지의 과정만을 반복하고 있었다.

'이 녀석도 어지간히 독종이네, 재능만 아니라 열정도 하늘을 찌르는 수준이로군.'

사실 경묵은 제한 시간이 점점 가까워지면 가까워질수록 초조해서 속도를 올리고 있었을 뿐이었지만, 전병우로서는 당연히 알 턱이 없었다.

경묵은 다시금 눈앞에 상태 창을 띄워 제한 시간을 한 번 확인해 보았다.

제한시간 : 3분 34초

사실상 이미 실패한 것이나 다름이 없었지만, 경묵은 가슴을 졸이며 여전히 연신 반죽을 주물러대고 있었다.

정말이지 입이 바짝바짝 마르고 이마에는 식은땀이 흐를 지경이었다.

'어지간한 패널티가 아니라면 상태 창에 주의사항이 기재되어있지도 않았을 텐데…….'

실패에 임박해진 것이 점점 더 명백해지자, 이제 슬슬

뒤탈을 걱정하기 시작한 것이었다.

그래도 아까처럼 기적적으로 제면을 다 마치기 전에, 갑작스레 스킬을 습득하게 될 지도 모르는 노릇이니 기대를 버리지 않고 반죽을 주물러대고 있었다.

퀘스트에 실패했을 때 문제는 두 가지였다.

첫 번째 문제는 다시는 찾아오지 않을 좋은 기회라는 것.

실패하게 된다면 다시 진행할 수 없는 퀘스트이기 때문에, 이번이 처음이자 마지막 기회였다.

두 번째 문제는 페널티 였다.

육체강화를 하던 당시 정말 이제 죽겠구나 싶던 고통조차 경고 없이 찾아왔었다.

지극히 불친절한 상태 창의 알림 말이 이렇게나 친절히 '강력한 패널티'에 대해서 경고를 해두었으니 불안하지 않을 수 없는 것 이었다.

정말이지 입이 바짝바짝 마르지 않을 수 없는 노릇이었다.

어라? 잠깐. 연신 반죽을 주물러 대던 경묵의 양 손이 얼어붙기라도 한 듯 갑작스럽게 멈췄다.

허리를 굽히고 선 채로 반죽만 주물러대던 경묵이 꼿꼿하게 허리를 펴보이고는 그 자리에서 상점 창을 열어보았다.

제한 시간이 3분 남짓 밖에 남지 않은 현재, 난데없이 걸음을 멈춰 서서는 상점 창을 열어젖힌 데에는 그만한 이유가 있었다.

경묵의 이런 돌발행동은 다름이 아니라, '여태껏 요리와 관련된 스킬들이 이렇게 직접적으로 연관되어있던 경우가 있던가?' 싶은 의문에서 시작되었다.

[가속 조리],[완벽한 조리법],[형형색색 조리],[매혹적 플레이팅] 등등……. 여태껏 습득한 요리와 관련된 기술들 중 사용스킬의 형태를 갖춘 것은 이번에 습득한 [수타면 제면]이 최초였다.

그렇다면 [수타면 제면]을 제외한 나머지 조리와 관련된 스킬들을 어떻게 습득했던가?

거의 모두 하나같이 상점에서 구입한 스킬 북들을 통해서 습득했었다.

몇 가지 스킬들을 제외하고서야 전부 다 상점 출신의 스킬들 아니던가?

이윽고 경묵은 떨리는 마음으로 상점에서 [용수면 제면] 스킬 북을 찾아보기 시작했다.

[검색중입니다.]

경묵은 시간이 얼마 남지 않아 마음이 조급해진 것인지 손톱을 연신 질근질근 씹어대며 눈앞에 나타나 있는 상점 창을 응시하고 있었다.

띠링-!

[검색을 완료하였습니다.]

[총 1개 상품이 검색되었습니다.]

이윽고 상점 판매 목록 중 한 자리를 꿰차고 앉아 있는 [용수면 제면] 스킬이 버젓이 모습을 드러내보였다.

[용수면 제면] 스킬을 확인한 경묵은 회심의 미소를 한 번 지어보였다.

'역시, 있었군.'

아니나 나를까 물질만능주의는 각성자라고해서 벗어날 수 있는 사회양상이 아닌 듯 보였다.

스킬 북의 가격역시 심지어 딱 3000GEM이었다.

우연의 일치라기에는 묘하다 여겨질 만큼이나 너무 딱 맞아떨어지는 금액.

가격이야 어쨌든 상관이 없는 일이었고, 이대로 급한 불은 끌 수 있게 되었다는 안도감에 취한 경묵이 양 손을 세게 한 번 부딪혀보이고는 그대로 맞잡아 꼭 쥐어보였다.

마치 기도라도 하듯 마주잡은 두 손을 머리위로 들어 올리고는 맞잡은 두 손이 부들부들 떨릴 정도로 힘을 꽉 준채로 행복한 미소를 지어보였다.

"뭐야? 이 자식, 이거 왜 이래?"

영문을 모르는 전병우는 갑작스러운 경묵의 행동 덕분에 깜짝 놀란 것인지 기웃거리며 물었지만, 온 정신을 쏟아서 현재의 행복을 만끽하고 있는 경묵에게 대답을 듣기에는 조금 무리가 있어보였다.

일단, 경묵은 단 1초의 망설임도 없이 곧장 [용수면 제면]스킬의 스킬 북을 구입한 후에 인벤토리에서 곧장 꺼내들었다.

허공에서 갑작스레 나타난 책을 능숙하게 낚아챈 경묵은 입가에 미소를 머금은 채로 대충 외형을 한 번 살펴보았다.

[용수면 제면] 스킬의 스킬 북은 도대체 어느 출판사에서 출판한 책인지에 대한 의문이 생길 정도로 타 스킬 북들에 비해 유난히 촌스러운 느낌이 강하게 풍기고 있었다.

외형적인 장점을 굳이 꼽아보자면 갈색 가죽 재질의 표지가 상당히 고급스러워 보이기는 했는데, 애석하게도 딱 그뿐이었다.

마치 '정통 판타지 소설에 나오는 고서'를 떠올렸을 때 딱 떠오르는 그런 흔한 느낌이라고 해야 하나? 여

하튼 조금 안 좋은 어감으로 타 스킬 북들과는 다른 느낌이라고 할 수 있었다.

'알게 뭐야? 습득이라고 한마디만 읊조리면 가루가 돼

서 흩어지는 게 스킬 북인데.'

자리에 앉아 팔짱을 낀 채로 영문조차 모를 경묵의 행동을 지켜보고 있던 전병우가 책을 향해 턱짓을 해보이고는 의아하다는 듯 물었다.

"연습하다 말고 갑자기 웬 책을 꺼내드는 게냐?"

전병우 역시 경묵을 비롯한 각성자들에게는 자유롭게 물건을 넣고 뺄 수 있는 개인 창고가 있다는 정도는 알고 있었으니, 연습하다말고 갑작스레 책을 꺼내든 이유만이 궁금한 셈이었다.

더군다나 방송을 통해 경묵이 조리도구를 허공에서 만들어내는 듯 잡아채는 모습을 수차례 봐온 터라 이 정도는 이제 놀랄 일도 아니었다.

이윽고 경묵은 전병우의 물음에 장난기 잔뜩 어린 목소리로 대답하기 시작했다.

"자랑은 아니라지만, 제가 사교육은커녕 공교육도 제대로 못 받고 자랐거든요."

"그래, 그래서?"

전병우가 되물어보이자 경묵이 밝게 웃어 보인 후에, 한쪽 손바닥을 책 위에 넌지시 얹어두고 나서는 다시 입을 뗐다.

"이번엔 저도 한 번 사교육의 힘을 조금 빌려볼까 합니다."

두루뭉술한 대답 탓에 오히려 호기심만 더 증폭 되었지만, 아쉽게도 경묵에게 다시 되물을 새도 없이 갑작스레 책이 빛을 내기 시작했다.

경묵의 손에 들린 책은 말을 마치기가 무섭게 은은한 빛을 뿜어대다가, 이윽고 눈을 뜨고 지켜볼 수 없을 정도로 밝은 빛을 뿜어대기 시작했다.

"어? 어?"

강하게 발하는 빛 때문에 크게 놀란 전병우가 잽싸게 손을 들어 눈가를 가리고는 눈을 질끈 감아보였다.

얼마 지나지 않아 눈이 따가울 정도로 강하게 쏟아져 나오던 빛이 점차 멎어들고 있다는 느낌을 받고나서야 천천히 손을 거두어들이고 다시금 눈을 떠 보았다.

그 때, 경묵의 손에 들린 채 빛을 뿜어대던 책은 이미 가루가 되어 허공에 흩날리고 있었다.

책이 순식간에 형체를 잃고 사라졌음에도 불구하고 경묵은 그저 제 자리에 눈을 감은 채 서있을 뿐이었다.

순식간에 어안이 벙벙해진 듯 보이는 전병우가 좀처럼 말을 잇지 못하고 있던 때에, 경묵은 지금 자신의 머릿속에 자동으로 새겨지고 있는 알 수 없는 지식들, 그리고 마치 그 방대한 지식들이 파도처럼 밀려오는 것 같은 느낌을 실컷 만끽하고 있었다.

갑작스럽게 밀려오는 방대한 양의 지식들이 원인인 것

인지는 모르지만, 스킬 습득 과정에서는 항상 제법 강한 두통을 겪어야만 했다.

물론, 이번도 별반 다를 것 없이 저릿저릿한 두통을 느끼고 있었지만 경묵의 입가에 지어진 득의의 미소는 좀처럼 떠날 생각을 하지 않았다.

아니지, 피식하고 새어나오던 헛웃음이 아예 박장대소로 바뀌는 데에는 그리 오랜 시간이 걸리지 않았다.

사실상 지금 느끼고 있는 두통은 경묵에게 있어서 뒷전이어도 한참 뒷전이었고, 우선 지금 경묵은 양 팔을 벌린 채 행복을 느끼고 있었다.

'그래, 죽으란 법은 없는 거지. 애들도 실력으로 안 되면 좋다는 학원도 다니고 비싼 돈 주고 과외도 받고 하잖아? 이래서 사람이 돈이 많아야 한다니까?'

사실 조금 치사한 방법인가 싶은 생각이 들기야 했다지만, 또 반대로 생각해 보건데 가격이 첫 번째 퀘스트에서 보상으로 받은 GEM과 스킬 북의 가격이 딱 맞아떨어지는 것으로 짐작해본다면, 첫 번째 퀘스트가 힌트였는지도 모르는 노릇이었다.

전병우가 눈을 껌뻑이며 불과 몇 초 전까지만 하더라도 책을 꽉 쥐고 있던 경묵의 손을 바라보며 물었다.

"대체 이게 무슨⋯⋯?"

경묵에게 있어서야 지극히 익숙하고 간단한 스킬습득

의 과정 중 하나였을 뿐이었지만 전병우에게는 그렇지 않을 수밖에 없었다.

스킬을 보는 것이야 그렇다고 치더라도, 습득 과정을 일반인이 볼 수 있는 일이란 거의 없었으니 말이다.

띠링—띵—딩—

이윽고 연달아 울리기 시작한 안내 음과 덩달아 여러 개의 상태 창이 눈앞에 연달아 나타나기 시작했다.

[스킬을 습득하셨습니다.]

[퀘스트를 완료하였습니다.]

[보상이 지급되었습니다.]

[연계퀘스트가 다음 단계로 자동 진행됩니다.]

경묵은 제대로 읽어 볼 것도 없었다고 판단을 내린 것인지 다시금 허공에 대고 헛손질을 해대며 눈앞에 상태 창을 벌레 쫓아내듯 쫓아버렸다.

"방금 대체 무슨 일이······."

전병우는 그런 경묵의 행동을 연신 의아하다는 듯 바라보고 있었고, 경묵은 대답 대신 작게 안도의 한숨을 내쉬어 보였다.

"용수면 제면."

말을 마치기가 무섭게, 다시 한 번 손이 저절로 반죽을 향해 뻗어나가기 시작했다.

"이야!"

이윽고 조리대위에 놓인 용수면은 흠 잡을 데 하나 없이 완벽했고, 마치 고고한 자태를 뽐내기라도 하는 듯 자리 잡고 있었다.

　전병우는 감탄을 금치 못한 채 면발을 쓸어내리고 있었고, 경묵은 의기양양한 득의의 미소를 지은 채로 연신 허공에 주먹을 휘두르며 기쁨의 포효를 내지르고 있었다.

　"허허, 완벽하다. 정말 완벽해⋯⋯. 다음 경연에서 바로 선보여도 손색이 없겠구나."

　이로서 전병우는 다시 한 번 경묵에 천재성에 놀랄 수밖에 없었다.

　아무리 재능이 있는 이라고 한들 최소 수년에 걸쳐서야 이뤄낼 수 있는 일을 단번에 이루어낸 것이나 다름이 없었다.

　오늘 하루, 제면 과정을 보여주는 것으로 교습을 마치려고 했었는데 경묵은 단 하루 만에 모든 비법을 녹여내어 자신에게 담아냈다.

　정말이지 온몸에 소름이 일 정도로 대단한 천재성이었다.

　눈앞에 선 아이의 천재성 때문에 자신의 지난 요리인생이 무색하다 느껴지고 부끄러움이 들 정도였다.

　놀란 것은 경묵 역시 마찬가지였다.

저절로 움직이던 경묵의 손이 선보인 움직임은 가히 놀라운 수준이었다.

세심하고 정밀하게 움직이는 근육들을 정확히 느낄 수 있던 덕분에 전에 했던 제면의 문제점을 정확하게 집어낼 수 있었다.

어떤 손길이 면이 지닌 탄력과 힘을 부실하게 만들었는지, 또 어떤 움직임이 부족하여 면이 끊어졌던 것인지, 어디서 어느 정도의 힘을 이용하여 반죽을 주물러야하는지 등 마치 어렸을 적 보던 만화속의 바둑귀신처럼 요리 귀신이 자신의 몸에 강림하여 대신 제면을 마친 것 같은 신비한 기분.

가장 중요한 것은 속도가 조금 더디다하더라도 스킬을 이용하지 않고서 제면을 해낼 수 있을 것 같다는 느낌이었다.

마치 이번 퀘스트가 너무도 정밀하게 자신의 성장에 대한 방향을 제시하고 있다는 사실이 놀랍게만 느껴질 정도였다.

그러나 경묵은 마냥 기뻐하고 있을 수만은 없었다.

용수면을 습득했다는 기쁨이야 하늘을 찔렀지만, 제한시간이 있을 것이란 추측 때문에 마음이 편치 않았다.

지금도 1초, 1초 흘러가고 있을 시간 탓에 마음이 초조해진 경묵은 곧장 퀘스트 창을 열어 다음 퀘스트를 살펴보기 시작했다.

드디어 대망의 마지막 퀘스트인 만큼, 긴장이 되는 한편 보상에 대한 기대도 크게 한 입 머금은 채였다.

'퀘스트!'

*

[퀘스트 내용]

스승의 은혜: 3/3 (연계 퀘스트)

발동 조건1. 강화사 직업군이어야 합니다. – 충족

발동 조건2. 계약된 정령이 있어야 합니다. – 충족

발동 조건3. 생명이 다해가는 전수자와 조우해야 합니다. – 충족

발동 조건4. 전수받을 비기에 대해 보거나, 듣거나, 만져보는 등 직접적인 경험을 해 보아야 합니다. – 충족

발동 조건5. 첫 번째 연계 퀘스트를 완료해야 합니다.

발동 조건6. 두 번째 연계 퀘스트를 완료해야 합니다.

본 퀘스트는 총 3단계로 나누어진 '연계퀘스트' 입니다.

단계 별 조건을 달성하면 다음 단계로 자동진행 되며, 각 단계의 조건을 충족 시 개별적인 보상이 지급됩니다.

*스승의 가르침에 대한 은혜를 갚기 위해 '마정강화

석'을 이용한 강화를 통해 스승을 강화해야 합니다.

강화 성공 시 스승의 건강과 젊음을 일부 되찾을 수 있습니다.

※ 주의! 마정석 만으로는 대상의 치료와 회춘이 불가능한 상태입니다. (사용가능횟수 초과)

난이도 등급 ; 상급

퀘스트 유형   : 강화

보상 : 5000GEM, 새로운 상태 창 개방

*

마정강화석?

생전 처음 들어보는 이름의 물건이었지만 마정석과 강화석의 이름을 대충 합쳐놓은 것 같은 이름으로 어느정도 사실을 유추해낼 수 있었다.

'보나마나 두 번째 퀘스트의 보상이 힌트인거겠지.'

우선, 다행인 사실은 제한시간이 없다는 것과 실패에 대한 패널티가 사라졌다는 것.

두 가지 사실만으로도 정말이지 큰 위안을 삼을 수 있었다.

그런데 이제 마음에 걸리는 것은 '강화' 였다.

스승의 건강을 되찾아준다는 것이야 쌍수를 들고 환영할 일이었지만, 그 방법이 강화라는 사실이 마음에 걸리는 것 이었다.

육체강화를 행할 때 찾아오는 극악에 고통에 대해서 이미 잘 알고 있었던 탓이었다.

물론, 보상에 대한 호기심 역시 쉽사리 죽일 수는 없었다.

GEM보다는 '새로운 상태 창 개방'에 더 눈이갔다.

그 말인 즉, 각성의 기능이 여기가 끝이 아니라는 것인데, 어쨌든 경묵은 패널티가 사라진 이번 퀘스트야 말로 가장 중요한 퀘스트라고 생각하고 있었다.

전부터 발동조건에 명시되어있던 생명이 다해가는 스승과 조우해야한다는 구절이 마음에 걸렸던 터였다.

이로서 가르침에 대한 은혜를 갚는 것은 물론이고, 자신 역시 전병우의 기연으로서 곁에 남고 싶은 욕심이 컸다.

'이번 퀘스트는 정말 어떻게든 성공해야하는데……'

경묵은 유심히 주어진 모든 힌트들을 살펴보기 시작했다.

마정석 만으로는 치료와 회춘이 불가능하다는 안내 창과 함께 옆에 기재된 '사용횟수초과'라는 문구로 미루어 보건데, 아마도 전병우는 이미 수차례 마정석을 통해 치료와 회춘을 거듭해온 듯 보였다.

이윽고 경묵이 용수면을 연신 매만지고 있던 전병우에게 조심스레 되물었다.

"스승님, 혹시 마정석을 통해서 건강을 되찾으신 적이 있으십니까?"

"그래, 제자 놈이 몇 번이고 가져다 준 적이 있었지. 처음에는 효력이 뛰어난 듯하더니 그것도 거듭되다보니 효력이 점차 사그라지더구나."

갑작스런 경묵의 질문에 답을 하기야 했다지만, 호기심이 이는 것은 당연한 것이었다.

"그런데 갑작스레 그건 왜 물어보는 게냐?"

"아직 확실치는 않지만……."

그 때, 말을 이어나가던 경묵이 갑작스레 떠오른 의문 탓에 말을 멈추었다.

이내 경묵이 팔짱을 낀 채로 천천히 생각을 정리하기 시작했다.

잠깐? 제자 놈이 마정석을 몇 번이고 사다 주었었다고?

그 말인 즉, 수천만 원에서 수억 원을 호가하는 마정석을 몇 번이고 사다 줄 수 있는 정도로 능력이 뛰어난 제자가 있다는 이야기인데, 불가능한 이야기일 것 같지는 않았다.

전병우의 기보를 이어받았다면 분명 훌륭한 요리사 일 테니까.

어라? 그러고 보니까 용수면을 특기로 삼아 자체적으로 제조한 레시피로 각종 국제대회를 석권했었던 중식세프가 한 명 있었다.

더군다나 그는 마정석 몇 개쯤은 눈감고도 구매할 수 있을 정도의 부와 명예를 손에 거머쥔 스타 셰프이기도 했다.

꿀꺽-

침을 한 번 삼켜 보인 경묵이 조심스레 스승 전병우에게 되물었다.

"죄송합니다만, 스승님 제자분이 혹시 '형대욱 셰프' 입니까?"

"어? 모르고 있었던 게냐? 그래, 족보를 따져보자면 대욱이 놈이 네 사형이지."

"허……."

경묵이 갑작스럽게 알게 된 사실에 다소 충격을 받은 듯, 놀람을 감추지 못한 표정으로 탄식을 금치 못하며 자신의 이마를 어루어 만지자 전병우가 되물었다.

"아니, 그런데 대욱이 놈한테 들은 게 아니라면 마정석 이야기는 어떻게 알고 물은게냐?"

경묵은 그제야 얼굴을 반쯤 가리고있던 두툼한 손을 거두어들이고는 말했다.

"아무래도 제가 가르침에 대한 은혜를 갚아드릴 수 있을 것 같아서 되물었습니다."

퀘스트 내용이 조금 추상적이기는 했다만, 사실상 힌트

는 충분하다고 생각했기에 확신 가득하게 말 해보일 수 있었다.

이번 연계퀘스트의 지난 보상이 하나같이 다음 퀘스트의 진행을 위해 필요한 퍼즐조각처럼 이어져 있었으니, 아마 보상으로 주어진 상급강화석과 마정석을 이용하라는 뜻이 분명해 보였다.

경묵이 망설일 새도 없이 인벤토리에서 곧장 마정석 세 조각과 강화석 세 개를 모두 꺼내보이자 전병우가 놀라 되물었다.

"아니, 그건 마정석 아니냐?"

마정석이 엄청난 가격을 자랑한다는 것은 물론 구하기도 어렵다는 사실은 누구라도 알 수 있는 사실이었는데, 손바닥 반 만한크기의 마정석이 무려 세 개나 들려있었다.

집 한 채내지 두 채가 경묵의 손에 들려있는 것이나 마찬가지이니 놀라지 않을 수 없던 것이다.

이내 전병우가 눈을 껌뻑이며 생각을 정리하고는 천천히 말을 이었다.

"이 놈아, 마음이야 고맙다만 비싼 물건 괜히 버리지 말고 다른데 쓰도록 해라. 나는 이미 '마정석' 으로는 어찌할 수가 없다."

그런 스승의 만류에 경묵은 고갯짓을 한 번 해 보이는

것으로 대답을 대신했다.

전병우는 고개를 한 번 저어보인 경묵을 그저 소리죽여 바라볼 뿐, 더 이상 아무런 말도 잇지 않고 있었다.

경묵의 반대 손에는 정체를 모를 검은 광석이 함께 들려있었는데, 네모반듯하게 잘 제련 된 모습으로 미루어 보건데 딱 보기에도 마정석 못지않게 귀한 물건이라 어림짐작하고 있었다.

이윽고 경묵이 결의가 가득 담긴 표정으로 손에 들린 두 가지 물건을 맞대어 보였고, 경묵의 눈앞에 새로운 상태 창이 나타났다.

[마정강화석 조합을 진행하시겠습니까?]

22. 결성, 드림팀
MODERN FANTASY STORY

각성!
북경각

각성!

22. 결성, 드림팀

북경각

MODERN FANTASY STORY

　양 손에 들려있던 마정석과 강화석이 강하게 진동하기 시작하더니 곧장 합쳐지기 시작했다.

　이윽고 경묵의 손에 들려있던 마정석과 강화석은 모두 사라지고 보랏빛을 머금은 네모 반듯한 광석이 손에 들려 있었다.

　[조합에 성공하셨습니다!]

　'역시.'

　상황이 경묵의 예상대로 흘러가고 있었다.

　연계퀘스트인 만큼 전 단계에서 얻은 보상이 다음단계로 넘어가는 열쇠의 역할을 계속해서 해주고 있었다.

　남은 것은 이제 마정강화석을 통해 전병우를 강화하는

일만 남은 셈이었지만 두 가지 문제가 있었다.

첫 번째는 강화 실패에 대한 점, 그리고 두 번째는 육체 강화시 극악의 고통이 따른다는 점 이었다.

여태껏 이 두 가지 이유 때문에 정혁을 강화하는 것 역시 미뤄오고 있지 않았던가?

성공 시에 따르는 이점이 대단한 것은 사실이라지만, 감수해야 할 문제가 제법 많은 편이었기에 함부로 판단을 내릴 수 없었다.

전병우는 계속해서 상식으로는 이해할 수 없는 일들이 눈앞에 펼쳐진 탓에 이제는 놀랄 힘도 남아있지 않았다.

경묵이 걱정스러운 표정으로 손에 들린 기이한 물건을 바라보고 있자, 전병우가 먼저 입을 뗐다.

"그건 또 뭐냐?"

경묵이 심각한 표정을 지어보이며 조심스레 입을 떼기 시작했다.

"저, 스승님. 그러니까 실은 말입니다……."

경묵에게 이런저런 자초지종을 들은 전병우는 의외로 무던하게 경묵에게 자신이 이해한 상황이 맞는 것인지에 대해 정리하며 묻기 시작했다.

"그러니까, 강화를 하면 내가 건강을 되찾고 조금 회춘을 하게 될 것 같다 이거지? 실패하면 죽을지도 모르는 것은 물론이고, 성공하더라도 과정이 고통스러울지 모르고?"

이윽고 경묵이 떨떠름한 표정으로 고개를 한 번 끄덕여
보였다.

아무리 생각해보더라도 감수해야할 위험이 너무 큰 듯
했다.

앓고 있는 지병이 있기야 하다지만 오늘 내일 하는 신
세는 아니었기에, 눈 딱 감고 질러버리기에도 애매모호한
상황.

경묵이 침착한 목소리로 천천히 말을 이어나가기 시작
했다.

"아무래도 건강이 악화되셨을 때, 지푸라기라도 집는
심정으로 사용하는 것이 좋겠습니다. 스승님 의견은 어떠
십니까?"

이 또한 나쁘지는 않은 의견이었다.

더 이상의 차선책이 없을 만큼 이성적으로 내린 결론이
기도 했고, 굳이 지금 당장 큰 위험을 감수할 만큼 절실한
상황도 아니었거니와, 퀘스트에 제한 시간도 없는 상황이
니 천천히 하더라도 문제 될 것이 없는 상황이었다.

경묵이 그렇게 하는 것으로 마음을 반쯤 굳혔을 때에,
전병우는 걸걸한 목소리로 호탕하게 웃음을 한 번 지어보
이고는 말했다.

"그런 것이라면, 그리고 그 진귀한 물건을 내게 쓰겠다
고 마음먹은 것이라면 지금 당장 하자."

갑작스럽게 들려온 의외의 말에 경묵이 눈을 크게 뜨고는 되물었다.

"지금 당장 말씀이십니까? 하지만……."

"야, 이 놈아! 어쨌든 확률은 반반 아니더냐? 그때가면 확률이 달라지는 것도 아니고 어차피 죽을 운명이었다면 어쩔 수 없는 거겠지. 실은 네 놈에게 용수면의 전수를 마칠 때까지만 살아있는 것이 내 마지막 욕심이라고 생각하고 있었다."

경묵으로서는 전병우가 자신의 죽음이 전수를 마친 뒤에 찾아오기를 염원하면서 까지 자신을 가르치는 것에 대한 열망을 품었는지를 이해할 수 없었다.

가르치는 입장으로서 자신을 바라보는 것이 어찌나 즐거운 것인지를 모르니 이 또한 당연한 노릇이었다.

전병우가 씁쓸한 미소를 한 번 지어보이고는 말을 이었다.

"네 놈이 훨훨 날아다니는 꼴 보기 전까지만 살아있었으면 했었는데, 이제 비늘을 달아준 것은 물론이고 수염까지 멋들어지는 놈으로 골라 달아놓았으니 당장 죽어도 여한이 없다. 그런데 더 살고 싶은 욕심이 없다고 하면 그것도 거짓말일 게야. 비늘도 광내놓고 수염도 달아놨으면 날아다니는 모습을 보고 싶은 게 당연한 노릇 아니겠느냐? 그 마정강화석인지 뭔지, 얼마나 비싼 물건인지 말해

주지 않아도 알 수 있으니 이렇게 말해준 것도 정말 고맙다만……."

전병우가 잠시 말끝을 흐려보이자 정적이 주방 안을 잠식시키던 것도 잠시, 전병우가 다시금 침묵을 깨며 떨리는 목소리로 천천히 말을 이어나가기 시작했다.

"사람 욕심이 끝이 없다더니, 맞는 말인가 보다. 네 놈이 제법 그럴싸한 용이 된 것 같으니 이제는 훨훨 날아다니는 꼴을 보고 싶어 안달이 난다. 오래도 산 늙은이가 이렇게 말하자면 조금 추잡스럽고, 또 우습기도 하겠다만……. 그래도 솔직히 말하자면 네 놈을 보고 있자니 더 살고 싶다. 그러니 내가 다시 한 번 물어보마."

결의에 가득 찬 전병우의 눈동자에는 오만가지 상념이 다 담겨있었다.

"그 진귀한 물건을 오로지 나한테 쓰고 싶은 것이 네 본심이더냐?"

물론 자신의 모든 비법을 전수해주기야 했다지만, 습득한 것은 경묵의 몫이라 생각하고 있었으니 이런 진귀한 물건을 받을 만큼 대단한 가르침이었나 싶은 의구심이 들어 던진 질문이었다.

또한, 그 진귀한 마정강화석을 오롯이 자신에게 쓰겠다는 말을 번복할 수 있는 기회를 주는 것이기도 하였으니 배려이기도 했다.

두 가지 의도를 품은 날카로운 질문 앞에 놓인 경묵은 단 1초의 망설임도 없이 대답해보였다.

"예."

이윽고, 심각한 표정이던 전병우가 다시금 호쾌하게 웃음을 터트렸다.

"내가 사람 보는 눈은 정말 정확하구나."

비록 가족이야 만들지 않아 없다지만 자신의 건강을 위해 고군분투하는 제자가 둘이나 있다는 생각에 웃음이 절로 났다.

밝게 웃는 전병우의 모습을 보고 있자니, 경묵의 입가에도 미소가 절로 떠올랐다.

사실 마지막 퀘스트의 보상 따위야 아무래도 상관없다고 마음먹은 채 마정강화석을 가져다가 팔아도 엄청난 금액에 팔 수 있을 것이 분명했지만, 경묵은 일체 그런 마음을 먹지 않았다.

돈이야 어떻게든 벌 수 있었고, 애초에 돈에 그렇게 욕심이 있었다면 요리가 아니라 던전에서 열심히 사냥을 하고 있었을 테니까.

물론, 오랫동안 지속되온 깊은 사제 지간은 아니었다지만 전병우가 자신의 기연이라는 사실은 절대로 부정할 수 없었다.

말 그대로 스승의 은혜에 보답할 차례였다.

전병우를 하염없이 바라보던 경묵이 입가에 엷은 미소를 지은 채, 나지막한 목소리로 말했다.

"스승님 뜻이 그러시다면, 곧장 시작하도록 하겠습니다."

"그래, 알았다."

전병우가 결의에 찬 목소리로 답해보이자, 깊게 숨을 한 번 내쉬어 보인 경묵이 전병우를 강화하겠다고 마음먹기가 무섭게 눈앞에 새로운 상태 창이 나타났다.

[강화를 진행하시겠습니까? (강화재료 : 마정강화석)]

[Y/N]

이윽고 주방 안에서 강렬한 빛이 솟아나기 시작했다.

그 빛이 어찌나 밝았는지, 가게 안을 모두 밝게 매우는 것은 물론이고 가게 밖에서 보더라도 제대로 마주 보지 못할 정도였다.

이윽고 빛이 가시자마자 간신히 눈을 뜬 경묵의 눈에 가장 먼저 들어온 것은 바닥에 쓰러져있는 전병우였다.

힘없이 바닥에 엎드린듯 쓰러져있는 전병우의 축 늘어진 손을 바라본 경묵의 가슴이 철렁였다.

"스승님! 스승님!"

크게 놀란 경묵이 바닥에 엎드리듯 쓰러져있는 전병우를 흔들며 큰 소리로 불러댔다.

그 때, 일순 전병우의 가슴팍이 살짝 들썩였다.

다행히 아직 숨은 쉬고 있는 듯 보였다.

그리고 그 때 경묵의 눈앞에 상태 창이 연달아 나타나기 시작했다.

띠링! 띵! 띠링! 띵! 띵! 띵!

＊

[강화에 성공하셨습니다!]

[퀘스트에 성공하셨습니다!]

[보상이 지급되었습니다!]

[새로운 기능, '고용' 기능이 개방되었습니다.]

[새로운 상태 창 '고용' 창을 통하여 고용 및 고용취소와 함께 고용된 이들을 관리할 수 있습니다. 고용된 이에게 일부 스킬을 전수해줄 수 있으며, 아이템을 주는 등 용병의 능력을 배가시킬 수 있습니다. 또한, 고용 창을 통해 신뢰도를 확인할 수 있습니다.]

[새로운 칭호를 획득하셨습니다.]

[고용 기능 개방으로, 이계 거상의 이능을 이어받았습니다.]

[이계 거상의 이능을 이어받은 자 칭호 획득.]

＊

경묵은 상태창이 갑작스레 우후죽순처럼 나타났음을 대충 확인하고 나서야 안도의 한숨을 내쉴 수 있었다.

퀘스트를 완료했다는 말과 강화에 성공했다는 말로 미

루어 보건데 전병우의 상태를 걱정하지는 않아도 될 것 같았다.

그 때, 차디찬 주방 바닥에 엎어져있던 전병우가 작게 신음하며 말을 이었다.

"으…… 괜찮다, 괜찮아……. 조금 어지러운 것 뿐이니 잠시 내버려둬라."

"알겠습니다."

착각일 수도 있겠지만, 일순 전병우의 목소리가 조금 더 굵직해진 것 같다는 생각이 들었다.

얼굴을 보지 못해 얼마나 젊어진 것인지는 알 수 없었 지만 강화성공 효과 덕분에 어느 정도 회춘을 한 듯 보였 다.

경묵은 전병우의 괜찮다는 말을 듣고 나서야 눈앞에 나 타난 창을 유심히 살피기 시작했다.

천천히 읽어내리다보니 드는 의문이 이만저만이 아니 었다.

고용 창이라고?

스킬과 아이템을 나누어주고 관리할 수 있다고?

거기다가 이계 거상의 이능을 이어 받았다니?

확인해 볼 것이야 넘쳐난다지만, 경묵은 우선 가장 먼 저 고용 창을 열어 확인을 해 보았다.

*

C급 고용주 : 최대 3명 고용 가능.

신뢰도 80%이상의 인물만 고용 및 상세정보 열람이 가능합니다.

고용 수 : 0

현재 고용 가능한 인물 수 : 3

고용가능 목록

전병우 : 신뢰도 94% (상세정보 열람가능)

이정혁 : 신뢰도 100% (상세정보 열람가능)

최서은 : 신뢰도 100% (상세정보 열람가능)

신순자 : 신뢰도 87% (상세정보 열람가능)

이우 : 신뢰도 84% (상세정보 열람가능)

불가 목록

형대욱 : 신뢰도 79%

남광민 : 신뢰도 79%

…더 보기

*

짐작해 보건데 저 중 3명의 인물을 고용하여 관리하고 능력을 나누어줄 수 있는 듯 했다.

고용가능 목록은 신기하게도 경묵이 친밀한 관계를 유지하고 있는 이들 위주로 정렬되어 있는듯 보였다.

그리고 실제로 경묵에게 고용된 이들이 대거 포함되어 있기도 했다.

그 때, 바닥에 엎어진 채로 연신 신음을 흘리던 전병우가 천천히 몸을 일으켰다.

우선 재빠르게 상태 창을 없애보인 경묵이 일어서는 전병우에게 손을 건넸다.

전병우가 푹 숙이고 있던 고개를 들었을 때, 무심히 전병우의 얼굴을 바라본 경묵은 놀람을 금치 못하고 탄식을 내뱉었다.

"허…. 이럴수가"

"왜 그러느냐?"

말을 뱉은 전병우 역시 힌참 젊어진 목소리에 크게 놀란 듯 자신의 목을 감싸 쥐고는 눈을 연신 깜빡였다.

마정강화석을 이용한 강화의 성공 효과인 것일까?

전병우가 손을 들어 올려 자신의 양 뺨을 어루만져 보았다.

얼굴 위에 자글자글하던 주름이 남김없이 사라져있음은 물론이었고, 손을 바라보았을 때도 마찬가지였다.

손등 위로 내려앉아있던 세월은 온데간데없이 사라져 있었고, 평상시에도 살살 쓰려오던 속이 무슨 일이라도 있었냐고 되묻는 듯 아무렇지도 않았다.

이제, 강화에 성공한 전병우의 나이를 아무리 많게 잡아봤자 40대 중반 이상으로는 보이지 않았다.

어안이 벙벙해진 듯 제 자리에 앉아 눈만 깜빡이던 전

병우가 황급히 몸을 일으켰다.

조리대를 짚고 일어선 후, 곧장 걸음을 옮기지는 못하고 숨을 길게 한 번 내쉬었다.

"후……."

경묵이 자신에게 진귀한 물건을 가져다대고, 물건이 빛을 뿜어내기 시작한 순간, 정말이지 '억' 하고 비명 한 번 내지를 새도 없이 극악의 고통이 갑작스레 밀려들었다.

굳이 설명하자면, 마치 몸속이 타들어가는 것 같은 기분이었다.

가슴 언저리에서 시작되었던 고통이 점점 몸 곳곳으로 퍼져나갔고, 나중에는 손 끝, 발 끝도 예외가 되지 못했다.

그렇게 갑작스레 찾아든 고통이 어찌나 거셌는지 바닥을 기는 것은 당연지사, '차라리 죽는 게 더 낫겠구나' 하고 여길 정도였다.

지금이야 우스운 이야기라지만, 한쪽 뺨이 주방바닥의 거칠거칠한 타일에 닿는 순간에는 드디어 죽는 거구나 싶은 생각에 안도감을 느꼈었다.

죽음 앞에 섰던 것은 맞는 것 같은데, 아쉽게도 그런 건 없었다.

살아온 날들이 주마등처럼 스쳐지나간다거나 그런 거?

뭐, 그런 거야 그냥 집어 치우고, 어쨌든 살아있는 입장에서 생각을 해보자면, 일단 중요한 건 자신의 과거회상 기능이 고장이 난 것인가가 아니라 거울에 비치고 있는 자신의 모습이었다.

"참, 이게 말이나 되는 일인가……?"

거울 속 자신을 바라보던 전병우가 믿기지 않는다는 듯 중얼거렸다.

그러나 입가에 걸려있는 미소에는 만족이 가득 담겨있었다.

아무리 많게 잡아봐야 사십대 초 중반으로 밖에는 보이지 않는 얼굴이며, 나이를 먹으며 자연스레 외소 해졌었던 몸집마저 원래대로 돌아와 있었다.

그래. 그냥 쉽게 말해서 딱 40대 초반 시절의 몸으로 돌아온 듯 보였다.

물론 놀란 것은 단연 전병우만이 아니었다. 지금 이 기적적인 회춘을 이끌어낸 장본인, 경묵 역시 믿기지 않는다는 듯 말해보았다.

"허, 어디 가서 제 형님이라고 해도 믿겠습니다."

"경묵아, 네 놈 원래 이런 기이한 능력도 지니고 있던 것이냐?"

회춘이라니?

행여나 추접스러워 보이지 않을까, 좀처럼 꿔본 적도 없던 꿈이었다.

'이능'에 대해 보고 들었던 바라면 적지 않았지만, 손에서 불을 뿜어대고, 멋들어지게 칼을 휘둘러 괴물을 쓰러트리는 기술이 아니라 회춘을 시키는 능력이라니?

들어본 적은 물론이고 본 적도 없는 '이능'이었다.

이런 와중에도 경묵은 전병우의 몸 상태가 걱정되는 것인지, 몹시 걱정스러운 듯 물었다.

"스승님, 몸은 조금 어떠십니까?"

"응? 몸?"

경묵의 말에 정신을 차린 전병우가 대답 대신 제 자리에서 뜀박질을 한 번 해보이고는, 허공에 주먹을 휘둘러보기도 했고, 양 팔을 빙빙 돌려대며 몸을 풀 듯 스트레칭을 해보이기도 했다.

노화의 산물은 온데간데없이 사라져있었다.

예를 들자면 살살 아려오던 무릎 관절부터 시작해서 틈만 나면 저릿저릿하던 허리며 시도 때도 없이 시큼하고 따끔거리는 가슴팍까지.

"허허! 귀신이 곡할 노릇일세, 온 몸이 날아갈 듯 가볍구나."

"어디 편찮으신 곳은 혹시 없으십니까?"

"그래. 없다, 없어. 꼭, 꿈을 꾸고 있는 것 같다. 참으로 희한한 노릇이야, 내가 너한테 이 은혜를 어찌 갚아야 할지……"

전병우의 말에 경묵이 세차게 손사래를 쳐 보이며 답했다.

"아니, 스승님 은혜라니요. 무슨 말씀을 그리 하신 답니까? 제가 진 빚을 갚은 것뿐이니 걱정은 일체 하지 마십시오."

"요 놈, 요거. 빚은 무슨, 내가 너에게 제면 기술을 알려주려 하기야 했었다만 이렇게나 금방 너의 것으로 만든 것은 오롯이 너의 몫이 아니더냐?"

경묵은 입가에 미소를 머금은 채 고갯짓을 한 번 해보이고는 답했다.

"아닙니다! 말씀하신대로 빨리 배운 것이야 제 운일지 모르지만, 어쨌든 알려주신 덕분에 배울 수 있었던 것 아니겠습니까? 그러니까, 섭섭하게 은혜니 어쩌니 하지는 않아주셨으면 좋겠습니다."

경묵이 말을 마치자마자, 전병우의 두툼한 손이 경묵의 어깨 위에 올랐다.

그리고 전병우의 두툼한 손이 경묵의 어깨 위에 닿기가 무섭게 경묵의 눈앞에 상태 창 하나가 새로이 나타났다.

띵-!

[알림 – 전병우의 신뢰도가 100%가 되었습니다.]

'음…….'

아무래도 신뢰도가 100%가 되면 이렇게 일일이 알림을 해주는 모양이었다.

방금 전 고용 창을 통해 확인했던 전병우의 신뢰도가 94%였다.

오르기야 6%나 오른 것이기는 한데, 사실 신뢰도에 따라 어떤 차이가 있는지에 대해서는 아직 하나도 모르니 조금 무던하게 느껴지는 것이 사실이었다.

어쨌든, 기분이 썩 나쁘거나 하지는 않았다.

일단 누가 나를 100%신뢰한다는데, 기분 나쁠 사람이 어디에 있겠냐 이거지.

더군다나 신뢰도에 대해서만큼은 의심의 여지가 하나도 없었다.

감동의 파도가 몰아친 덕분인지 세차게 흔들리고 있는 스승의 눈동자를 보고 있자니, 확신이 생겨버린 것이다.

"이 놈아, 일 없으면 오늘은 이만 들어간다."

"예?"

그제야 시간을 한 번 확인해보려 핸드폰을 꺼내든 경묵의 표정에 놀람이 떠올랐다.

기껏해야 12시나 조금 지났을 것이라 예상한 것에 반해 너무 많은 시간이 지나있었다.

"아, 시간이 벌써 이렇게……."

정말 시간가는 줄 모르고 몰입해 있던 터라 지금 시간

을 보고 있자니 헛웃음이 나올 지경이었다.

비록 두 세 시간 후면 다시금 하루를 시작해야 한다지만, 기분 하나만큼은 끝내주게 좋았다.

[수타면 제면]은 물론 [용수면 제면]스킬에, 새로이 얻게 된 능력 '고용' 창, 그리고 아직 효과는 확인해보지 못했다지만 새로운 칭호까지 얻게 되었으니 기분이 좋을 수밖에 없는 일이었다.

물론 경묵에게만 해당되는 이야기가 아니었다.

먼저 주방 밖으로 나섰던 전병우 역시 제법 들뜬 듯 뵈는 목소리로 물었다.

"혹시 내일 저녁 중으로 시간이 되겠느냐?"

"내일 저녁 말씀이십니까?"

경묵이 혹시나 선약이 있는 것은 아닌지 곰곰이 떠올려보고 있던 때에, 전병우가 장난기가득 섞인 목소리로 호통을 치듯 되물었다.

"왜? 배울 것 다 배웠으니 이제 감흥이 조금 떨어지는게냐?"

경묵은 벌써 이런 화법에 대해 내성이 조금 생긴 것인지, 전혀 아랑곳하지 않고 능숙하게 주방 불을 끄는 등, 갈 준비를 해 보이며 능청스럽게 대답을 해보였다.

"참, 또 말씀을 왜 그렇게 하신 답니까? 내일 저녁에 뵙는 걸로 알고있겠습니다."

"그래? 알았다."

말을 마친 전병우가 갑작스레 빠르게 걸음을 옮겨대자, 아직 주방 안에 있던 경묵이 황급히 뛰어나오며 전병우에게 외치듯 말했다.

"아니, 스승님! 어딜 그렇게 급하게 가세요? 같이 좀 갑시다!"

"어디 가는 줄도 모르면서 뭘 같이 가자는 게야?"

"것, 참 야박하시기는. 자꾸 그렇게 모질게 대하실 겁니까?"

앞서 걷던 전병우의 입 꼬리가 어찌나 치솟은 것인지 뒤 돌아 서 있었음에도 불구하고, 그의 입가에 짙은 미소가 걸려있음이 명백히 드러났다.

❁

샤워를 마치고 침대 끄트머리에 걸터앉은 경묵이 자신의 손을 뚫어져라 한 번 바라보았다.

경묵은 이번 일을 계기로 강화사라는 직업군의 힘을 다시금 깨 닫을 수 있었다.

만약 강화사 직업군만이 습득할 수 있는 스킬 [뭐든지 강화]가 아니었다면, 그 진귀하기 짝이 없는 마정강화석 조차도 제 힘을 제대로 쓰지 못하는 것이나 마찬가지였다.

'마정강화석.'

그 값어치는 물론이고, 효과 역시 가히 엄청나다고 할 수 있을 정도였지만, 정작 경묵은 마정강화석 역시 많고 많은 강화 촉매 중 하나일 것이라고 예상하고 있었다.

분명히 더욱 더 엄청난 효력을 내보일 수 있는 강화 촉매가 있을 것이라는 확신이 있었다.

그도 그럴 것이, 마정석과 함께 조합 재료로써 쓰인 '상급강화석'은 상점에서도 판매하는 일반적인 아이템이다.

아직 경묵이 모르는 무언가가 잔뜩 쌓여 있을 것이 분명했다.

새로운 조합공식, 새로운 조합 재료며, 더욱 더 엄청난 효과의 강화 촉매, 뿐만 아니라 아마 강화와 관련된 스킬들도 한 가득 쌓여있을 것이 분명했다.

"에휴, 갈 길이 멀었구나."

이윽고 경묵은 수건으로 머리칼이 머금은 물기를 연신 털어내기 시작했다.

강행된 하루 일과 탓에 지친 몸이 샤워까지 마치고 나니 정말 피곤하기 그지없었다.

발바닥이 녹아내리는 것 같은 기분과 덩달아, 바람이 살랑일 때마다 피부 위에 남은 물기 탓에 더욱 더 바람이 시원하게만 느껴졌다.

마음 같아서는 당장이라도 쓰러져 잠들고 싶었지만, 아직 해야 할 일이 몇 가지 남아있었다.

우선 첫 번째는 새로이 얻은 칭호 '이계 거상의 이능을 이어받은 자'의 효과를 확인해보는 것.

그리고 두 번째는 새롭게 개방 된 기능, '고용' 기능에 대해서 알아보는 것 이었다.

"후아……."

경묵은 한숨을 한 번 내쉬고는 머리의 물기를 털던 수건을 대충 방 한 구석에 던져 놓았다.

우선 '고용' 기능에 대해서 먼저 알아보기로 마음먹었다.

정확하지는 않다지만 이번 연계퀘스트의 의도를 조금이나마 알 수 있을 것 같았다.

'고용.'

작게 읊조리기가 무섭게, 경묵의 눈앞에 고용창이 나타났다.

띵-

*

C급 고용주 : 최대 3명 고용 가능.

신뢰도 80%이상의 인물만 고용 및 상세정보 열람이 가능합니다.

고용 수 : 0

현재 고용 가능한 인물 수 : 3

고용가능 목록

전병우 : 신뢰도 100% (상세정보 열람가능)

최정혁 : 신뢰도 100% (상세정보 열람가능)

최서은 : 신뢰도 100% (상세정보 열람가능)

신순자 : 신뢰도 87% (상세정보 열람가능)

이우 : 신뢰도 84% (상세정보 열람가능)

불가 목록

형대욱 : 신뢰도 79%

남광민 : 신뢰도 79%

…더 보기

*

고용 창을 다시 한 번 훑어보는 것만으로도 몇 가지 사실들을 추려낼 수 있었다.

우선 지금의 등급이 'C급 고용주'이기 때문에 최대 3명을 고용할 수 있다는 사실.

기본적으로 신뢰도가 80% 이상은 되어야 고용이 가능하다는 사실과 더불어, 상세 정보 열람이 가능하다는 사실까지.

그런데 '고용' 기능이 고용주에게 주는 이점에 대해서는 알 도리가 없었다.

그냥 단순히 능력을 조금 나눠줄 수 있다는 게 이점인 건가?

그런 거라면 메리트가 조금 떨어지는 것 같은데…….

그렇게 생각하는 게 무리도 아닌 것이, 다른 이도 아니고 정혁 정도 되는 인물이라면 아무런 거리낌 없이 능력을 나누어주고 기뻐할 수 있겠다만, 적어도 맘 편히 사용할 수 있는 능력은 아니라는 생각이 들었다.

그렇게 유용한 기능은 아닌 것인가 싶은 실망감에 한참 동안 심각한 표정으로 고용 창을 바라보던 경묵이 입가에 미소를 한 번 지어보였다.

백문이 불여일견이라는 말이 있으니, 우선 정혁을 고용해보려 마음먹은 것이었다.

분명 숨겨진 기능이 있을 것이라 짐작한 채로 나지막하게 말했다.

"고용, 최정혁."

말을 마치기가 무섭게 눈앞에 상태창이 나타나기 시작했다.

띵-

[최정혁을 고용하였습니다.]

[최대 두 명 더 고용이 가능합니다.]

고용하겠다고 말 한마디 툭 던진 게 다였음에도 불구하고 눈앞에 곧장 고용이 완료되었다는 상태창이 나타났다.

역시 갑의 입장에서 산다는 것이 참 마음 편하고 속 시원한 일이기는 한 듯 했다.

이제 고용 기능에 대해 자세히 살펴보려 마음먹은 경묵이 다시금 고용 창을 열어 살펴보려던 찰나, 다시금 상태창 하나가 눈앞에 나타났다.

띵-!

*

최정혁 - 고용완료

직급 : 없음

신뢰도 : 100%

충성심 : 93%

스킬보유 갯수 : 0

조리 : 41

현재 상태 : 수면중, 행복

충성심 효과 : 언제든 지시를 내릴 수 있습니다.

신뢰도 효과 : 고용주의 결정을 절대적으로 따릅니다.

*

아니 조리 능력치가 무슨 41이나 된단 말이야?

하기야, 정혁의 요리 경력이 10년 남짓인 점을 감안해 본다면 무리도 아니었다.

그래, 그건 그렇다 치더라도 현재 상태까지 알 수 있는 건 사생활 침해 아닌가?

면밀하게 나타는 것은 아니더라도, 적어도 수면을 취하는 중인지 아닌지 또는 대략적인 현재의 감정이 나타나는 듯 보였다.

어라, 잠깐?

스킬을 전수해 줄 수 있고, 아이템을 나누어 줄 수 있다?

이거 잘만 사용한다면 정혁이형도 각성자를 훨씬 뛰어넘는 조리능력치를 가질 수 있게 될지 모르겠는데?

이윽고 경묵의 입가에 득의의 미소가 선명히 떠올랐다.

물론 아직까지는 이론을 구상하는 단계일 뿐이었지만, 불가능할 것 같지는 않았다.

그도 그럴 것이 지금 현재 경묵이 조리도구 및 조리복을 통해서만 보정 받고 있는 조리 능력치의 총합이 16이다.

그러니 다른 웬만한 동네 식당 요리사들의 조리능력치 총합과 맞먹는 실정이었다.

결국엔 노력으로 거둔 실력 못지않게 '템빨'도 중요하다, 이 말씀인데…….

우선 경묵은 자신의 손에 쥐어진 카드들을 하나씩 천천히 확인해보기 시작했다.

정혁의 요리 실력을 끌어올려줄 수 있는 카드들.

우선 첫 번째 패를 확인해보자면 고용 기능을 통한 아이템 수여가 있다.

자, 잘 생각을 해보면 이번 연계 퀘스트가 끝남과 동시에 이 '고용' 기능을 개방할 수 있었다.

그리고 퀘스트 완료 보상으로 총 11000GEM을 받았는데, 그 중 용수면 제면 스킬 북을 구입하는 데에 3000GEM을 사용했으니 지금 결론적으로 수중에 남은 GEM은 총 8000GEM 이었다.

연계 퀘스트의 보상이 다음 퀘스트 해결의 열쇠가 되었던 점을 감안해 본다면, 절대 그냥 준 것은 아닐 것이라는 게 경묵의 예상이었다.

조금 확대해서 해석을 해보자면, 8000GEM으로 한번 고용 기능의 힘을 느껴보라는 것인가 싶기도 했다.

어쨌든 오롯이 모든 GEM을 고용 기능을 통해 정혁에게 나누어주지는 않더라도, 최대한 여럿에게 유익한 방향으로 사용을 해볼 생각이었다.

자, 그 다음 두 번째 패를 확인해보자면 고용 기능을 통한 스킬 전수가 있었다.

무릇 대단한 전투계열 스킬들은 아니다 하더라도, [조리가속]이나 [완벽한 조리법] 또한, [형형색색조리]나 [매혹의 플레이팅]등 조리와 관련된 스킬들은 왠지 쉽게 전수할 수 있지 않을까 하는 추측을 하고 있었다.

물론, 단순 추측일 뿐이었고 확실한 조사가 필요한 부분이었다.

고용기능에 대해서는 들었던 바도 없었고, 본 바도 없었기에 추측조차 쉽게 할 수 없는 상황이었다.

그 다음 마지막으로 세 번째 패를 한 번 확인해볼 차례.

세 번째 패는 가장 강력한 힘을 지닌 카드이자 가장 큰 위험 부담이 따르는 카드인 '육체 강화'였다.

물론 크나큰 고통과 위험이 따른다지만, 겪을만한 가치가 충분히 있는 선택지처럼 느껴지기도 했다.

그렇기야 하다지만…….

꿀꺽-

다시 한 번 그때 느꼈던 고통을 되새겨보는 것만으로도 입안에 잔뜩 고여 버린 침을 한 번 삼켜냈다.

상상하는 것만으로도 온몸에 털이 곤두서고 정신이 아득해지는 것 같았다.

정말이지 두 번 다시는 겪고 싶지 않은 고통이었다.

하지만 입에 쓴 약이 몸에 좋다는 사실 하나 만큼은 불변의 진리인 듯 했다.

물론 중요한 것은 그 입에 쓰다는 약을 먹을 사람이 그 쓴맛을 감내할 만큼의 의지가 있는가 하는 것이 관건이었다.

이는 정혁과 한 번 상의를 해보아야 할 문제였다.

어쨌든 경묵의 손에 쥐여진 3장의 패.

변수가 있는 것이야 사실이다 보니, 로얄 스트레이트

플러쉬는 못되더라도 그냥 스트레이트 플러쉬 정도는 될 수 있을 것 같은 패였다.

확정된 승리는 아니었다지만, 패배를 점치기에는 무리가 있는 패.

정상급 셰프 중 각성자들도 있다지만, 어쨌든 아직까지 수 적 우위를 점하는 것은 비각성자들이다.

그리고 정혁이라고해서 그 반열에 오르지 못하리라는 법이 없었다.

더군다나 경묵은 만약 자신이 도울 수 있는 것이 있다면 어떻게든 백방으로 도울 생각이었다.

털썩-

이윽고 침대에 드러누운 경묵이 하품을 한 번 해보였다.

마음 같아서는 이미 백 번도 더 잠들었겠지만, 아직 해야 할 일이 하나 남은 상황.

경묵이 입가에 기대 어린 미소를 지은 채로 나지막이 말했다.

이름 하나만큼은 거창하기 짝이 없는 새로얻은 호칭 '이계 거상의 이능' 을 확인해 볼 차례였다.

"상태."

경묵이 말을 마치기가 무섭게 이제 제법은 각성자다운 면모를 드러내는 상태창 하나가 눈앞에 나타났다.

*

이름 : 임경묵 (+2)

레벨 : 10 (EXP:14.53%)

칭호 : 진정한 강화사의 힘

(강화 성공확률 15%상승)

(강화 성공시 10% 확률로 강화석 소모 없음.)

이계 거상의 이능을 이어받은 자 (일부 개방)

리더십 + 10 교섭 능력 + 10)

(거상의 언변 : 같은 말을 하더라도 그럴싸하게 할 수 있습니다.)

(완전 개방 시 히든 스킬 습득가능 : 고용주 등급A 달성 시)

독서광 (지력 +3 지혜 +3)

공격력 : +9 (+1)

마력 : +33 (+24)

HP : 205 (+50)

MP : 620 (+460)

근력 : 20

지력 : 23 (+7)

민첩 : 18

지혜 : 21 (+7)

특수 능력치

조리 : 47

*

우선 비약적으로 상승한 능력치에서 한 번 놀랐고, 어느새 정혁을 앞질러버린 조리 능력치에 또 한 번 놀랐다.

자신 역시 정혁의 조리 능력치 41을 보고 놀랐던 것이 무색할 만큼의 엄청난 발전을 이룩해낸 상태였다.

가끔 조리중 레벨이 올랐음을 알리는 상태 창이 나타날 때면 대수롭지 않게 여기고 모든 포인트를 조리에 몰아넣고 있었던지라 현재의 발전 척도를 제대로 가늠하지 못하고 있었다.

여기에 조리복과 조리도구로 받을 수 있는 조리능력치 16까지 합하게 된다면?

무려 63에 이르는 어마 무시한 조리 능력치를 손에 넣게 되는 셈이었다.

'역시 각성의 힘이 대단하기는 하구나……'

조리 능력치가 어느 정도 선에 이르고 나면 다른 능력치에도 슬슬 투자를 해야겠다고 마음먹은 상태였는데, 이제 그런 날도 얼마 남지 않은 듯 보였다.

더군다나 불의 힘을 얻게 된 덕분에 요리를 하는 것만으로도 자연스레 경험치를 올릴 수 있게 되었고, 그 덕분에 각성자 레벨 역시 어느덧 10에 이르렀다.

물론, 화동 역시 장족의 발전을 이룩하여 레벨9에 이르렀지만, 별다른 변화는 없었다.

크기가 조금 더 커졌다는 것과 불러냈을 때 말이 조금 더 많아진 정도?

'어쨌든 레벨 10이면 슬슬 중급 라이센스를 발급 받아야겠는데……'

물론, 급한 일은 아니었다지만 라이센스의 등급이 높아질수록 주어지는 혜택이 높아지기 때문에 이 또한 근시일 내로 해결해야할 일이기는 했다.

뭐 엄청난 혜택은 아니더라도, 납세의 의무가 조금 줄어들고 대출 가능 금액이 조금 더 높아지는 정도?

뭐 대부분이 당장 필요한 혜택은 아니라지만, 제법 구미가 당기는 가장 큰 혜택은 아무래도 '중급' 등급의 정보 공유 게시판의 열람이 가능하다는 사실인 듯 했다.

어쨌든 상태 창을 보고 있자니 속이 간질간질하고 입가에 웃음이 절로 지어졌다.

남들처럼 던전에서 목숨을 걸고 열을 올려대며 괴수들을 쓰러트리지 않아도 각성자 레벨을 올릴 수 있다는 사실 하나 만큼은 엄청난 자랑거리인 듯 했다.

더군다나 이제는 제법 각성자 다운 면모를 보이고 있는 칭호 부분을 보고 있자니 웃음이 절로 날 수밖에 없었다.

아직까지는 새로이 얻은 칭호가 그 거창해 보이는 이름

만큼이나 실속이 있는 것인지는 아직 모를 노릇이었다.

리더십? 교섭 능력? 두 가지의 애매모호한 능력치들의 상승 아래로 기재되어있는 문구 한 줄.

'거상의 언변 : 같은 말을 하더라도 그럴싸하게 할 수 있습니다.'

새내기 사업가인지라 잘 모르긴 몰라도 사업가로서 지녀야 할 덕목 중 하나가 이런 과대포장능력과 교섭 능력 아닐까?

그래, 강동 육주를 말 몇 마디로 털어낼 정도 화술을 겸비하고 있다면 2015년에서 사업가로 살아남기란 아무것도 아니겠지.

뭐 이게 거능이라는 작자가 서희보다 더 대단한 언변을 지녔는지는 모를 노릇이다만, 어쨌든 지금 상황에 있어서만큼은 한없이 실용적일 것 같다는 느낌만큼은 배재할 수 없는 칭호임이 분명했다.

더군다나 부가적으로 기재된 설명으로 미루어 보자면 아직 완전 발현된 능력도 아니라는 듯 보였는데, 그 점이 더욱 세차게 가슴을 두근거리게 했다.

설명 자체가 애매모호하기야 했지만, 지금까지의 경험으로 미루어보면 뛰어난 효과를 내는 능력일수록 그 설명이 애매모호한 경우가 태반이었다.

그 때였다.

꼬르르륵—

야심한 시간 갑작스레 배꼽시계가 울리자, 거울 앞에
선 경묵이 자신의 눈을 뚫어져라 쳐다보았다.

'어디 한 번 교섭 능력을 실험해볼까?'

경묵이 벽면에 걸려있는 전신거울 앞에 서서는 입가에
미소를 한 번 지어보였다.

갑작스레 찾아온 야식을 먹을까 말까 하는 크나큰 내적
갈등.

과연 자기 자신을 설득하는 것만큼이나 힘든 설득이 있
을까?

칭호를 통해 얻게 된 언변이 처음으로 빛을 발할 시간
이었다.

❀

다음 날 영업이 거의 끝나갈 무렵, 푸드 트럭 주방 칸
위에서 정혁은 열심히 짬뽕을 볶아대고 있었고, 경묵은
퉁퉁 부은 얼굴로 탕수육을 튀겨내고 있었다.

팬 위에 담긴 식재료들을 능숙하게 볶아대던 정혁이 살
짝 고개를 돌려 경묵을 바라보며 물었다.

"야, 너 근데 얼굴이 왜 그렇게 부었냐? 아직도 붓기가
안 빠졌네."

경묵은 눈길한번 주지 않고 무미건조한 목소리로 답했다.

"아, 다름이 아니라 어제 강동 육주를 말 몇 마디만으로 손에 넣을 수 있을법한 대단한 화술을 얻었거든요."

"무슨 개소리야?"

정혁은 익살스러운 말투로 되물으며 손에 살짝 묻어있던 물기를 기름이 담겨있는 팬 위에 튕겨냈다.

치지직-!

가열된 기름에 물이 닿기가 무섭게 불협화음을 내며 튀기 시작했다.

경묵은 갑작스레 튀어 오르는 기름에 당황한 듯 황급히 두 걸음정도 빠르게 뒷걸음질을 쳐보였다.

그리고는 고개를 설레설레 저어보이며 정혁에게 말했다.

"아, 형님. 애도 아니고 무슨 이런 장난을 치십니까?"

정혁은 여전히 장난스러운 태도로 어깨를 한 번 들썩여보이고는 말했다.

"불만이면 너도 해라?"

"오케이, 접수 완료입니다. 형 탕수육 튀길 때 한 번 봐요, 어디."

"어? 선전포고 하는 거 맞지?"

정혁이 말을 마치기가 무섭게 다시금 기름위에 물기를 튕겨 냈다.

치지직!

"아 정말! 자꾸 이러실 거에요?!"

경묵이 다시금 황급하게 몇 발자국 물러서며 정혁에게 소리치듯 되물었다.

비록 목소리에는 짜증이 가득 담겨있었다지만, 얼굴에는 웃음기가 가득했다.

"알았어. 알았어. 그런데 강동 육주 하는 헛소리는 대체 무슨 말이냐?"

"아니, 아니. 다른 게 아니라 어제 족발 시켜먹고 잤어요."

이윽고 정혁이 이죽거리는 투로 천천히 말을 이어나가기 시작했다.

"오호라, 혼자 그렇게 몰래 맛있는 걸 먹고 자서 얼굴이 그렇게 퉁퉁 부었구나. 욕심이 가득 찼네, 얼굴 위로 욕심이 가득 찼어."

"어휴…… 형님. 자나 깨나 형님 생각만 하는 아우의 깊은 뜻을 헤아려주시는 날이 언젠가 오기는 할까요?"

그 때였다.

주방 칸 아래에서 열심히 음식을 나르던 서은이 선반에 몸을 기댄 채, 주방 칸을 올려다보며 말했다.

"어? 두 사람 일 안하고 뭐해요? 장난이나 치고 말이에요."

"아, 예. 사모님, 죄송합니다."

정혁은 잔뜩 비아냥거리는 투로 대답을 해보이고는 짬뽕을 볶아대기 시작했다.

사모님이라는 말에 서은보다 경묵이 괜스레 당황해서 허둥대기 시작했고, 그런 경묵을 바라보던 서은은 웃음을 한 번 지어보이고는 정혁에게 말했다.

"아니, 다름이 아니라 정혁씨 손님이 찾아왔는데요?"

"에? 내 손님? 올 사람이 없는데?"

정혁에 대답에 서은은 어깨를 한 번 들썩여보이고는 엄지손가락으로 등 뒤를 가리켰다.

이윽고 손이 가리키는 방향을 향해 정혁의 시선이 움직였고, 손님의 정체를 확인한 정혁의 표정이 싸늘하게 굳었다.

정혁을 찾아온 손님은 무테 안경을 낀 정혁 또래 정도 되어보이는 젊은 남자였다.

이윽고 그가 주방 칸을 향해 다가서며 말했다.

"이야, 최정혁이 뭐야? 도둑질하고 가게 나가서 잘지내나 했더니 겨우 낡아 빠진 트럭에서 이러고 있는 거였어?"

만약 기분 나쁘게 하려는 게 남자의 의도였다면, 제대로 성공적이라 할 수 있었다.

정혁은 물론이고 경묵과 서은까지 일제히 남자를 쏘아보기 시작했다.

짐짓 당황한 것인지 남자는 목에 맨 넥타이를 살살 추스르며 헛기침을 해보였다.

"큼, 흠…… 큼……."

이내 정혁의 입 끝이 파르르 떨리는 것이 보였다.

이윽고 숨을 한 번 내쉰 정혁이 애써 웃음을 지어보이며 찾아온 손님에게 말했다.

"네가 여긴 무슨 일이냐?"

"뭘 무슨 일이야, 짬뽕이나 한 그릇 줘봐라. 얼마나 늘었는지 맛 좀 봐줄게."

화기애애하기 그지없던 푸드트럭에 때 아닌 정적이 찾아왔다.

남자의 정체는 수년 전, 당시의 대한민국 3대 중국집이던 '화룡각'에서 이제야 조금씩 실력을 인정받기 시작한 정혁을 좀도둑으로 몰아 가게를 떠나게끔 만든 장본인 '조두현'이었다.

조두현은 비릿한 미소를 한 번 흘려보이고는 주방 칸 가까이에 있는 빈자리를 골라잡아 앉았다.

정혁은 제 자리에서 고개를 숙인 채 말없이 서있었는데, 잔뜩 힘이 실린 주먹이 부르르 떨리고 있었다.

경묵은 재빨리 고용 창을 통해 정혁의 상세 상태를 확인했다.

띵–

*

최정혁 – 고용완료

직급 : 없음

신뢰도 : 100%

충성심 : 93%

스킬보유 갯수 : 0

조리 : 41

현재 상태 : 활동 중, 분노

충성심 효과 : 언제든 지시를 내릴 수 있습니다.

신뢰도 효과 : 고용주의 결정을 절대적으로 따릅니다.

*

아니나 다를까, 고용 상태 란은 사생활 침해 명목으로 고소당하기에 딱이었다.

현재 감정이 적나라하게 기재되어 있었다.

어디로 보더라도 고용한 사람들의 눈치를 살피기에는 딱인 기능이었다.

"형, 저 사람 누구에요?"

"지독한 악연."

"무슨 일 있었어요?"

"무슨 일? 있었지. 그래. 있었지, 무슨 일."

경묵 역시 안좋은 일로 그만두었다는 이야기만 들었을 뿐, 어떤 사정이 있었는지에 대해서는 좀처럼 들을 수가 없었다.

조두현은 연신 자신의 손톱을 정리하듯 내려다보며 비
아냥거리는 투로 말을 이었다.

"정혁아 진짜 너는 화룡각의 수치다. 광민이 형님은 화
룡각에서 출타하신 후로 세계적인 셰프가 되셨고, 필상이
형도 '연래춘' 차리신 후로 승승장구 하고 계시는데, 너
는 지금 뭐하냐? 뭐? 트럭? 동기들 중에 너보다 못나가는
애들 하나도 없다. 진짜로."

남광민 셰프?

참가자 정필상?

갑작스럽게 거론된 거물급의 요리사들 탓에, 경묵은 물
론이고 정혁의 표정마저 격하게 요동쳤다.

'그때 우렁각시 광민이 형님이 지금 오너셰프 코리아의
심사위원 남광민 셰프라고?'

경묵을 통해서라면 남광민 셰프와 만나는 것이 어려운
일이 아니다.

힘들 때마다 떠올리던 소중한 추억 속 인물이 이리도
근처에 있었다는 사실에 새삼 미소가 지어졌다.

이윽고 정혁이 남광민에 대한 반가움을 숨기지 못하고
밝게 웃어 보이며 조두현에게 되물었다.

"허, 야. 그 때 그 광민 선배가 지금 오너셰프 코리아 심
사위원 남광민 셰프라고?"

"웃음이 나오냐? 이 새끼 이거 배알 없는 건 여전하네? 그래, 그것도 몰랐냐? 하긴 그때 손 불어 터지도록 목이버섯이나 다듬고 있었으니 말이나 한 마디 터봤겠어?"

조두현이 조소를 흘리는 듯 비릿한 미소를 한 번 지어 보이고는 말을 이어나가기 시작했다.

"아, 참고로 나는 지금 필상이형 밑에서 요리하고 있다. 연래춘 들어는 봤지?"

조두현이 한껏 거들먹거리는 투로 말해보이자, 정혁이 다시금 놀란 듯 되물었다.

"연래춘 오너셰프 정필상 요리사도 우리 화룡각 출신이 었어?"

"아아, 야. 우리 화룡각이라니, 말은 조심해야지. 어디 가서 그런 말 하면 너 진짜 큰일 난다. 하긴 모르는 게 이 상한 일은 아니지. 필상이형은 너 도둑질하고 쫓겨난 다음에야 화룡각 거쳐 가셨으니까."

조두현이 잔뜩 이죽거리는 투로 도둑질이라는 말에 힘을 실어 말해보이자, 일순 정혁의 눈썹이 잠시 꿈틀했다.

그것도 잠시, 이내 숨을 한 번 길게 내쉬고는 감정을 추스른 정혁이 천천히 말을 이었다.

"두현아. 도둑질?"

"그래."

이내 푸드 트럭 주변을 맴돌던 공기가 더할 나위 없이 싸늘해졌다.

서은과 경묵은 숨죽인 채 두 사람의 대화를 지켜보고 서 있었다.

정혁이 입가에 쓴 웃음을 지어보이고는 말했다.

"도둑질이라……. 두현아 그때 왜 그랬는지는 이해한다. 너도 성공하고 싶었겠지. 그런데 네가 이렇게 불쑥 나타나서 사과는 못할망정, 한다는 소리가 고작 이런 거냐? 너한테 팔 짬뽕 없으니까 가라."

이내 조두현이 배를 잡고 웃어 보인 후에야 자리에서 일어섰다.

"최정혁 너 많이 변했다. 옛날에 나한테 칼질 좀 알려달라고 빌면서 따라다니던 게 엊그제 같은데."

조두현은 이상하리만큼이나 의도적으로 정혁의 신경을 긁듯 말하고 있었다.

"가라, 두현아. 너랑 더 나눌 이야기 없다."

"그래, 그래. 가야지. 나도 바쁜 몸인데. 너 보고 싶어서 온 게 아니라 비즈니스 차원에서 이야기 좀 나눌까 해서 온 거거든."

조두현이 선반에 한껏 건방진 자세로 몸을 기대고 서자, 서은이 인상을 찡그린 채 그런 조두현을 째려보았다.

"다름이 아니라, 이번에 우리가 세계 중식 경연대회에 4인 팀으로 참가할 생각이거든. 화룡각 출신들끼리 모여서 나가기로 했는데, 도륜이형이 너를 추천 하셔서 한 번 와본 거야. 다름이 아니라 밑 작업하고 심부름 할 꼬맹이가 필요하거든. 혹시 생각 있나 해서. 너 그거 잘하잖아. 심부름. 오죽하면 그 형님도 심부름 하니까 너를 먼저 떠올리셨겠냐?"

김도륜, 화룡각에서 일하던 시절 정혁의 맞선임 쯤 되던 인물이었다.

간간히 연락을 이어 오기야 했었는데, 이런 식으로 그들의 화두에 오르내리고 있었던 줄은 몰랐던 터라 괜스레 기분이 나빠졌다.

조두현이 다시금 이죽거리는 투로 최대한 신경을 긁으려 애쓰며 말해보이자, 그제야 의도를 알아차린 정혁이 입가에 웃음을 지어보이고는 말했다.

"아, 그래? 내가 숟가락 얹는 꼴은 못 보겠다 싶어서 직접 행차하셨나보네?"

정혁이 다시금 쓴 웃음을 지어보이고는 두현을 뚫어져라 바라보았다.

'그렇겠지, 몇 달 먼저 메인요리 라인에 서겠다고 그런 짓을 해놓고 한 팀으로 함께 있는 게 퍽이나 마음 편하기도 하겠다. 그래서 직접 걸음까지 하셨겠지.'

정혁의 반응을 한 번 확인한 조두현이 이내 밝은 미소를 한 번 지어보이고는 말했다.

"그래. 우리 정혁이가 그래도 눈치 하나는 끝내 줘. 그치? 하도 형님들 눈치를 많이 보면서 일해서 그런가? 여튼 나는 말 다 했으니까 간다. 세계 대회는 무슨, 트럭 장사 많이 번창해라."

탕-! 탕-!

조두현은 기대고 섰던 선반을 세차게 두어 번 두드려 보이고는 다시금 몸을 일으켰다.

일체 양심의 가책 따위는 느끼지 못하는 것인지 밝은 웃음을 한 번 지어보이는 것은 물론, 조롱의 의도가 다분하게 느껴지는 말까지 빼놓지 않은 그가 곧장 등을 돌리고 서 보이자, 이내 정혁이 힘이 잔뜩 실린 목소리로 조두현에게 되물었다.

"두현아, 너 그러다가 내가 그때 일 까발리기라도 하면 어쩌려고 그러냐?"

잠시 움칫하던 조두현이 뒤돌아서서 정혁을 바라보고는 어깨를 들썩여보이고는 말했다.

"글쎄? 지금 와서 네 말 믿어줄 사람이 한 명이라도 있으면 다행이겠다."

"그래, 알았다. 살펴 가라."

조두현이 다시금 등을 돌려 걸음을 옮기기 시작한 때였다.

그 때, 경묵이 큰 소리로 조두현을 불러 세웠다.

"저기요!"

조두현이 여전히 뻔뻔한 표정으로 입가에 웃음을 머금은 채 돌아보자, 경묵이 입가에 웃음을 머금은 채 말했다.

"멀리서 걸음하신 것 같은데, 정혁이형이 볶은 짬뽕 한 그릇 드시고 가세요."

"어? 내가 시간이 없긴 한데, 사장님께서 그리 말씀하시니 한 번 맛은 봐드려야겠네. 방송 잘 보고 있어요. 분위기가 딱 준우승정도 할 것 같던데, 미리 축하드립니다."

다소 건방진 말투에도 경묵은 웃음을 잃지 않은 채 서은을 바라보며 말했다.

"좋은 말씀 감사합니다. 저야 뭐, 준우승도 감사하죠. 서은씨, 멀리서 귀한 손님 오셨는데 상 차려드리세요. 정혁이형은 짬뽕 한 그릇 따로 정성껏 볶아주시고."

"허허, 사장님도 조금 배알이 없으신 편이네. 하긴 요리하면서 우리랑 괜히 사이 망쳐서 좋을 것 하나도 없기야 하지."

마치 철저한 갑의 입장이라도 되는 듯 굴어대는 조두현의 태도에 서은이 인상을 잔뜩 써가며 경묵을 바라보았지만 경묵은 곧장 등을 돌리고 섰고, 주방 칸에서 적당히 떨어진 자리로 조두현을 안내해 주었다.

"이쪽으로 오시겠어요?"

조두현은 서은을 따라 걸음을 옮기는 와중에도 정혁을 조롱하는 것을 잊지 않았다.

"정혁아, 사장님 말씀 들었지? 기가 막히게 한 그릇 부탁한다!"

이윽고 조두현이 서은이 안내해 준 자리에 앉고 나서야, 정혁이 등을 돌리고 선 경묵에게 다가서며 잔뜩 화가 난 듯 보이는 목소리로 물었다.

"야, 임경묵. 너 이 새끼 지금 이게 대체 무슨 짓이야? 네가 이 따위로 굴면 내가 뭐가 되?"

"형이야말로 호구에요?"

경묵이 갑작스레 공격적인 어투로 받아치자, 정혁이 다소 놀란 듯 흠칫하며 되물었다.

"뭐? 이 새끼야? 너 지금 말 다했어?"

"그래, 말 다했어요."

이윽고 등을 돌린 채 뒤돌아섰던 경묵이 다시금 몸을 돌리고 섰다.

아랫입술을 어찌나 세게 깨물어댄 것인지 경묵의 불그스름한 입술에서 피가 흐르고 있었다.

"야……. 너……. 야, 임경묵. 일단 진정 좀 해라."

입가에 흐르는 피를 보고 당황한 정혁이 경묵의 어깨에 양 손을 올리며 타이르듯 말해보이자 이내 경묵이 정혁의 양 손을 세차게 뿌리치며 말했다.

"아니, 진정이고 나발이고 정혁이형, 말해 봐요. 무슨 일이 있었던 건데? 뭘 그렇게 잘못했기에 맨날 안 좋게 그 만뒀다는 이야기만 하고 말도 안하는 건데?"

경묵의 물음에 정혁이 바지춤에 손에 묻은 물기를 닦아내며 주방 칸 아래로 내려가려는 듯 몸을 돌려 보이며 말했다.

"별일 아니니까, 잘 말해서 돌려보내든지 네가 직접 요리해서 대접해주든지 해라."

이내 정혁의 이러한 태도 탓에 잔뜩 화난 듯 보이는 경묵이 숨을 한 번 내쉬고는 앞머리를 한 번 쓸어 올려보이고는 말을 이었다.

"대체 무슨 일이 있었던 건지 말 해봐요. 뭐 훔쳤어요? 아니잖아!"

정혁은 화룡각 시절의 일을 다시금 떠올리자니 가슴속에서 울화가 치솟는 듯 했다.

수 년 전, 화룡각의 승격 심사로부터 일 주일 쯤 전 이었다.

체계적이던 화룡각 주방에서 메인 요리 라인에 서기 위해서는 승격 심사에서 선배 요리사들에게 합격점을 얻어내야했다.

그리고 두 사람은 이번에 치루어질 승격 심사에서 실력을 겨루게 되었다.

당시 화룡각 주방 안에는 소리 없이 존재하는 두 개의 파벌이 있었고, 이 두 파벌은 국내파와 유학파로 이루어져 있었다.

대부분의 힘 있는 선배 요리사들이 유학파에 속했고, 당시의 주방장마저 유학파였으니, 유학파에 힘이 실릴 수밖에 없었던 노릇이기도 했다.

지금은 철천지원수가 되어버린 조두현 역시 유학파였지만, 그 전까지 정혁과 두현 두 사람은 둘도 없이 절친한 사이였다.

두현은 정혁에게 허물없이 대해주며 몇 년 내내 자신이 중국에서 배워온 이런 저런 것들을 알려주기도 했고, 때때로는 밑 작업을 도와주기 까지 했으니 정혁에게 있어서만큼은 주방 안의 유일무이한 친구이자, 기댈 수 있는 친구였다.

물론 당시 대부분의 선배 요리사들이 조두현을 지지했으나 애석하게도 당시의 실력은 정혁이 한 수 위였다.

또한 화룡각은 철저히 실력 위주로 이루어져있었기에, 입김만으로는 경쟁에서 살아남을 수 없다는 사실을 일찌감치 깨달은 조두현이 어느 날 탈의실에서 옷을 갈아입던 중 정혁에게 넌지시 말했다.

"정혁아, 내가 먼저 올라가면 안 될까?"

"응? 그게 무슨 말이냐?"

갑작스레 던진 앞뒤 짤린 말에 정혁이 크게 당황하여 놀란 듯 되물었다.

"내가 먼저 가면 안 될까? 전에 하던 것처럼 위에서 끌어줄 테니까 한 번만 양보해 주라. 부탁할게 정혁아."

"두현아, 너 고생한 것도 알지만 이번에는 정정당당하게 실력으로 정하자. 나 여기서 밑 작업만 몇 년을 했는지 알잖아?"

이내 조두현이 결의에 가득 찬 눈빛으로 미소를 한 번 지어보이고는 말했다.

"그래, 네 뜻이 그렇다면 알았다. 나는 사력을 다할 생각이니까, 너도 그래라."

그때 조두현의 말을 통해서 살짝이나마 이상 징후를 느끼기야 했지만, 그리 심각한 일이 터질 것이라고는 생각지 못하고 있었다.

그래, 그때 알아차렸더라면 뭐가 달라졌을까?

설득을 했어야 할까?

제발 그러지 말자고 설득을 했어야 했을까?

녀석이 석 달 치 월급이 담긴 봉투를 내 가방에 쑤셔 넣는 장면을 포착해서 녀석의 손목을 움켜쥐고 비틀며 욕설이라도 한바탕 뱉어댔어야 할까?

아니면?

어떻게 했어야 될까?

어떻게 했어야 녀석과 그때 같은 관계를 유지할 수 있었을까?

용기가 없었다.

사실을 말하고 함께 고생하던 오랜 친구가 바닥으로 떨어지는 모습을 볼 자신이 없었다.

녀석에게 있어서만큼은 전부라는 사실을 알고 있었기에 더 그럴 수가 없었다.

그리고 유학파 선배 요리사들의 압박을 견뎌낼 자신이 없었다.

그래서 도망쳤다.

중식 셰프의 꿈은 접어두고, 동네 골목에 위치한 북경각 주방으로 숨듯 도망쳐서 경묵을 만나게 되었다.

녀석의 욕심이 원망스러웠다.

당시의 우정보다 성공이 더 중요했던 것일까?

아직도 가끔씩 함께 고생하던 시절을 떠올리며 입가에 웃음 짓던 자신의 모습이 너무도 바보 천치 같아서, 분해서 눈물이 고일 지경이었다.

이윽고 앞에 선 경묵의 두 눈을 바라보고 있자니, 긴 말은 필요 없을 것 같다는 생각에 살짝 웃음이 지어졌다.

'다 안다는 눈빛, 다 믿는다는 눈빛.'

이윽고 감정을 추스른 정혁이 다시금 장난스러운 말투

로 말해보였다.

"안 훔쳤어, 인마."

"……."

이윽고 경묵은 눈물이 그렁그렁 맺힌 눈으로 애써 웃음을 지은채 말하는 정혁의 어깨에 양 손을 올리고는 조곤조곤히 말했다.

"그래, 그럼 됐어요."

경묵 역시 애써 밝게 한 번 웃어보이고는 자신이 입고 있던 조리복을 재빨리 벗어서는 정혁에게 건넸다.

"이거 입고."

이윽고 재빠른 손길로 주방 칸 벽에 걸려있던 자신의 중화 팬과 중화 국자까지 건네 보였다.

"이거 들고 요리해요."

"뭐?"

다소 갑작스러운 경묵의 태도에 정혁이 놀란 듯 되물어보이자, 경묵은 무덤덤하게 튀김기 안에 탕수육을 건져내며 말했다.

"아, 이거 저 자식 때문에 다 탔네. 조만간 세계대회에서 한 번 더 만날 것 같기는 한데, 이번에 일단 한 번 기좀 죽여줘요."

"그건 또 갑자기 무슨 소리야, 지금 우리가 벌여놓은 일도 얼마나 바쁜……."

이윽고 경묵이 입가에 미소를 한 번 지어보이고는 말했다.

"경영은 내가하고, 계획도 내가 세워요. 형은 요리만 하면 되니까, 형은 일단 가서 북경각의 힘 좀 보여주라니까요? 요리로 못 이기면 내가 가서 저 자식 옥수수 다 털어줄 테니까 걱정 말고 가서 찢어버려요."

경묵의 말을 들은 정혁이 환히 웃어보이고는 밝게 대답했다.

"Yes, Chef!"

그리고 정혁의 쩌렁쩌렁한 외침이 울려 퍼지기가 무섭게 눈앞에 나타난 상태 창 하나.

띵-!

[알림 – 최정혁의 충성심이 100%가 되었습니다.]

〈5권에서 계속〉